レトロスナック「YOU」

上田健次

目次

品川《しながわ》から京浜東北線《けいひんとうほく》で横浜《よこはま》方面へとひとつほど行くと大井町《おおいまち》駅がある。東急《とうきゅう》電鉄大井町線と東京臨海《とうきょうりんかい》高速鉄道りんかい線の乗り換えができるとあって、朝夕などは乗降客で賑《にぎ》わっている。

駅周辺はたびたび再開発が行なわれており、特に西口などは背の高いビルやマンションが立ちならんでいる。しかし、東口から少し歩くと、そこだけ時代に取り残されたような場所が残っている。

入り口には小さな門があり『東小路《ひがしこうじ》飲食店街』と書かれている。狭い通りの左右には、定食屋や中華料理、洋食、寿司《すし》、焼き肉など食事をメインとした店はもちろん、おでんや焼き鳥などの赤提灯《あかちょうちん》や縄暖簾《なわのれん》も多い。さらにはバーやスナック、立ち飲みなど、お酒に重きを置いた店も多く、一階で腹ごしらえをして二階で飲み、数軒先でマイクを握るといった楽しみ方ができる。

何年、何十年と通い続ける常連客もいれば、羽田《はねだ》空港や品川駅を利用するついでに、ちょっと覗《のぞ》きに来たといった観光客まで、客層は実に幅広い。客をもてなす側も様々で、戦後間もないころから営まれている店もあれば、新しい店も点在する。

そんな中に一軒の店があった、名は「スナック『ＹＯＵ』」。今どき珍しいオレンジ色の一枚ガラスの扉の向こうには、昭和《しょうわ》レトロな世界が広がっている。

永遠の感謝

～カリフォルニア・レモネード

《ここですよ、ここ。こっちです》

あたりを見回すと、大きく手を振る人影を見つけた。真っ白なシャツに黒いベスト、ボウタイと呼ぶのだろうか、蝶《ちょう》ネクタイをしている。スマホの通話を切ると足早に路地を目指して進んだ。

「すみません、やっぱり駅まで迎えに行けば良かった」

「いえ、私の方こそ。営業中なのにごめんなさい。お店、大丈夫ですか？」

「はい、すぐそこですから」

角を右に一回、そして左にも一回曲がった先に、その店はあった。

「こちらです」

昭和に迷い込んだような路地に溶け込むようにして、その店は佇《たたず》んでいた。周囲には似たような古い建物がぎっしりとならんでいる。

「どうぞ」

曜《よう》君が開けてくれた扉は、最近めったに見かけない色ガラスの一枚板だった。濃い橙《だいだい》色《いろ》の真ん中に「スナック『YOU』」と描いてある。これは何と言うフォントだろう？レトロポップな雰囲気が店名とマッチしている。

「いらっしゃいませ」

照明を抑えた店内から、しっとりとした声が聞こえた。

「コート、預かりますね」

促されるままに差し出すと、曜君はしっかりと肩のある木製のハンガーにかけ、会計カウンター脇の外套《がいとう》掛けに吊《つ》るしてくれた。普段から客のコートやジャンパーを一着ずつ預かるのだろうか。

店内は右側にカウンターがあり、通路を隔てた反対にはボックス席が設《しつら》えられている。手前に四人掛けが二つ、奥に六人掛けがひとつ、その先には小さなお立ち台。最近は博物館にでも行かないと見ることができない8トラックのカラオケが置いてある。その隣にはシングルレコードを聴くことができるジュークボックスも。

「どうぞ、こちらへ」

曜君に案内された席は、カウンターのちょうど真ん中だった。

「雪子《ゆきこ》さん、紹介します。うちの店長でチーフ・バーテンダーの真央《まお》さんです」

端の方で控えていた女性が数歩前に出て「武田《たけだ》真央と申します。よろしくお願いします」と綺麗《きれい》なお辞儀をした。それはキャビンアテンダントか高級ホテルのコンシェルジュを思わせる。きっと白い手袋をしたら似合うだろう。

私は小さく会釈をしてから、スツールに座り直した。

「真央さんが店長ってことは……」

不躾《ぶしつけ》な質問を飲み込むと、曜君は苦笑いをして小さく肩を竦《すく》めた。

「こう見えても一応オーナーなんです、僕は。でも、真央ちゃんの方が先輩ですし、バーテンダーの腕前は遠く及ばないので、店長は彼女なのです」

「代りにお店のトータルコーディネートは彼の領分です。それに料理も」

山口小夜子《やまぐちさよこ》を思わせる直線的な前髪がアクセントとなったショートカットに切れ長の目が印象的な真央さん。背の高い曜君とならぶと小さく見えるが、女性にしては立派な方だろう。四十歳ぐらいだろうか、確か三十歳になったばかりと言っていた曜君とは、ちょっと歳の離れた姉弟《きょうだい》のように見える。真央さんも白いシャツに黒のベストとボウタイを身に着けているが、彼女の方が様になっている。

スツールを回し、あらためて店内を見渡してみる。お立ち台の上に小さなミラーボールがあり、ジュークボックスに飾られたシングルは西城秀樹《さいじょうひでき》の『YOUNG MAN』にピンク・レディーの『UFO』、それに寺尾聰《てらおあきら》の『ルビーの指環』だった。

「あのジュークボックスは聴くことができるんですか？」

「はい、もちろん。隣にある8トラのカラオケも使えますよ。どちらも今のところは古い曲しかありませんけどね」

曜君はトレーにほかほかと湯気をたてるおしぼりを載せると、そっと差し出した。

「蒸しタオルなみに熱々にしてありますので、気を付けてお使いください」

指先で軽く触れてみる。なるほど相当に熱い。恐る恐る広げると、ゆっくりと両手を拭《ぬぐ》う。もうすぐ桜の季節だが、まだまだ夜は寒い。それだけに熱々のおしぼりは冷えた指先に心地よい。

「いい歳をして恥ずかしいんですけど……、こういうお店に来たのは初めてなんです。スナックでは熱々のおしぼりを出すのが決まりなんですか？」

「まさか……。あくまで曜君の趣味です」

真央さんが小さく首を振った。

「ある常連さんから『理髪店の蒸しタオルみたいな熱々のおしぼりを出してくれ』と頼まれたことがありまして。その時は電子レンジで温めたんですけど。その後、廃業する理髪店から業務用スチーマーを引き取ったので、最近はそれを使ってます」

「確かに気持ちいいです。お化粧をしてなかったら顔に押し付けてしまいそう」

思わず零《こぼ》れた本音に真央さんが「分かります」と応《こた》えてくれる。

「さて、本題に入るまえに何か飲みませんか？　ご足労いただいた御礼に最初の一杯は僕に奢《おご》らせてください。とりあえずビールですかね？」

曜君はカウンターの下からトランプのようなカードを取り出し、私の前にならべた。

「うちはいわゆる生ビールをやってないんです。代りに、その時々で手に入る海外の瓶ビールを何種類か用意しています。今日はインドネシアの『ビンタン』、スリランカの

『ライオンスタウト』、ドイツの『シェッファーホッファー』、スペインの『イネディット』、オーストラリアの『カールトンクラウンラガー』の五つがあります。もちろん、これらとは別に国産の主だったメーカーの小瓶は常時用意しています」

ならべられたカードには、ビール瓶やラベルを描いたイラストがあった。その脇には作られた国やメーカー名、アルコール度数や香りや味の特徴、それに値段が書き添えてある。

「……なんかすごい。このイラストは曜君が描いたんですか？」

「上手《うま》いんだか下手なんだか微妙でしょう？　でも、味のある絵なので許してやってください。ちなみに味わいのコメントはなかなか的確です」

真央さんの口調には、少しばかり出来が悪いけれど、可愛くて仕方がない弟を語っているような温かさがある。

「ほかにもワインやウィスキー、ブランデーなどもかなりの数を用意しています」

曜君は背負った酒棚を見やった。

「色々あるんですね。瓶を眺めているだけでも楽しい。でも、せっかくちゃんとしたバーテンダーさんがいる店に来たのですから、カクテルでしたっけ？　ああいうのを頼むのもいいかなって思うんですけど」

少し下がっていた真央さんが曜君の隣にならんだ。

「いかがしましょう？　大概のものは作れますので遠慮せずにご注文ください」

「そうですね……、でも、カクテルなんて海外旅行でホテルの人がサービスしてくれたようなものしか飲んだことがなくて」

「では、適当に見繕いましょう。何か苦手なものやアレルギーはございませんか？」

真央さんの声は滑舌も良く聴き取りやすいのに、押しつけがましいところがなく、とても心地よい。きっと彼女が目当ての客も多いに違いない。

「お願いします。苦手な食材もアレルギーもありません。でも、ほどほどにしてくださいね。まあまあ強い方だとは思うのですが念のため」

「かしこまりました」

一礼をすると真央さんは少し思案するといった様子で酒棚を見やった。その恰好《かっこう》のよい立ち姿を眺めていて、ふと来店目的を忘れていることを思い出した。

「あの、そう言えば、飲み始めるのは良いのですが、そもそもの用事を忘れてしまいそうで。それがちょっと気になります」

「確かに。では、ご覧に入れましょう」

軽い調子で応じながら、曜君は足元から紺色の風呂敷《ふろしき》包みを取り出し、カウンターに置いた。結び目をとくと中からは古ぼけたファイルキャビネットが出てきた。

小さな電子レンジぐらいの大きさはあるだろうか。グレーというよりは〝灰色〟と呼ぶのが相応《ふさわ》しいスチール製のボディに、似たような色合いのプラスチックのシャッターが前面についている。一週間ぐらいまえに見つけた時は、もっと埃《ほこり》まみれだったけれど、丁寧に拭《ふ》いてもらったようで随分ときれいになっている。

そのキャビネットにそっと触れる私に、曜君は小さなファスナー付きのビニール袋を差し出した。

「お預かりした時に鍵《かぎ》は見当たりませんでしたので、ちょっと専門的な道具で開けました。鍵をかけずに開けっ放しで使うこともできますが、せっかくですから開け閉めできる方が良いと思いまして。鍵穴から型をとって硬質プラスチックで新しい鍵を作りました。あまり強い力で扱うと割れてしまいますが、普通に開け閉めをする分には問題ないと思います」

私は曜君の手からビニール袋を受け取ると、中身を取り出して鍵穴に挿し込んだ。ゆっくり回すとカチャッと、留め金のようなものが外れる音がした。

シャッター状の扉をあげると、中にはA4サイズが収まるぐらいの引き出しが七段。

「……何か伝票でも入ってるのかしら」

そっと一番上の引き出しを開けてみると、そこには産着に包《くる》まり安らかな表情で眠る赤ちゃんの写真があった。

＊　＊　＊　＊　＊

数ヶ月前、父が亡くなった。直前まで元気にしていたそうだが、行きつけの喫茶店で急に倒れ、救急車で運ばれた病院で息を引き取った。

連絡を受け、地方で独り暮らしをしている私はすぐ実家のある東京へと戻ったが、そこから初七日が終るまでは、あまりに慌ただしくて覚えていない。

その後も地方と東京とを休みのたびに往復し、四十九日法要や納骨などを何とか終えた。母は十年ほど前に他界しており、親戚《しんせき》らしい親戚もいないので、誰にも頼れず色々と大変だった。けれど、それで終わりではなかった。まだ、家業を畳むという大仕事が残っていた。

私の実家は写真館を営んでいた。曾祖父《そうそふ》が大正《たいしょう》二年に創業し、最初は横浜の方に店を構えたそうだが、松竹《しょうちく》の撮影所開設に合わせるようにして蒲田《かまた》に移転。当時は映画俳優のポートレートやポスターなども手がけており「映画スタアと同じスタジオ、同じカメラで撮影します」を謳《うた》い文句に結構繁盛したそうだ。その後、撮影所が閉鎖された昭和のはじめに今の場所に移り、さらに前の東京オリンピックの年に建て替えられて現在に至っている。

建物は六十年前に建てられたわりに、三代目店主の父が小まめに手を入れていたとあって、比較的きれいな状態を保っている。しかもスタジオは定期的に備品類を入れ替えており、技術のあるカメラマンさえいれば十分に使える。

どうしたものかと考えあぐねていると、幸いなことに商店会の会長さんが、蒲田周辺にくわしい佐東《さとう》さんという不動産屋を紹介してくれた。けれど、佐東さんの見立ては残念なものだった。

「大変申し上げ難《にく》いのですが……、建物に資産価値はつけられません」

物件を確認するべく実家まで来られた佐東さんは渋い表情だった。五十代後半だろうか？　私より少し上といった年恰好だが、仕立ての良いスーツをきっちりと着こなし、鏡のように磨かれた革靴に、ダブルカフスから覗《のぞ》く時計はビンテージのパテックフィリップと、いわゆる〝イケおじ〟を絵に描いたような人だ。

「やはり……、相当に古いからでしょうか？」

「それもあるのですがスタジオ付きの物件を希望する人は稀《まれ》なので。見たところ造作壁も少ないので、大胆な間取りの変更も難しいでしょうし。もったいないのですが、やはり更地にした方が買い手は見つかりやすいかと。もちろん、このままの状態で購入したいという人をまず探してはみますが」

「お願いします」

その後、内部を細かく見て回った佐東さんは「うーん」と小さく唸《うな》った。

「二階の住居部分はさておき、一階の店舗やスタジオの片付けはいかがされますか？　ある程度の目途がつかないと引き渡しの時期なども決められないかと。カメラをはじめとする撮影機器はもちろんですが、その他にもあれこれとかなりの品数が残ってますので、手伝ってくれる人手が必要ではありませんか？」

「どなたかご紹介いただけるのですか？」

ながらく東京を離れており、頼めそうな友人や知り合いが私にはいない。

「はい、阿川《あがわ》曜という古物商の免許をもった知り合いがおります。私の記憶違いでなければ、三十歳になったばかりと若いので多少の力仕事を任せて大丈夫かと。夜は大井町でスナックを営んでいるのですが昼間は融通が利くと思います。とりあえず相談してみますので、少し時間をください」

そんな話だったので何時になるのやらと思っていたら意外にも、その日のうちに電話があり、翌日にはもう来てくれた。葬儀などで随分と有給休暇を使っているので、東京にいるうちに来てくれるのであればありがたい。

翌朝、二階の居間を片付けているとスマホに電話があった。出てみると、もう店の前にいると言う。慌てて下りてみると、自転車の傍らに背の高い青年が待っていた。

「すみません、お待たせして……」

「いえ、とんでもない。あの、ここに停めておいて大丈夫ですか？」

「ええ。どうぞ」

身長は百八十を軽く超えているだろう。ほっそりとしているから余計に高く見えるのかもしれない。ナチュラルな雰囲気の髪型は少し長めだが、清潔感が漂っている。オックスフォード地の白いシャツに茶の三つ揃いを身に着けている。生地はツイードだろうか。焦げ茶のニットタイを締め、足下も茶の革靴と随分とお洒落《しゃれ》だ。こんな恰好でスタジオの片付け仕事ができるのだろうか？

「これは……、すごい」

入口から受付カウンターのある店内へと足を踏み入れるなり、彼は声を漏らした。小さく首を傾げる私に「すみません。つい感心してしまって」と応《こた》えた。

「この板張りの床ですが、長いあいだ丁寧な手入れを欠かさなかったことが分かります。時間をかけて磨きあげ、大勢の人の足で踏み固められたが故の味わいがあります。実に素晴らしい。いや、うっとりしてしまいます」

放っておいたら、そのまま床に跪《ひざまず》き頰ずりでもしそうな勢いだ。呆気《あっけ》にとられている私の視線に気が付いたのか、彼は「失礼しました」と頭を掻《か》いた。続けて斜め掛けをしていた革鞄《かわかばん》をおろすと、上衣《うわぎ》のポケットから名刺入れを取り出した。鞄も名刺入れも深みのある茶色だ。

「今日はお時間をいただきありがとうございます。レトロショップ『タイムマシーン！』の阿川曜と申します」

差し出された名刺を受け取りながら「旭山《あさひやま》雪子です」と名乗った。思わず名刺と彼の顔とを見比べてしまった。

「あの、顔にご飯粒でもついてますか？」

「いえ、ごめんなさい。佐東さんから伺っていたイメージと違ったので……。なんか、すごく真面目そうな人なので、ちょっと驚いただけです」

「ははは……。私に古物商のイロハを教えてくれた師匠から耳にたこができるほど言われたものですから、『初対面のお客様に会う時は絶対に背広とネクタイを身に着けろ』と。なので、基本的にお客様にお会いする時は背広を着るようにしています」

私は「どうぞ」と受付にある革張りのソファを勧めた。彼は素直に腰をおろすと、向いの丸椅子に座った私の手にある名刺を指さした。

「名刺の裏をご覧いただけますか」

素直に裏返すと、そこには「スナック『YOU』」とあった。

「一階でスナックを営んでいます。その建物の二階が『タイムマシーン！』の事務所兼住まいなんです。とても実店舗を構えられるほど売上がないのでネット上で細々とやってるんです。本当は『タイムマシーン！』の仕事だけで生計を立てられるようにしたいんですけど、なかなか」

「そうですか、難しいのですね。あの、このスナックの店名は『ユー』とお読みすれば良いですか？　それとも、ローマ字読みで『よう』ですか。阿川さんの下の名前をとって……」

「一応、『ユー』ってことにしてます。ああ、それと僕のことは曜とお呼びください。どうにも、阿川という苗字《みょうじ》で呼ばれるのに慣れてなくて……。『YOU』の常連さんも、みんな曜と呼んでくれますから」

確かに笑みを浮かべたその顔は、曜という呼び名がふさわしい柔らかさがあった。

「さすがに呼び捨ては失礼でしょうから曜君と呼ぶようにしますね。どう見ても私の方がかなり年上だし」

　私の返事に頷《うなず》くと曜君は用件を切り出した。

「それでは旭山様、早速ですが……」

　その改まった口調に、思わず笑ってしまった。

「手伝ってもらう私が曜君と呼ぶのに、あなたが私を旭山様と呼んでは釣り合いが取れないわ。うーん、家族以外にあまり下の名前で呼ばれたことはないけれど雪子でお願いします。あっ、よく考えれば外国の友人には雪子と呼ばれてますね。なんでだろう？今まで気が付かなかった」

「そうなんですよね、不思議と欧米人は気軽にファーストネームで呼びますよね。もっとも、最初に断りを入れてはきますが、『曜って呼んでいい？』と。もちろん、嫌とも言えませんからOKするのですが。そう言えば、何の映画だったか忘れましたが、大金持ちの男性が『どうか下の名前で呼んでくれ』と頼むのに、貧しいけれど美しい主人公はずっと『ミスター』をつけて姓で呼ぶ場面がありました。拒絶を表しているのですが日本では使えない描写だなって思ったことを覚えています。……すみません、僕はすぐにこうやって話が逸《そ》れてしまうのです」

　ハッとして、ペラペラと話したいことを話している自分に気が付いた様子は、なかなか面白かった。

「では、気を取り直して。佐東社長から大まかなご依頼内容は伺っておりますが、念のため雪子さんからご希望をお知らせいただけるとありがたいのですが」

「はい。佐東さんからは、店内の整理や不要品の処分など、なんでも手伝っていただけると聞きました。なので、その辺をお願いしたいのですが……。でも、本当に片付けのようなことまでお任せして大丈夫ですか？　本来はレトロショップの仕入れとして買い付けに来られたと思うのですが……。まったく整理できてませんから、結構な手間がかかると思います」

「はい、もちろんです。普通の人には片付けに見えるかもしれませんが、僕にとっては宝探しみたいなものですから。楽しみながらやりますので、どうか気になさらないでください。整理をしながら品物を拝見し、値がつきそうな物は買取希望価格をお知らせします。売ることが難しそうなものは処分にかかる費用の見積もりをご用意します。もちろん、どちらも明細をご覧いただいてから、お断りいただいてかまいません」

　別途手間賃のようなものをある程度は覚悟していた。ネットで少しばかり調べて、いわゆる〝何でも屋さん〟の時間あたりの相場なども確認しておいた。

「父は行きなれた喫茶店で不意に倒れて、そのまま亡くなりました。なので、一階の仕事場はもちろん、二階の居間も寝室もそのままでした。だからでしょうか、まだ、父の気配が建物に残っているように感じるんです。もう茶毘《だび》に付し、納骨まで終えたというのに……。なんだか、ふらっと帰ってくるんじゃないかって。そんなことを考えたら、なかなか片付けられなくて困っていたのです。通りから見えるところはお客さんの目に触れると思いましたので、閉店したことが分かる程度には片付けたんですけど……」

実際、ショーウィンドウに飾っていた額などは全て取り外し、代りに廃業を知らせる張り紙を掲示している。

「なるほど……」

「……すみません、急に変なことを話して。早速ですけど、ご案内します」

私が立ち上がると、曜君は「ここに荷物を置きっぱなしにしても構いませんか？」と断わった。先ほど店先で自転車を停める際もそうだったが随分と丁寧だ。きっと、そんな細やかな気遣いが煩わしいと感じる人もいるだろうが、私は好感を抱いた。「ええ、もちろん」と返事をすると、彼は上着を脱いで丁寧に畳み、鞄の上にそっと置いた。

「あの、中のものを処分された後、この建物はどうされるのですか？」

「お聞きになってませんか？　佐東さんの見立てではスタジオ付きの古い物件を欲しがる人は珍しいので、更地にした方が処分しやすいそうです」

「もったいない……。大袈裟《おおげさ》かもしれませんが、この建物はとても深い味わいがあります。例えばですが、先ほども申しましたようにこの床は素晴らしいです。丁寧に剝《は》がせば再利用できますので必ず買い手がつきます。それに、受付カウンターや、その後ろの棚なども。窓枠やガラスなども注文製造の一点ものばかりで、今の技術では同じ物は作れないと思います。本当に建物を解体されるのであれば、古い建具類を扱っている専門業者に依頼をするべきです。間違ってもパワーショベルで叩《たた》き壊すなどということは避けて欲しいと思います」

　先ほどまで、ふんわりとした線の細い青年だと思っていたのに、古い建具について熱心に語る姿は若々しさにあふれ、その様子に少しばかり驚いた。

「分かりました、その辺をよく考えてくれる人を探してもらえるように、もう一度、佐東さんにお願いしてみます。じゃあ、最初にスタジオからご案内します。そうだ、これ、お使いください」

　私はカウンターに用意しておいた間取図を曜君に差し出した。

「一階が店舗、二階が住居です。二階は父の身の回りの物ばかりですから私が自分で片付けます。なので、一階をなんとかしてもらえると助かります」

「なるほど、分かりました。じゃあ、最初にぐるっと全体を案内してもらえませんか？　その後に改めて一つひとつ丁寧に見て回ります」

　私はカウンターとは部屋を挟んで反対に位置する扉を開けた。

「どうぞ、この先にスタジオがあります」

　扉の向こうには数メートルほどの廊下があり、その先には、冬から春へと移り行く柔らかな日差しが差し込むスタジオがある。細い窓枠の影が真っ白な壁に大きな十字架を描き、その様子はまるで教会のようだと何時も思う。

　スタジオの内部は漆喰《しっくい》仕上げで壁も天井も白く塗りつぶされており、腰壁もない。ただ真っ白な箱に照明器具や背景スクリーンの類《たぐい》が設《しつら》えられ、スタジオというよりも古い病院の診察室を思わせる。

「お店の外観も美しい状態を保たれていますが、スタジオもきれいですね」

「お金に余裕があると、父は撮影機材やスタジオの補修につぎ込みました。何よりも写真が大切な人でしたから」

曜君は小さく頷くとスタジオの奥へと足を進めた。背景用のスクリーンを上げ下げしながらスマホで時々それらを撮影している。

「この辺のプロ用の撮影機材や小道具などは、知り合いの専門家にアドバイスをもらうようにします」

「お願いします。あの、その奥にも、古いカメラなどがいくつかあります」

私は奥の引き戸を開けた。照明を灯《とも》すと、内部には棚が設えてあり、それとは別にフィルムなどを保管するための業務用の冷蔵庫が置いてある。

「大型の機材は入れ替えの際に引き取ってもらったようですが、カメラなどは全部とってあるんです、祖父や曾祖父《そうそふ》の代に使っていたようなものまで。私は触ったことがないので、実際に動くのかどうかも分かりません」

「半分はクラッシックカメラと呼ばれる部類に入る貴重な物だと思います。となりますと、ちょっとした違いで希少価値が大きく変わりますし、その時々の需要次第でも変動します。ただ、適切な保管がなされているようですから程度は良さそうです。いずれにしても、先ほども申しましたように専門家に見てもらいます」

スタジオの横にはさらに二部屋あり、ひとつは畳敷きの小上がりのついた控室で、もう一つは現像や焼き付けを行うための暗室を備えた作業室だ。曜君は控室に入るなり、足早に小上がりに近づき鏡台をしげしげと眺めた。

「この鏡台も処分していいんですか？　かなり値打ちのある品物だと思いますが」

曜君は靴を脱いで畳の上にあがると三面鏡を開いた。

「はい、お客さん用ですから、私も母も一度も使ったことはありません。なので、特に思い入れもありませんから、引取り先を探してください」

鏡越しに私の顔を見やる曜君に答えた。

「……、あの、お母様は」

「十年ほど前に鬼籍に入りました」

「そうでしたか」

曜君は気まずそうな表情で小さく頭をさげると、そっと三面鏡を閉じた。

隣の作業室はフィルムを現像する薬剤の酸っぱい臭いが漂っており、理科室といった雰囲気に満ちている。この部屋は現像や焼き付けに使う薬品がおいてあり、危ないから絶対に入ってはダメだと厳しく父に言いつけられていた。なので、こうやって奥までゆっくりとした足取りで入るのは、私も数えるほどしかない。

「これは、かなり古い引き伸ばし機ですね、ビンテージの類に入るかもしれません」

「父はフィルム撮影にこだわっていました。けど、最近のお客さんは加工に便利なデジタルカメラでの撮影を希望する方が多いようで、滅多にフィルムを使う注文は入らなかったみたいです」

　全体的に古ぼけた品ばかりがならぶ室内で、一台だけ違和感を放っている大型の商業用デジタルプリンターを私は見やった。曜君は私の視線をたどると「なるほど……」と短く相槌《あいづち》を打った。

「あの奥の引き戸の先も写真関係の倉庫になっています。くわしく見たことがないので、何が入っているのか分かりません」

　一通り見て回った私たちは、受付カウンターのある入り口すぐの部屋に戻った。

「だいたい、このような感じです」

　二階は二十年ほど暮らした場所なので、あれこれと想い出があるのだが、一階はあまり記憶がない。いや、むしろ嫌な想い出ばかりかもしれない。それらを思い返すだけで小さな溜《た》め息が零《こぼ》れそうになる。

「ありがとうございます。売値がつくと判断したものは、この青いタグをつけていきます。逆に値がつかなさそうなものは黄色、処分にそれなりの費用がかかりそうなものは赤をつけておきます。どれも番号をふって見積もりと照らし合わせてご覧いただけるようにしておきますので」

　曜君はソファの鞄《かばん》から三色のタグを取り出して見せてくれた。紙縒《こよ》りのような紐《ひも》が付き、番号が『1』から順に振ってあるようだ。それを眺めていて、ふと思い出した。

「そうだ。忘れてましたけど、こっちにもう一つ部屋があります。現像や焼き増しの取り次ぎをしていたころに使っていたものが仕舞ったままになっていると思います」

私は受付の脇にある引き戸をあけた。そこは四畳半ほどの小部屋になっている。以前は事務室として母が使っていたもので、灰色のスチール机と椅子が一つずつあるだけで、他は段ボールや梱包材《こんぽう》に包まれた大小の荷物があちこちに置いてあった。

こちらは何ごとにも大らかで、細かいことにこだわらない母の性格を表すように雑然として埃《ほこり》っぽかった。

「おっ！　これは、もしや」

曜君は壁に立て掛けてあった大きな段ボールの埃を指先で払った。

「やっぱり。こちらの梱包をといても構いませんか？」

「ええ、もちろん。……ちなみに、その包みは何ですか？」

「等身大パネルです。ほら、よく店頭にのぼりなどと一緒にアイドルやタレントの全身写真のボードが立ててあるじゃないですか？　あれです」

曜君は昭和世代の人気アイドルの名前を口にした。

「確かに写真入りの年賀状などを扱っていたころに、そんな物を店の前に出していたような気がします。美意識が許さなかったのか父は『品がない』と嫌がったのですが、母は意に介さず『少しでも売上が増えるほうがいいでしょう？』とか言って」

「このように梱包材までちゃんと残してもらえてありがたいです。大概の人は捨ててしまうんですけどね」

そう応《こた》えながら曜君はスマホで何やら確認を始めた。

「えーっと、ネットのオークションサイトを見てるのですが……。ああ、やっぱり。思っていたよりも良い値が付いてますね。人気は根強いようです」

「こんな、古いゴミみたいなものが売り物になるんですか？」

思わず本音が出てしまった。曜君はゆっくりと首を振った。

「そんな、ゴミだなんて……。物の値打ちというものは、一人ひとりが決めるものだと思います。その人が大切にしておきたい事柄を想い出させてくれるのであれば、それがたとえどんなに見すぼらしかったとしても価値があると僕は思います。周りの方には不要な物、無駄な物に見えたとしても」

「……はぁ」

口調は柔らかいけれど毅然《きぜん》とした物言いに、私は少しばかり彼を見違えていたのかもしれないと思った。曜君は若いけれど、しっかりとした芯《しん》のようなものを、すでに持っている人なのかもしれない。

曜君は「あっ、……すみません、偉そうなことを言いまして」と頭をさげた。

「いえ、むしろ不見識だったと反省しました。ごめんなさい」

「無理もないです。少し前まで、大半は捨てられていましたから。なんと言いましても、手放したい人と欲しい人とをつなぐ術《すべ》がありませんでしたから。もちろん古書店や骨董《こっとう》品店などもありましたが取引きされるのは評価が確立した立派な物が中心です。それがネットのお陰で様々な品物が必要な人の手へと渡るようになったのです」

曜君は改めて室内に残された古い段ボール類を眺めた。その視線は柔らかく、慈しむような温かさが感じられた。

「いずれにしても手放したい私にとって、処分に費用がかかるより、少しでもお金になる方が嬉《うれ》しいのは事実です。ご面倒をおかけしますが、とにかく一切をお任せしますので、よろしくお願いします」

「かしこまりました。では、目途がつきましたら電話で連絡します」

そう言うなり曜君は部屋から出て行った。

開け放たれたドアから中を覗《のぞ》き、控え目にノックをした。奥で作業をしていた曜君は「だるまさんがころんだ」の鬼のようにパッとふり返った。余程集中して作業をしていたのか、不意のノックは驚かせてしまったようだ。その目を丸く見開く表情は、少年の面影を感じさせた。

「進み具合はいかがですか？」

私は中へ入り声をかけた。曜君は腕時計を確かめると「もうこんなに経ったのか……」と独り言《ご》ちた。折り曲げていた体をすーっと伸ばしながら立ち上がると、続けて腕を上に振り上げて大きく伸びをした。そのしなやかな動きは、まるで昼寝から起きたばかりの猫を思わせた。

「はい、だいたい終わりました。けど、受付横の事務室は手つかずになってます」

「そうですか……」

私の返事が良くなかったのか、曜君は頭をさげた。

「すみません、なるべく急いでやってるつもりなんですが」

「ごめんなさい、急《せ》かすつもりは全くないんです。……あの、何かお手伝いしましょうか？　二階は一昨日《おととい》から作業していたので、だいたい目途がつきましたから」

「ありがとうございます。実は少し見てもらいたいものがあります」

曜君は奥にある倉庫の扉を開いた。

「ここに引き伸ばした写真が何枚かあるんです」

「……多分ですけど、ショーウィンドウに飾っていた写真だと思います」

「なるほど、だから額装したものなどもあるんですね。他にも、この引き出しに何枚かあるんです。ちなみにこの棚も売れると思います。これだけの大きさで浅い引出しがいっぱいついた棚は、なかなかありませんから。地図や何か大きな紙類を整理したいと考えている人が喜ぶと思います」

曜君はサイドボードほどの大きさの引き出しのひとつを開けた。そこには薄い紙に包まれた四つ切りサイズの振袖《ふりそで》姿の写真があった。モノクロではあったが、丁寧に焼き付け処理がなされ、紫外線を避けて保管していたからか瑞々《みずみず》しさを感じさせる。

曜君は先ほどまで作業をしていた時にはめていた軍手を外すと、別なポケットから新しい手袋を取り出してはめ直し、写真をそっと取り出して裏返した。そこには鉛筆で撮影年月日と「松田《まつだ》敏子《としこ》様」という名前、それに電話番号のような七桁《けた》の数字が書いてあった。

「写真の方の名前ですかね？　この松田敏子さんって。誰だか分かりますか？」

「ごめんなさい、ちょっと分からないわ。写真も初めて見るものだし、お名前にも心当たりはありません」

「そうですか……」

棚には別の人を撮影した写真が数枚残っている。

「全部で何枚ぐらいありそうですか？」

私は棚を上から下まで眺めながら尋ねた。

「一つの引き出しにだいたい三枚から四枚ほどですから、都合七十枚ほどかと」

「結構な数ですね。でも、とりあえず、名前と一緒に書いてある数字は多分電話番号でしょうから、かけてみましょうか？」

「はい。ちなみに連絡がついたら、どうするんですか？」

「引き取っていただけるなら差し上げます。どうせ、置いておく場所もありませんし」

「そうですか……。じゃあ、とりあえず作業をしやすいように、写真を移動させましょう。控室でいいですか？」

「ええ」

棚の中身を控室に移動させながら枚数を確認すると、全部で六十七枚あった。どれも最初に確認した一枚と同じように裏面に鉛筆書きがなされている。

「この数字って本当に電話番号ですかね？　郵便番号ってことは、ないですよね？」

七桁の番号を眺めながら曜君は小さく首を傾げた。

「古い物に興味があるって聞いていたから、てっきりご存じだと思い込んでました。昔は市外局番の〇三に続く番号は七桁だったんです。私が短大を卒業する年に八桁に増えたのですが、それ以前から使われていた番号には頭に三を付け足すんです。なので書いてある番号の前に〝〇三三〟とつければ、スマホからかけてもつながるはず。その番号がまだ使われていたらですけど」

「そうでした。知っているつもりだったのですが……」

結局、二人で手分けをして片っ端から電話をかけてみたが、つながらなかったり使用者が変わったりしている番号も多く、唯一「もらえるなら欲しい」と言ってくれたのは最初に見つけた一枚だけだった。

『はい』

『あの、こちらの番号ですが、松田さん、松田敏子さんのお宅でよろしいでしょうか？』

曜君の丁寧な口調が仇《あだ》になったのだろうか、相手は急に怒りだした。

『……はぁ？　あのね、振り込め詐欺だったら結構よ。先月もかかってきて蒲田警察署に通報したばかりなんだから。切りますよ！』

スピーカーフォンで話していた曜君の隣から私は口を挟んだ。

『すみません、お電話代わりました。蒲田駅近くにあります旭《あさひ》写真館の旭山と申します。突然のご連絡で申し訳ありません。実は写真館を閉じることになりまして、整理をしていましたら、松田様のお写真ではないかと思うものが出てきましたので、ご連絡した次第です。よろしければお受け取りいただきたいと思ったのですが……。いかがでしょう？』

少し間があった。電話の向こうで何か相談するような声がした。

『もしもし、こちらも電話を代わりました』

中年男性のしっかりとした声だった。

『はい、あの、旭写真館の旭山と申します』

先ほどと同じ説明をすると男性は『なるほど』と納得した様子だった。

『その写真、いただけるんですか？』

『はい、もちろんです。その代わりといっては恐縮なのですが、取りに来ていただけるとありがたいのですが』

住所を告げると『これから伺います』とのことだった。

『では、お待ちしております』

私がちらっと見やると、曜君は頷《うなず》いて電話を切った。

「はぁ……。結局、一人だけでしたね、連絡とれたの」

私は思わず溜《た》め息を零《こぼ》した。

「そうですね。でも一人だけとはいえ連絡がとれて良かったと思います」

「まあ、……ですね」

結構な時間を費やしたのに、連絡が取れたのは一人だけ。それを前向きにとらえることができる曜君の若さが羨《うらや》ましかった。

「あの、良かったら額装しませんか？　いくつか空の額縁が倉庫に残ってましたから」

不意に良いことを思いついたといった表情で曜君が口を開いた。

「そうですね、そうして差し上げましょう。せっかく取りに来ていただけるんだから」

「確か四つ切りサイズの額があったはずです」

曜君は足早に倉庫へと取って返すと、サイズの合う額を探し出し、部屋の隅に置いてあった雑巾《ぞうきん》で埃《ほこり》を拭《ぬぐ》うと写真を納め、小上がりの畳の上に額を立てた。

額装されたそれは、ありふれた記念写真のはずなのに、ちょっとしたアート作品のような雰囲気だった。

「綺麗……、何十年も前の写真とは思えない。ついさっき撮ったばかりのよう」

「お父様の腕が良かったのでしょう。モデルが良いのはもちろんですけど」

そこへ入り口のあたりから「ごめんください」と声が聞こえた。

慌てて受付の部屋へと急ぐと、七十代半ばぐらいの銀髪をショートカットにした女性が立っていた。その隣には私と同世代ぐらいの男性がいた。

「あの、お電話いただいた……」

その男性はそこまで言いかけると、私の顔を見るなり驚いた様子で黙りこんだ。その様子を訝《いぶか》しそうな顔で見やりながら銀髪の女性が言葉を引き継いだ。

「松田です、松田敏子です」

背筋がピンッと伸びた美しい立ち姿で、落ち着いたよく通る声だった。

「旭山です。わざわざありがとうございます」

「あの、写真というのは」

その言葉に合わせるようにして、曜君が額を差し出した。

「こちらです」

「まぁ……」

敏子さんは手を伸ばして額を受け取った。

「これ、本当に母さん？」

黙り込んでいた男性が口を開いた。どうやら息子さんのようだ。

「うん……」

「母さんにも二十歳のころがあったんだね」

敏子さんは小さく笑みを零すと肘《ひじ》で突いた。

「失礼ね。勝也《かつや》、私だって最初っからお婆さんだった訳じゃないのよ」

勝也と呼ばれた男性は小さく首をすくめた。

「父と母に勧められて二十歳の記念にこちらで撮っていただいたものです。大切に仕舞っておいたのですが、この子が生まれる少し前に火事に遭ってしまって。なので若いころの写真が私は一枚も残ってないんです」

敏子さんは愛《いと》おしそうに写真を眺めながら教えてくれた。

「本当に……、玉手箱を開けたような気分です」

「母さん、玉手箱は開けたら歳をとるんだよ。若返るなんて聞いたことがない」

「じゃあ、ビックリ箱かしら」

親子の受け答えに、思わずこちらまで顔が綻《ほころ》んでしまう。

「ありがとうございます。けど、本当にお店を閉めてしまうの？」

不意に尋ねられて少し戸惑った。

「ええ……、父が亡くなりまして跡を継ぐ者がおりません。子どもは私ひとりなのですが、まともにカメラを触ったこともなくて」

そう答えると勝也さんが「そうなんだ……」と零し、さらに言葉を続けた。

「あの……、お父様は学校行事の同行撮影などもなさってましたよね？」

「ええ。でも、もう随分と前に体がきつくなってきたから他所《よそ》に譲ると言ってました」

「そうですか……、残念です。でも、懐かしいな。僕はこの辺りで育ったので、旭写真館のおじさんに修学旅行や運動会の写真を撮ってもらいました。ちょっと厳しそうな印象でしたけど、運動会であれば躍動感のある写真を撮ってくれるし、遠足とか修学旅行なんかだと、そのまま絵葉書になるような綺麗な構図にみんなの笑顔を収めてくれました。スナップ写真一枚に、あんなに精魂込める人はいないと思います」

感慨深げに語る勝也さんには申し訳ないけれど、私にとっては、あまり良い思い出ではない。

「学校行事のスナップ写真。あれは本当に大変なんです。学校の廊下に張り出すための準備から始まって、注文に合わせて写真ごとの焼き増し枚数を数えて……。集金袋を兼ねた封筒に注文通りの写真がちゃんと入ってるかを何度も確認して。家族総出で大わらわ。一枚五十円や百円などというお代ではとても割が合いませんでした」

私の口調が面白かったのか皆が笑った。

「あの、良かったらスタジオを見せてもらえませんか？　どんな場所で母が撮ってもらったのか見てみたいんです」

そう勝也さんが切り出した。

「ええ、構いませんが……」

私が答える横で敏子さんは「私は遠慮するわ」と首を振った。

「なんで？　一緒に見ようよ」

「ううん、やめておく。あのね、美しい思い出はそっとしておくの。だから私はここで待ってる。ひとりで見てらっしゃい」

それまで黙っていた曜君が「では、僕がご案内しましょう」と言ってくれた。

「お任せして大丈夫ですか？」

「ええ、もちろん」

大きく頷くなり「さあ、こちらです」と曜君は勝也さんを伴ってスタジオへと消えていった。

二人の姿が見えなくなると、私は敏子さんにソファを薦めた。片隅には几帳面《きちょうめん》に畳まれた曜君の上衣《うわぎ》と鞄《かばん》が置いてある。

「正直なところね、お電話をいただけて本当に助かったわ」

腰を落ち着けると、敏子さんは私の顔をじっと見つめて頭を下げた。

「訳が分からないわよね……。あの子ったら、久しぶりに顔を見せたと思ったら、今後の身の振り方について、あれこれと一方的な話をして。もちろん、彼の人生だし、私も先が長い訳じゃないから好きにしてもらっていいんだけど。もうちょっと考える時間が欲しかったし、彼にも冷静になってじっくりと考えてもらいたかった。そんな訳で話は平行線。で、煮詰まってる時に、こちらから電話をいただいたの。お陰で、話は一時中断で、私としては、ちょっとほっとしてるのよ」

「そうでしたか……」

「そう？」

「うん」

「可笑《おか》しなものよね、五十を超えた息子が何をしようが、放っておけばいいのに、何時まで経っても子ども扱いをしてしまう。心配性なのは、このころから全く変わってないのよね」

敏子さんは小さく溜め息を零しながら額をじっと見つめていた。


結局、曜君たちが戻ってくるまで三十分ぐらいかかった。

「お待たせしました。それにしても本当に閉じてしまうんですか？　立派なスタジオじゃないですか、もったいない」

勝也さんがそう零すと、敏子さんはソファから立ち上がり小さく首を振った。

「無理を言うものじゃあないわ、こちらにも色々と都合があるでしょうから。では、失礼します。本当にありがとうございました」

曜君は何時の間に用意したのか、額が入りそうな紙袋を勝也さんに手渡した。勝也さんは敏子さんの手から額を受け取ると、そっと紙袋に仕舞った。

店の外まで見送りに立つと、敏子さんは通りの角でふり返り手を振ってくれた。その横で勝也さんが頭を下げた。

「喜んでもらえて良かったです」

思わず零《こぼ》すと、曜君が深々と頷《うなず》いた。

「本当に。やっぱりカメラマンって素晴らしい仕事だと思います。誰かの大切な一瞬を美しく写真に収めることで、こんなにも喜んでいただける。なかなかないと思います、そんな仕事」

「そうですね……。けど、今はスマホさえあれば誰でも簡単に綺麗《きれい》な写真が撮れます。もちろんプロと素人の差はあるにしても、昔ほどではないでしょう。それに写真はスマホやタブレットで見るのが当たり前で、印刷したり大きく引き伸ばしたりという注文は少なくなっていると思います。どうしても、そういうことをして欲しい人はネットで注文して宅配便で受け取るっていう時代ですし。よほど有名なカメラマンでもないかぎりスタジオを維持できるほどの収入を得ることは無理だと思います」

「ですかね……」

その曖昧《あいまい》な返事を聞きながら店内へと戻った。すると、ふと壁にかけられた時計を見るなり曜君は「やばっ！」と慌てだした。

「すみませんがスナックの開店準備をしないといけないので、今日は失礼します」

「あら、もうこんな時間」

「とりあえず今日調べた情報を整理して買い取り先をいくつか当たってみます。ああ、機材の搬出などをする際は、必ず僕が立ち会うようにしますので安心してください」

「すみません、何から何まで」

「受付裏の販促物などは、その時に僕も車で来て、まとめて持ち出すようにします。なので整理が終わってませんが安心してください。あっ、そうだ。倉庫の奥にファイルキャビネットがあったんですけど、鍵《かぎ》がかかっていて中身を確認できませんでした」

「ファイルキャビネット？」

曜君は倉庫へと歩いて行き、奥から蜜柑《みかん》箱ほどのスチール製の容器を取り出した。

「事務用品のロッカーや机の引き出しに付いてるような小さな鍵って、どこかにありませんか？」

抱えてきたファイルキャビネットの鍵穴を見せながら曜君が尋ねた。

「さぁ……、ちょっと思いあたりません。中に何か入ってる感じですか？」

「ええ、多分」

「どうしましょう。この鍵を壊して無理矢理開けることはできませんか？」

私の問いに彼は首を振った。

「壊してしまうのは、ちょっともったいないです。こういった古い事務用品は意外と人気があるんです。良かったら僕に預けてもらえませんか？　部屋に戻れば単純な構造の鍵なら開けられる道具があります。あっ、心配しないでください。中身を勝手に処分したりはしませんから」

「じゃあ、お願いします」

彼は自転車の荷台にファイルキャビネットを丁寧に括《くく》りつけた。

「多分、数日でリストの整理はできると思います。このキャビネットもすぐに開けられると思いますから。準備ができたらメールで連絡します」

私が教えたアドレスをスマホにメモすると曜君は自転車に跨《また》がった。

「私が小学生のころに男の子たちが夢中になった自転車ですね。スポーツ車でしたっけ？　その独特な形のハンドルやシフトレバーが懐かしい。よく見つけましたね」

彼は返事の代わりにハンドルについたボタンを押した。すると前輪付近につけられた飾りの一部が動きライトが出てきた。

「隠しライト！『スーパーカーみたいだろ』って、お金持ちの子が自慢してた」

「なかなかちゃんと動くのは残ってないんですよ。この自転車をどうしても探して欲しいというオーダーがありまして。今日は、その試運転を兼ねて乗ってきたのです。来週には納車しますから、多分、ご覧いただけるのはこれが最後です」

曜君は荷台に設《しつら》えられたテールランプをピカピカと光らせながら帰って行った。

＊　＊　＊　＊

「これって……」

キャビネットの引き出しから取り出した写真は、六つ切りほどの大きさだった。

「裏をご覧になってください」

ボウタイが気になるのか、曜君は襟元に少し手をやりながら柔らかな口調で促した。

言われるがままに手元の写真を裏に返すと、そこには見覚えのある鉛筆書きの文字があった。

《誕生から三日目
やっと新生児室から妻の部屋へと移る
二千五百八十五グラムと小柄ながら元気そう
随分と悩んだが名前は「雪子」にすることに
この子が生まれた日は初雪だったから
真っ白な肌は、まるで雪の結晶のようだから
そーっと切ったつもりだったけど、
　パチリッというシャッターの音に驚いて大泣き
『写真館の娘なのに大丈夫かしら？』と妻が笑った
二人の顔を見て、夫として、そして父として、
　　しっかりしなくてはと思った》

引き出しには他にもたくさんの写真が。

「……なに、これ」

思わず勝手に言葉が零れた。

一段目の最後に出てきたのは、赤飯と尾頭付きの前ですまし顔の私だった。

《雪子、一歳の誕生日
おめでとう、そして、ありがとう

この一年、何度、ファインダー越しに君を眺めただろう
この一年、何度、君をフィルムに焼き付けただろう
冷静に見れば、構図も露出もピントさえも甘すぎてプロ失格

けれど、どれも素敵な一枚

これから、もっと腕を磨いて、もっと上手になって、
もっとたくさん雪子を撮るからね》

気が付けば目の前から曜君は消えていた。何時の間にかけてくれたのか、店内には抑えた音量でミルト・ジャクソンのビブラフォンが流れていた。その独特な残響が好みのようで、父はスタジオや暗室でよくかけていた。

時々、何かを擦るような音がBGMに重なる。目を凝らすと、カウンターの隅で曜君と真央さんがアイスピックで氷を削り分ける作業をしているようだった。それらを耳に

しながら、私はファイルキャビネットの引き出しを一つひとつ丁寧に覗《のぞ》いた。

一番下の引き出しには、写真は一枚しか入っていなかった。それは振袖《ふりそで》姿で成人式に出かける私の後姿だった。

《雪子成人式
大人の仲間入りおめでとう
残念だけれど、やはり晴れ着姿の記念写真は撮らせてもらえなかった
友だち同士で気軽にスナップ撮影ができる世の中だけど
できればちゃんとした写真で残してあげたかった
もちろん、誰が撮っても雪子はきれいだけれど

せめて結婚式の写真ぐらいは、ちゃんと撮らせてもらえますように》

その字を目にした瞬間、それまで我慢をしていた涙が止まらなくなった。慌てて手の甲で目元を押さえると、カウンターの奥へと声をかけた。

「ごめんなさい、お化粧で汚してしまうかもしれないけれど、もう一度、あの、熱々のおしぼりをいただけませんか？」

曜君は「はい」と短く返事をすると、すぐに湯気を立てるおしぼりを出してくれた。

すぐに熱いおしぼりを広げると、私は顔に押し付け小さな呻《うめ》きを漏らした。

どれぐらい経っただろう、顔をあげると曜君は目の前にいて、グラスを磨いていた。おしぼりを広げてみると、やはりマスカラやアイシャドーがついてしまっていた。

「ごめんなさい……、やはり汚してしまいました」

私の手元をちらっと見やると、曜君はすぐに新しいおしぼりをだしてくれた。

「ご心配なく。業務用の漂白剤や洗剤を使うのできれいに落ちます」

私は新しいおしぼりで手を拭《ぬぐ》いなおすと、成人式の写真を手にとった。ちらっとふり向いた顔は我ながら不機嫌そうで感じが悪いと思った。

「……知りませんでした、私の写真をこんな形で保管してただなんて」

「そうでしたか」

「多分ですけど、これが私を撮影した最後の一枚だと思います。成人式の数ヶ月後には短大を卒業して会社の寮へ入りました。以来、仕事の都合もあってずっと別々に暮らしてきました。お盆やお正月に帰ることがあっても、家族で写真を撮ったりした記憶はありません。結婚もしていませんから花嫁姿も撮らせてあげられなかった」

ファイルキャビネットの周りには、私が広げた様々なサイズの写真がバラバラと置いてあった。

幼稚園の制服姿で手を振る私。おっかなびっくりといった表情で犬の頭を撫《な》でているもの。『入学式』の立て看板の前ですました顔でポーズを取る私と母。運動会だろうか、体操着に鉢巻姿で懸命に走る姿。遠足か、林間学校か、大きなリュックを背負い緑豊かな背景の前で恥ずかしげに笑う私。どれも、ごく普通のスナップ写真のはずなのに、なぜだか優しげな眼差《まなざ》しに包まれていることがよく分かる。

私はそれらを一枚一枚引き出しに戻しながら口を開いた。

「この前、敏子さんに差し上げたようなポートレートを、見本をかねてショーウィンドウに飾っていました。ほとんどはお客さんの写真なのですが、時々、私がモデルを務めたものを出すことがありました」

曜君はグラス磨きを再開しながら、小さく頷《うなず》いた。その、何も言葉を挟まずに、仕事をしながら聞いてくれる様子は、なぜだかとても話しやすかった。

「あれは小学四年生だったと思います。新しく入れ替えた機材のテストを兼ねて浴衣《ゆかた》姿の写真を撮ってもらいました。父としても満足のいく出来栄えだったようで、区の展覧会に出品したあとにショーウィンドウに飾っていたのですが……。それを見たクラスの男子に随分とからかわれたんです。『恰好《かっこう》つけちゃって』とか『モデル気取りか？』みたいに。聞き流せばいいだけだと今になったら思いますけど、あの時は恥ずかしくて……」

言葉を切ると、曜君は手を止めてじっと私を見つめた。

「家に帰ると父は暗室に籠《こも》っていて、母は留守でした。私はショーウィンドウから浴衣姿の額を外すと中から取り出して写真を破り捨てました」

気が付けば、また瞳《ひとみ》から涙が零《こぼ》れた。残っていた成人式の写真を引き出しに仕舞うと、キャビネットを閉じ、曜君が作ってくれたプラスチックの鍵《かぎ》でそっと錠を閉じた。

「それが切っ掛けで私が父のモデルを務めることはなくなりました」

曜君は小さく頷くと、また手を動かし始めた。

「中学生になって初めて制服を身に付けたときに、母が私に記念撮影を勧めました。けれど私は断わりました。その日、父は学校からの依頼で入学式の様子を撮影していましたが、私はレンズを避けるように友人らの陰に立っていました。さすがにクラスの集合写真では写らざるを得ませんでしたが……。父が悲しそうな顔をしていたのをよく覚えています。きっと、どの子よりも私を撮りたかったでしょうに」

私はキャビネットの背をそっと撫でた。

「その記憶が薄れかけたころ、また事件がありました」

「事件？」

それまで黙っていた曜君が思わずといった様子で問い返した。

「あれは私が中学二年生のころです。クラスにカメラが趣味の男の子がいました、お金持ちの子でしたけど。その子が学校に写真の専門誌を持ってきたんです。その雑誌にはプロからアマチュアまで投稿された写真のうち、出来の良いものが掲載されるのですが、その中の一枚にモノクロのヌード写真がありました。その撮影者が父だったのです」

私はキャビネットからそっと手を離すと膝《ひざ》のうえに戻した。

「父がプロのモデルさんを雇い、スタジオで撮影をしていることは母から聞いていました。けれど、ヌードだとは知りませんでした。その子は悪気はなかったと思います。プロのカメラマンに憧《あこが》れているような子でしたから、単純に雑誌に知り合いの写真が掲載されて驚いてるといった感じでした。でも……、大半の男子は大騒ぎです。『おい、旭山、お前も裸を撮ってもらってるんじゃないのか？』『頼む！　見せてくれ』とか……。本当に嫌で嫌でたまりませんでした」

「しかし、よく名前だけで雪子さんのお父様と分かりましたね」

曜君の疑問はもっともだ。

「学校の写真販売で使う封筒などに写真館と一緒に父の名前を刷り込んでいましたから。旭山麟太郎《りんたろう》というちょっと変わった名前なので覚えやすいんでしょうね」

「なるほど……」

「まあ、そんなこともあって中学、高校とまともに父と口を利きませんでした。短大生になったらサークルやバイトばかりで家族とゆっくり食卓を囲むこともなく、顔を合わせるのも稀《まれ》なぐらい。こんなに想ってくれている父に対して、随分と酷《ひど》い娘だと我ながら呆《あき》れます」

私の話に小さく頷くと、曜君はキャビネットを紺色の風呂敷《ふろしき》に包んだ。

「持ち手がついてませんから、お帰りの際はこちらの風呂敷をお使いください」

「ありがとうございます。ああ、久しぶりにいっぱい泣いたら喉《のど》が渇きました。あの、そろそろ何か飲ませてもらえませんか？」

私は風呂敷包みを隣のスツールに置いた。

「はい、もちろん」

返事をする曜君の隣には、何時の間にか真央さんが立っていた。

「苦手なものやアレルギーの心配はないと伺いましたが、お好みのフレーバーやスタイルなどで何かご希望などはございませんか？」

あらためて耳にすると、やはり彼女のしっとりとした声は心地よい。小説やエッセイなどを朗読してくれたら、ずっと聞いていたくなるに違いない。

「……そうですね。何か心が落ち着くものをもらえませんか？」

私は隣の席に置いた風呂敷包みを眺めながら答えた。

「かしこまりました」

真央さんは恭しく一礼をすると、カクテル作りに用いる道具類をカウンターにならべた。続けて脚の部分が細いカクテルグラスを取り出すと、逆三角形を描くボウル部分を小さく砕いた氷で満たした。私は手仕事を見るのが大好きで、オープンキッチンのレストランなどに行く機会があれば食べるのを忘れて見入ってしまう性質だ。そんな私にとって、真央さんのカクテル作りを特等席で見ることができるのは、ちょっとしたご褒美のようだ。けれど、何のご褒美だろう？

「いま真央ちゃんが取り出した瓶は、ゴードンというブランドのジンです。その隣はエトナのシシリーライムジュース。あとシュガーシロップです」

私の視線を追うようにして曜君が説明をしてくれた。私は黙って頷くと、テーブルマジックのような滑らかな手つきを見つめ続けた。

真央さんはシェーカーを真ん中で二つに分解すると、胴に大きな氷をいくつか入れ、さらにメジャーで測りながらジンとライムジュースを注ぎ、最後にスプーン一杯ほどのシロップを垂らした。

使った瓶の蓋《ふた》をそれぞれキッチリと閉めると、ラベルの正面が私の方に向くようにしてならべ直し、シェーカーを組み立てると胸の前で構えた。彼女の腕が前後上下と動くたびに、氷が当たる音と、ジンやライムジュースがぶつかり合う音が小気味よく店内に響いた。

徐々に腕の速度を落とすと、そっとシェーカーをカウンターに置き、隣のカクテルグラスの氷を捨て、真っ白なクロスでサッと拭う。グラスに注がれたのは、薄《う》っすらと緑がかった液体で、仄《ほの》かにライムの香りが漂ってきた。

「お待たせしました」

「ギムレットです」

真央さんは真っ白なコースターにグラスを載せると、そっと私の前に差し出した。

「ギムレット？」

問い返す私に真央さんと曜君は揃って小さく頷いた。私は細い脚に指をかけるとグラスの縁に口を付けた。

「……おいしい。目の前でバーテンダーさんがシェーカーを振って作ってくれるカクテルを飲むなんて初めてのことだから、上手《うま》く表現できないけれど……。爽《さわ》やかで柔らかいのに、どこか力強さを感じる味ですね」

真央さんはさっと一礼し「ありがとうございます」と微笑んだ。その様子に曜君は小さく片方の眉《まゆ》を上げると口を開いた。

「真央ちゃんの腕前はピカ一だと認めますが、チョイスは少しばかりベタですね」

曜君の言葉に真央さんは「そうかな？」と短く疑問を呈した。きっと私の顔には怪訝《けげん》な表情が浮かんでいたのだろう。曜君が言葉を続けた。

「花に花言葉があるように、カクテルにも意味があるんです」

「じゃあギムレットにはどんな意味があるんですか？」

私の問いに二人は顔を見合わせた。曜君が「どうぞ」といった様子で手の平を真央さんに差し出した。

「遠い人を想う……です」

真央さんは短く答えた。

「遠い人を想う……」

私は真央さんの言葉をくり返すと、残りを一気に飲み干し目を瞑《つぶ》った。

「なぜだか無性に父に会いたくて仕方がありません。それに、母にも。二人とも、いつも仕事に忙しく、落ち着かない家でした。父はスタジオや現像室に閉じこもり、母は予約の受付やら接客に追われて。でも、二階の部屋で一階からの物音を聞いていると、何時もなぜだか落ち着いたんです。ああ、父さんと母さんは下にいるなって」

私は空になったカクテルグラスにそっと触れながら話を続けた。

「父が亡くなって二階の片づけを始めたのですが、しんと静まり返っていて、寂しいような怖いような……。なんだか言い訳じみてますけど、どうにも進まないんです。それが不思議なことに曜君が来てくれたあの日は、とてもはかどりました。きっと一階で作業をしている物音が聞こえたからだと思います」

曜君は深く頷《うなず》くと、棚から新しいシェーカーを取り出した。どうやら、それは曜君専用のようだ。実際、話をしながら真央さんは使い終わったシェーカーなどを洗い清め、クロスでピカピカに磨き終えている。

「もう一杯、お付き合いください」

曜君は少し考え込むようにしながら瓶がならぶ棚を見やった。その様子に真央さんは微笑みながら「きっと気の利いた一品を作ると思いますよ、私みたいなベタなものではなくね」と笑った。

そんなやり取りをする私たちを置いて、曜君は瓶を次々とカウンターにならべた。

「材料はバーボン・ウィスキーにライムジュース、レモンジュース、それとこれです」

曜君が最後に置いたのは少し変わったデザインの細長い瓶だった。

「なんですか？　それ」

「グレナデンシロップです。グレナデンとはフランス語で柘榴《ざくろ》のことです」

「柘榴？」

「はい。もっともメーカーによっては柘榴だけではなく、ほかのフルーツエキスなどを加えているものもあるようですが。これはダルボというオーストリアのメーカーが柘榴果汁と砂糖、それにクエン酸だけで作ったシロップです」

曜君はシェーカーに氷を満たすと、メジャーカップで瓶の中身を順に注ぎ、リズミカルな音を立ててシェーカーを振り始めた。大柄な体格だからか、全体的にゆったりとして優雅さにあふれたシェイクだった。

手を止めると背の高いグラスに氷を満たし、そこにシェーカーから焦げ茶色の液体を注ぎ入れた。続けて王冠を抜いたばかりの炭酸を足すと、細長いスプーンで少しばかりかき混ぜ、最後にスライスしたレモンを添えた。

空になったカクテルグラスを下げると、新しいコースターに作ったばかりのグラスがそっと置かれた。そのグラスからはパチパチと炭酸が爆《は》ぜるのに合わせて仄かに甘い香りがした。

「カリフォルニア・レモネードです」

私は黙ってグラスを手にすると、ひと口ほど喉に流した。

「ああ……、美味《おい》しい」

思わず声が零《こぼ》れ、続けて半分ほど飲み進んだ。

「カリフォルニア・レモネードのカクテル言葉は何ですか？」

曜君はちらっと真央さんを見やると答えた。

「永遠の感謝……です」

「……なんか、私のために即興で作ってくれたようなカクテルですね」

曜君は小さく肩を竦《すく》めた。

「そんなことを器用にできるのなら苦労はしません」

その言い草に思わず笑ってしまった。

「カリフォルニア・レモネードはちゃんとレシピのあるカクテルです。彼はベーシックな分量や手順を忠実に守り、手際もまずまずでした。まずは合格と言って良い出来栄えだったかと思います」

真央さんは、まるで弟子の仕事ぶりを総評する師匠のようだ。

不意に曜君がポケットからスマホを取り出した。

「あっ、しまった」

慌てて店の入り口へと駆けて行く。

「すみません。お待たせしました」

どうやら私を気遣って鍵《かぎ》をかけていたようだ。道理でお客さんがこないはずだ。

「いえ。あの、大丈夫ですか？」

「はい、いらっしゃいませ」

曜君が恭しく頭をさげる。

「ああ、じゃあ、私、帰ります。お会計をしてください」

私がスツールから立ち上がりかけると真央さんが「まあまあ」と声をかけた。

「新しくお客様がいらしたからと前のお客様が帰られてしまったら、何時まで経っても当店の閑古鳥が鳴き止みませんわ」

「そうですよ。それに雪子さんに会わせたくてお呼びした方ですから」

真央さんの言葉を引き継いだ曜君に促されるようにして、お客さんが顔を見せた。

「先日はありがとうございました。覚えてますか？　僕のこと。松田です、松田勝也です。母の写真を譲っていただいた」

「ああ、あの時の……」

「まあ、二人とも挨拶《あいさつ》はそれぐらいで、勝也さんも座ってください」

曜君は風呂敷《ふろしき》包みとは反対側の私の隣の席へと勝也さんを案内した。続けて例のおしぼりを出したが、勝也さんはそれには手を伸ばさずに私の方へと身を乗り出すようにして話し始めた。

「あの、率直に申し上げます。あの写真館を私に譲ってもらえませんか？」

「へ？」

あまりに唐突で思わず変な声が出てしまった。

「勝也さん、順序だてて話をしないと雪子さんが理解できないかと。それに、まずは何かお飲みになって落ち着かれた方が良いと思います」

曜君は取り成すように言ったが勝也さんは表情を崩さずに首を振った。

「いえ、お酒を飲む前にちゃんとお話をしたいんです。酔いにまかせて冗談で言ったと思われては困ります」

あまりの勢いに真央さんは小さく眉を上げると私をちらっと見やった。その「困りましたね」と言わんばかりの表情に、ちょっとほっとした。

私は軽く咳《せき》ばらいをすると口を開いた。

「あの、どういうことでしょう？」

「自分は小さなころからカメラが趣味なんです。小学生のころに祖父からお下がりのオリンパス　ペンをもらいました。それから、ずっと写真撮影を続けています」

私は先を促すように小さく頷いた。

「プロの写真家を目指したこともありましたが、学生結婚をした妻が早くに長男を授かったことなどもあって夢を諦《あきら》めて就職しました。仕事は楽しかったのですが何年も携わってきた案件に目途がつきまして……。ちょうど若手も育ってきたので、そろそろ任せなければと思っていたのです。それに、長年病気を患っていた妻が昨年亡くなり、子供らもみな就職して家から離れたことなどもあって経済的に無理をする理由がなくなりました。ちょうど早期退職制度の適用年齢にもなり、定年前ですが会社を辞めようかと思っていたのです。その辺のことを相談しようと思って久しぶりに実家を訪ねた時にあの電話をいただいたのです」

「そうでしたか」

少しばかり間を置いてもらうために、あえて短く相槌《あいづち》を打った。

「お邪魔した時にも話したと思うのですが、自分が通っていた小学校は旭写真館が行事などの帯同業者でした。なので運動会や遠足のスナップはすべてお父様に撮ってもらったものばかりです。首や肩に何台ものカメラをぶら下げて、レンズを時々交換しながらたくさんの写真を撮る姿は本当に恰好《かっこう》が良くって僕の憧《あこが》れでした」

勝也さんは続けて学校名を口にした。そこは私が通ったところの隣の学区で、確かに旭写真館が随行写真店としてずっと付き合いがあったところだった。

「それに……、写真家である旭山麟太郎を自分は深く尊敬しています」

「えっ？」

「小学生のころに展覧会でお父様の写真を見たことがあります。浴衣《ゆかた》姿の少女が団扇《うちわ》を片手にぼんやりとした表情で窓の外を眺めている写真です。この前お邪魔した時にスタジオの大きな窓を見て、あのスタジオで撮影したものだと確信しました。自然光を生かした柔らかな空気をそのまま切り取ったような素晴らしい作品でした。こんな写真を自分も撮れるようになりたいと思ったものです。それと、モデルは同い年ぐらいの女の子でしたけど、とても美しい少女でした。恥ずかしいですけど私の初恋の相手は、あの写真の少女です。あれ、雪子さんですよね？」

あまりの成り行きに、私は言葉を失った。

「そんな訳で、ぜひお父様の写真館を譲っていただきたいのです」

そんな私を気遣うように真央さんが口を開いた。

「一旦《いったん》ストップしましょう。とりあえず、お気持ちを伝えることはできましたよね？」

「えっ、ええ、はい、まぁ」

ふと我に返った様子で勝也さんが頷《うなず》いた。

「じゃあ、雪子さんが考える時間を作るためにも何か飲んでください。何が……」

曜君が言い終わらないうちに、気が付けば私は口を開いていた。

「あの……、父の写真館を引き継いでくれるということは、あの建物やスタジオをそのまま使っていただけるということでしょうか？」

勝也さんは改まった様子でこちらに向き直った。

「はい、そのつもりです。何と言ってもあれだけの設備ですから」

「ありがたい話だと思います。そうしてもらえたら、父も喜ぶと思います。ただ……」

言い淀《よど》んだ私の言葉を、真央さんが引き継いだ。

「税金とか色々と面倒な問題がありますよね。曜君から聞いた限りですが、蒲田駅の商店街のすぐ近くに結構な広さの土地とくれば評価額もかなりなものかと」

すると、その言葉をさらに引き継ぐ声があった。

「その辺は俺に相談してもらいたいもんだな。不動産を活《い》かした相続税対策にくわしい税理士も紹介できる」

「佐東さん……」

それは曜君を紹介してくれた、不動産屋の佐東さんだった。

「まあ、何とかなりますよ、多分ですけど」

佐東社長が深く頷いた。

「あの、じゃあ、あの写真館を譲っていただけますか？」

みんなの視線が私に集まっていることが、痛いほど分かった。

「聞いたばかりの話に乗ってしまうのはどうかとも思いますけど……。二杯もいただいたカクテルに酔っぱらった訳ではありませんが、なぜだかお任せしようかという気になっています」

「ほっ、本当ですか？　本当に僕に譲ってもらえるんですね」

「あの……、ひとつだけ条件をつけてもいいですか？」

「はい、何でもおっしゃってください」

「お店の名前を『旭写真館』のままにしておいていただけませんか？　せっかく店主が代わるのですから、本当なら松田さんのお名前を冠した店名にすべきなんでしょうけど……。できたら父や祖父といった代々の店主が愛した店名をそのままにしておきたいんです。本当なら私が継ぐべきだったでしょうし」

　勝也さんは「なんだ、そんなことですか」と零し言葉を続けた。

「もちろんです。むしろ、そうさせていただいた方が営業面でもありがたいですし、僕にとっても願ったり叶《かな》ったりです。何と言っても僕にとって旭山麟太郎は憧れの人ですから。その人の屋号を継げるだなんて、こんなにも名誉なことはありません」

　勝也さんの返事に佐東社長が指を鳴らした。

「なら、決まり。みんなでお祝いをしよう」

「じゃあ、言い出しっぺの社長の奢《おご》りでいいですね」

先ほどまで慇懃《いんぎん》な態度を崩さなかった真央さんが佐東さんには少し砕けた口調なのが意外だった。佐東さんは小さく首をすくめた。

「まあ、いいだろう。おい、曜、何か適当なシャンパンを開けてくれ」

　曜君はカウンターの奥から一本の瓶を取り出した。

「『ブラン・ド・クレ』です」

「珍しい。お前のことだから、ここぞとばかりにドンペリとかクリュッグを持ってくるかと思ったよ」

「自分で飲もうと思って冷やしておいたんです。もったいないけど今日は特別です」

　曜君は氷を満たしたワインクーラーに瓶をそっと挿すと、五人分のシャンパングラスを用意した。

心地よい酔いに身を委《ゆだ》ねてよいものかと、こっそりと頬を抓《つね》った。すると、ちゃんと痛く、思わず笑ってしまった。怪訝《けげん》な顔のみんなに応《こた》えるように私は口を開いた。

「私、お祝いでシャンパンを開けてもらうなんて初めてです。なんか今日は初めてのことばっかりで、興奮して眠れそうもありません」

「いいものですよ、何か特別な時にシャンパンを誰かと分かち合うって」

佐東さんがしみじみとした声で応えてくれた。

その声に合わせるようにして、私たちのまえに黄金色の液体で満たされたシャンパングラスが供された。

「では雪子さん、何かひと言」

「えっ？　私が」

皆の視線が集まっていることに観念し、私は口を開いた。

「松田さん、いろいろと大変だと思いますが旭写真館をどうかよろしくお願いします。佐東さんも軌道に乗るまで面倒を見てください。それと……」

私は曜君の顔をじっと見つめた。

「曜君、正直に言ってしまうと、最初はちょっと頼りなさそうだなって思いました。だって、綺麗《きれい》な顔をしたモデルさんみたいな人なんだもの。大丈夫かなって心配しました。だけど、本当にお世話になりました。ありがとうございます」

曜君は恐縮したかのように小さく俯《うつむ》いた。

「では、乾杯」

「乾杯！」

皆の声が店内に響いた。

「美味《うま》いな、これ。定番で置いてくれよ」

「手に入りにくいんですよ。社長は社長らしくドンペリでも飲んでてくださいよ」

「そうですよ、取れるところから取らないと、うちみたいな小さな店は潰《つぶ》れてしまう」

真央さんの口ぶりにみんなの顔が綻《ほころ》んだ。

「あーあ。おい、何か摘《つ》まめるものも出してくれよ」

ぼやきながら、佐東さんがオーダーした。

「かしこまりました」

あっと言う間に空になったボトルを布巾《ふきん》で拭《ぬぐ》いながら曜君が恭しく返事をした。さて、どんなものが食べられるのかな？

＊　＊　＊　＊　＊

ノックに「はい」と軽く返し、真央さんが控室の扉を開けた。

「なんで曜君まで着物なの？　それにしても……、ベストとボウタイも今ひとつ板につかないけれど、着物もねぇ。なんだか七五三みたい」

「酷《ひど》っ、そう言う真央ちゃんだって入学式の母親みたい」

「だって、颯太《そうた》の中学校の入学式に着るために買ったスーツだもの」

曜君は小さく首をすくめると、鏡台の前に座る私に向かって声を張った。

「雪子さん、スタジオの準備できました」

「はい。こちらもちょうど整いました」

返事をすると大きな姿見で全身を確認してから戸口へと向かった。

「うわぁ、綺麗ですね……」

曜君の反応はお世辞と分かっていても嬉《うれ》しい。

「曜君も素敵よ。見慣れない人は違和感を覚えるかもしれないけど、似合ってる」

カーテンを開け放たれたスタジオは、窓から光が燦燦《さんさん》と降り注ぎ、真っ白な壁に反射して眩《まぶ》しいほどだった。

「こら！　颯太。スマホばっかりいじってないの」

スタジオの隅に置かれた椅子でスマホを眺めていた詰襟姿の男の子が顔をあげた。

「ちょっとLINEしてただけだよ。だいたい、母さんたちを待ってたんだからね」

椅子から立ち上がった颯太君は唇を尖《とが》らせた。背丈はすでに母親である真央さんを追い越しているが、まだ声変わり前の可愛らしい声だ。

「ごめんなさいね、おばさんの着付けに時間がかかっちゃったの。ああ、そうだ。はい、入学祝い。中学生って勉強とか大変だろうけど、頑張って」

「わーい、ありがとうございます」

私が差し出したお祝いを颯太君は嬉しそうに受け取ってくれた。

「雪子さん、そんな……。お気遣い、ありがとうございます」

真央さんが母親の顔で頭をさげた。その表情はお店での凛《りん》とした姿と異なり、ふんわりとした柔らかさにあふれていた。

「気にしないでください。……私、誰かに、こうしてお祝いを渡すのも初めてなんです。だから、ちょっと嬉しくて。颯太君、もらってくれてありがとう」

「何時でも喜んで受け取りますからね！」

「もう、調子がいいんだから」

真央さんの呆《あき》れ顔に思わずこちらも顔が綻んでしまう。

「おお、俺が一番最後になっちゃったかな。お待たせ、お待たせ」

控室とは反対側の廊下から、佐東さんが慌てた様子でスタジオに現れた。いつもお洒《しゃ》落《れ》に気を遣っている佐東さんだが、今日は三つ揃えの背広に身を包み、胸元には真っ白なポケットチーフを覗《のぞ》かせている。

「それにしても二ヶ月で新装開店にこぎ着けるとは思わなかった。大したもんだよ」

佐東さんはカメラの調整をしていた勝也さんに歩み寄ると軽く肩を叩《たた》いた。

「ほとんどの手配は曜君がしてくれました。それに必要なものを格安で仕入れてくれて普通の半分ぐらいのコストですみました。本当に感謝してます」

曜君は「よしてくださいよ」と照れた顔をし、さらに言葉を続けた。

「でも、その前に、信金さんの融資を引き出してくれて、さらには二階をシェアハウスにして賃貸収入を得るアイディアなんかを授けてくれた佐東社長に感謝しないと。先立つものが工面できなかったらお手上げだったでしょうから」

曜君のいう通りだ。

「一番感謝をしなければならないのは私だと思います。曜君、それに佐東さん、本当にお世話になりました。ありがとうございました」

いやいやと佐東さんが首をふった。

「不動産屋として、もらうべき手数料はいただいてます。なのでお気遣いなく。むしろ曜の方が手伝いばかりで商売にはならなかったんじゃない？」

「いいえ、とんでもない。佐東社長が睨《にら》んだ通りフイルムメーカーの販促物とか色々と珍しいものを仕入れることができました。それに、お父様のコレクションからポラロイドのSX－70という古いインスタントカメラを雪子さんがプレゼントしてくれました。前々から欲しかったんですけど、なかなか状態の良いものが見つからなくて」

「へぇ、そりゃあ良かった。なら俺も紹介した甲斐《かい》があった」

皆の顔がリラックスしている様子を確認して勝也さんが声をかけた。

「では、そろそろ始めたいと思いますが……。その前に、ちょっとご覧いただきたいものがあります」

勝也さんはスタジオの隅に用意してあったイーゼルの前に移動した。イーゼルには額のようなものが置かれているようで、その上にクロスがかけてあった。皆が集まると勝也さんはクロスをそっと外した。そこには額装された四つ切りの写真があった。

「現像室を整理していたらネガがでてきました。焼き付けは私がしましたから完全オリジナルとは呼べませんが……。でも、旭山麟太郎の最高傑作を復刻しました」

気が付けば、私は額の目の前に立っていた。どれぐらい時間が経ったのだろう、ほんの一瞬だったかもしれないが、この写真を撮った日の記憶がありありと蘇《よみがえ》っていた。新しく入れ替えた機材の扱いに手間取り、父は少しばかり機嫌が悪かった。浴衣《ゆかた》を着つけてくれ、髪を結ってくれた母だったが事務所の仕事があるからと、十分ほど前に出て行った。話し相手もいなくなって、ぼんやりと窓の外を眺めて待っていた。かなり暑い日で照明を焚《た》くとエアコンが負けてしまうほどだった。糊《のり》を利かせた浴衣は思いのほか暑く、早く着替えたい、そんなことばかり考えていた。

「父の準備がいつもより手間取ったんです。まだかなぁって思って団扇《うちわ》でパタパタやりながら浴衣姿で外を眺めてたところを不意に撮られたのを覚えています。こんな素敵な写真だったんですね」

気が付けば独り言を漏らしていた。

「ささやかですが、お礼のつもりです。受け取ってください」

勝也さんはイーゼルから額を持ち上げると私に差し出してくれた。その磨かれたガラスに涙がぽたぽたと零《こぼ》れた。

「ごめんなさい、再三お待たせしてしまって」

泣き崩れて落ちてしまった化粧を直すのに、少しばかり時間がかかってしまった。

勝也さんの前には木製のどっしりとした三脚があり、その上には蛇腹を備えた大きなカメラが据え付けてあった。

「随分と本格的だな」

佐東さんの声に勝也さんが頷《うなず》いた。

「はい、なにせ宣伝を兼ねて飾る一枚ですから。大きく引き伸ばしても美しいように大判カメラで撮影します。ああ、今どきは修正可能なデジタルカメラが主流ですが、僕はアナログなレンズとフィルムでの撮影にこだわりたいんで」

カメラのセットが終ったのか、勝也さんが笑顔でこちらに近づいてきた。

「曜君、半歩右、もうちょい、はい、そこ。で、それに合わせて佐東社長も少しだけズレてもらえますか？　はい。颯太君は体の向きをこう、そう、はいＯＫ。えーっと、真央ちゃんは少し顎《あご》を引いて。はい、雪子さんはばっちり、何の文句もございません」

「すごいですね。流石は写真館の娘」

思わずといった様子で真央さんが呟《つぶや》いた。

「きっと私を被写体にして父はたくさん写真を撮りたかったことでしょう。ああ、せめて成人式の写真ぐらい、ちゃんと撮らせてあげればよかった」

また、涙が込み上げてきた。慌てて懐紙で目元を押さえた。

「あーっ、泣かないで、せっかく化粧を直したんだから。ほら、勝也さん早く」

真央さんが慌てた声をあげた。

「そうそう、ほら、早く撮って」

佐東さんまでが慌てた声をあげた。そのギャップにみんなが笑う。

「はい、あーっ、いいですね、皆さん自然な笑顔で」

勝也さんの声に隠すようにして、曜君が私に囁《ささや》いた。

「雪子さん、僕はお父様は亡くなられていないような気がします」

「えっ」

「はーい、じゃあ撮りまーす。はい、チーズ！」

パチリとシャッターが切られた音がスタジオに響いた。

「だって、ほら、お父様が大切になさっていたカメラもスタジオも、何もかもそのままここに残っているじゃないですか」

「……はい」

やっとの思いで何とか小さく応《こた》えた。

「きっと、これからもお父様の魂は、このスタジオと一緒に生き続けるはずです」

「はい……」

「だから、ほら笑わないと」

調整をしていた勝也さんが冠布から顔を出した。

「では、もう一枚いきます。はい、チーズ」

幸せは、すぐそばに
～ブルー・バード

土砂降りではないけれど、雨脚はかなり強い。素直に帰るほうが賢明なことは分かっている。けれど、今日は独りぼっちになりたくない。

そもそも自宅には食材はおろかカップラーメンのひとつも置いていない。確か缶ビールが一本か二本、あとスナック菓子が一袋ぐらいあっただろうか。少し遠回りをしてスーパーかコンビニで何か買って帰るという手もあるけれど、誰も居ない部屋に帰り、テレビかスマホに話しかけながら飲み始めたら、確実に悪酔いする。

とは言え、さすがに『YOU』は開店前だった。無理もない、まだ午後四時を回ったばかりだ。よく考えれば昼間に東小路飲食店街に来たのも初めてだ。まだ、ほとんどの店先に「準備中」の札がさがり、暖簾《のれん》も出ていない。

手詰まりとは、こういう状態を言うのかもしれない。駅まで戻ってカフェか喫茶店で少し時間を潰《つぶ》すか、きっぱりと諦《あきら》めて家路につくか……。おもわず「あーあ」と独り言が零れた。

すると、その声に応じたかのようにシャッターが勢いよく上がった。

「あれ、美月《みつき》ちゃん？　いらっしゃいませ」

そこには、シャツの袖《そで》をまくった曜ちゃんが立っていた。

「かなり早いんだけど……、入ってもいい？」

驚いた顔で曜ちゃんは頷いた。

「ええ、もちろん。どうぞ」

私が傘を畳むと、それを受け取って傘立てに差してくれた。

「ごめんね、準備中だった？　開店の時間まで隅の方で待たせてもらえれば十分だから、気を遣わずに仕事してね」

曜ちゃんは柔和な笑みをたたえながら「大丈夫です、準備がだいたい終わったからシャッターをあげたんです」と応えて私をカウンターの真ん中に案内した。

「それにしても随分と早いですね。まだ勤務時間だと思いますけど、いいんですか？」

曜ちゃんはカウンター裏に設《しつら》えたシンクで手を洗いながら尋ねてきた。

「いいも何も、こんな雨の日に歩き回ったって仕事になんてならないから。そもそも、うちの会社、営業は見なし勤務だから何時にあがろうが別にいいの。あっ、とはいえ、一応は朝の九時から夕方の五時半までは定時ってことになってるから、大手を振ってスナックでサボってて良い訳じゃあないけど……」

タオルで手を拭《ぬぐ》った曜ちゃんは袖を下ろしながら「確かに」と応えてくれる。ぼんやりと眺めていると手品のような鮮やかな手つきでボウタイを締め、ベストを纏《まと》った。

店内には先ほどから地名と数字を読み上げる声が響いていた。普段の『YOU』には、会話の邪魔をしない音量でジャズやニューミュージックが流れている。

「これ、何？」

私は音の発信元である、カウンターの棚に置かれた機械を指差した。すっかり見慣れた恰好《かっこう》になった曜ちゃんは軽く咳《せき》ばらいをしてから言葉を続けた。

「ソニーのスカイセンサー5800っていうラジオです」

「ラジオ？」

「ええ、聞いたことありませんか？　気象通報」

「気象通報？」

聞いたことのない単語だ。きっと私は怪訝《けげん》な表情をしているに違いない。その顔が面白かったようで、曜ちゃんは口を開けて笑った。

「もう、馬鹿にしてるでしょう？　でも、そんなのを知ってる方が珍しいと思うけど」

「まあ、そうかもしれませんね。気象庁が正午に発表したものを、NHKのラジオ第2放送が夕方四時に流してくれるんです。この内容を『ラジオ用天気図用紙』に記入すると自分で天気図を作れて、それを基にすれば天気予測も可能なんです」

「へぇ……、でも、そんな面倒なことしなくてもスマホで調べればいいんじゃない？」

曜ちゃんは呆《あき》れた顔で首を振るとラジオのスイッチを切った。

「今みたいなのを『身も蓋《ふた》もない』って言うんでしょうね」

首をすくめながら向き直ると、曜ちゃんはトングを手にし、陶器製のおしぼりトレーをカウンターに置いた。

「あっ、それ、ちょっと待って」

私は慌てて手で遮った。

「こんだけ降ってたら今日は他のお客さんなんて来ないよね?」

「客商売なんですから、縁起の悪いことを言わないでくださいよ」

曜ちゃんは笑いながら唇を尖《とが》らせた。

「まあ、いいや。来たとしても恰好の良い男子ではないだろうから。トイレ借ります」

「ここに一名、恰好の良い男子がおりますが?」

何時もの調子でボケる曜ちゃんを置いて、私は鞄《かばん》から化粧ポーチを取り出すとトイレへと急いだ。『YOU』はかなり古いけれど、トイレだけはしっかりとリフォームされている。そもそも男女別々のトイレが珍しいし、女性用には立派な洗面台があり照明もばっちりだ。しかも、真っ白なハンドタオルがたっぷりと積んであり「気にせずじゃんじゃんお使いください!」というカードまで添えてある。きっと、真央さんの気遣いなのだろう。そう言えば、今日はまだ姿が見えない。開店前とはいえ、彼女ならきっと早めに来て入念な準備をしそうなものなのに、どうしたんだろう?

私は使い捨てコンタクトを外すと、急な出張に備えて化粧ポーチに放り込んである洗顔フォームで顔を洗い、手早く化粧水を塗るとカウンターへ戻った。

「もしかして、トイレの洗面台でお化粧を落としてきたんですか？」

曜ちゃんはあからさまに呆れた表情を浮かべた。

「うん、それにコンタクトも外してきた。どんだけベロベロに酔っぱらっても、あとは部屋にたどり着いて寝るだけって状態。さっ、熱々のおしぼり、出してちょうだい」

曜ちゃんは呆れ顔でおしぼりを陶器製のトレーにそっと置くと私の前に差し出した。ほかほかと湯気をたてるおしぼりを広げると、すぐに顔に押し付けた。思わず「おおー」と呻《うめ》き声が漏れる。

「それじゃあオッサンじゃないですか。本当にトランタンですか？」

「何とでも言って。ああ、気持ちいい……、たまらん」

もうひと唸《うな》りすると、おしぼりをトレーに戻し、鞄から眼鏡を取り出した。私が人心地ついた様子を確認すると、曜ちゃんはカウンターの下からトランプほどの大きさのカードを何枚か取り出した。

「最初の一杯はビールでいいですか？　ああ、今日は真央ちゃんがお休みなので、カクテルを注文いただいた場合には僕が作ります。その点お含みおきください」

「お休み？　体調でも悪いの」

「いえ、バーテンダー育成のワークショップに講師として呼ばれてるんです。最近はカクテルの本を書いたり、色々と忙しくて」

「そうなんだ……」

余計なことを言わずに、話を聞いてくれる真央さんの存在も『YOU』の魅力のひとつなのに、ちょっと残念。もちろん曜ちゃんも良い話し相手だけれど、女性に聞いてもらいたい話もあるのだ。

「さて、本日ご用意しているビールですが、ドイツの『シュパーテン ミュンヘナーヘル』、ベルギーの『ドゥ・ハルヴ・マーン ブルッグス ゾット ブロンド』、スコットランドの『ベルヘブン セント・アンドリュース・エール』、シンガポールの『タイガーラガービール』、それとアメリカの『ボストンビア サミュエルアダムス・ボストンラガー』の五つです」

五枚ならべたカードはどれも曜ちゃんが手描きしたものだ。いわゆる『下手ウマ』系のイラストで瓶とラベルが描いてあり、その脇にアルコール度数や値段、味わいや喉《のど》ごしなどについて曜ちゃんの感想が書き添えてある。『YOU』には生ビールがない。代りにこうやって世界各地のビールを用意して、客を楽しませてくれる。

私が一枚一枚のカードを丁寧に読んでいる隙に、曜ちゃんは冷蔵庫から何やら小さな器を取り出し、それをオーブントースターに入れてタイマーをセットした。

「うーん、迷っちゃうけど、この変なピエロの絵が可愛いから、これにする」

「はい、『ブルッグス ゾット』ですね」

曜ちゃんは私のオーダーを確認すると、「ブルッグス ゾット」を一番上にしてカードを重ね、その横にコースターを出し、曇りひとつないビール用のコップを置いた。

「ねぇ、普通さ、カフェとかレストランだとビールって大振りのグラスを出すじゃない？　なんで『YOU』は居酒屋みたいな小さなコップなの？」

「その方が、誰が注いでも美味《おい》しいビールが飲めるからです」

「誰が注いでも美味しい？」

「はい。ビールはグラスに注いだ瞬間からどんどん劣化するんです。空気に触れますし、炭酸が抜けてしまう。瓶の首が細いのは注ぎやすいということもありますが、空気に触れにくくする効果もあるんです。だから、ビールは飲める分だけをコップに注いで一気に飲み干す方がいいんです」

「なるほどね。瓶だとガラスも分厚いから温《ぬる》くなりにくいってことか」

曜ちゃんは私の相手をしながら栓抜きで王冠を外すと、ゆっくりとした手つきでコップに注いだ。『YOU』では一杯目だけは曜ちゃんや真央さんが注いでくれる。残りは客が自分のペースで手酌することになっている。

「はい、どうぞ」

「なんか、パーデンネンみたい、このピエロ」

「えっ、美月ちゃんって何歳でしたっけ？　さんまさんのパーデンネンを知ってる世代じゃあないですよね」

「会社の上司に教えてもらった。お笑いが好きな人で『オレたちひょうきん族をオンタイムで見て育った世代からすると、今のお笑いは自主規制が過ぎてつまらない』って、いつも偉そうに言ってる。そのくせ仕事ではコンプライアンスがああだとかガバナンスがどうとか……。もっと攻めろっつーの」

「まだ飲んでもいないのに大丈夫ですか？　まあ、他にお客さんもいないから多少暴れてもかまいませんけど。さあ、どうぞ」

「いただきまーす」

一息に一杯目を空けると、すかさず二杯目を注ぎ、それも一気に空けた。

「すごくフルーティー、別に果汁とか加えてないよね？　これ」

思わず瓶のラベルを眺めた。もっとも何が書いてあるのかは読めないけど。

「ええ、麦芽とホップ、それにビール酵母だけです。確かに爽《さわ》やかな香りですよね。少し酸味を感じますし」

「やるなぁ、パーデンネン」

私の口ぶりが面白かったのか、曜ちゃんが声をあげて笑った。ああ、やっぱり『YOU』に来て良かった。他愛のないおしゃべりが、私を癒《いや》してくれる。

「けど、今日はどうしたんですか？　八時より前に来られたのは初めてだと思います」

「うん、普段は仕事が片付かない限りお酒はもちろん夕飯も摂《と》らないんだけど、なんか今日は本当にツイてないっていうか、やることなすこと裏目にでて。こういう日はジタバタしないでさっさと帰ろうって思ったんだけど。部屋には何も食べる物がないし、といって自分で作るのは面倒だし、何か買って帰って一人で食べるのは侘《わび》しいし……。っことで、気が付いたら『ＹＯＵ』の前に立ってたって訳。でも、開店時間は五時でしょう？　一時間近くも雨の中待つのか……って途方に暮れてたらシャッターがあがるじゃない。なんか私の想いが通じたのかと思っちゃった」

「師匠によく言われたんです、『役所じゃあないんだから、準備ができたのなら早めに店を開けるように』と。実際は、なかなか難しくて、いつも開店時間に間に合わせるのが精一杯なんですけど……。でも、早めに開けたら、こうやって美月ちゃんが来てくれた訳で、人の言うことは聞くものだなって思います」

「へぇ……、あっ、でも師匠って、曜ちゃんに何を教えてくれた人なの？」

「この店の経営はもちろん、古物商の仕事とか……。僕の社会人としてのほとんどのことは、師匠から学んだことです」

曜ちゃんはお酒のボトルがならべられた棚の一角を見やった。そこには、小さなフォトフレームが置いてあった。どうやら、その師匠の写真のようだ。

「そうなんだ……」

二人の間にちょっとした沈黙がおきてしまった。その微妙な空気を押しやるようにして、トースターのタイマーが「チン！」と鳴った。

「さあ、お待たせしました。本日のお通しです」

木製のソーサーに載せられた耐熱容器から美味しそうな香りがした。

「わー、何これ？」

「ポテサラとコンビーフのグラタンです。熱いですから気を付けてください」

「いただきます」

フォークですくうと、しっかりと湯気があがる。ふうふうと息を吹きかけ「あつっ」と漏らしながら口に含み、追いかけるようにビールを飲んだ。

「ああ、おいしい。いつも思うんだけど、ちゃんとお客さんが選んだ飲み物に合わせたお通しを出してるよね？　何種類か用意してるの？」

「はい、もちろん。まあ、だいたいの人は最初はビールなので、年中ビールに合うものは用意してます。ただ、食事を終えて二軒目、三軒目としてお見えになった方には軽くて直ぐに召し上がらなくても味が変わりにくいものを出します。対して早い時間のお客様には、ちょっとした料理のようなものを提供するようにしてます。お腹を空《す》かせた方が多いでしょうから」

「へーえ、曜ちゃんは本当に料理上手だよね。スナックじゃなくて、もっと料理を前面に出すお店にすればいいのに」

「まあ、そんなことを考えなくもないですが、その場合はどこかに引っ越さないと。ここは本格的な料理が出せるようなキッチンではないので。それに、そうなったら仕入れや下拵《したごしら》えにもっと時間を取られてしまうので、レトロショップの仕事ができなくなってしまいます」

「ふーん、難しいんだ。ねえ、グラタン食べたら余計にお腹が空いた。何か作ってよ。

なんでもいいから」

「かしこまりました。あり合わせで何か用意します。少しばかり時間をください」

曜ちゃんは空になったグラタン容器を下げながら思案顔になった。「よし」と小さく呟《つぶや》くと、トースターにパンを二枚セットし、続けて玉ねぎを薄切りにすると皿に移し、ラップをかけて電子レンジで加熱した。

少し背筋を伸ばしてカウンターの内側で調理する曜ちゃんを眺めながら飲むビールは格別だった。

「へへっ、やっぱり雨のなか来てよかった。曜ちゃんだったらワガママ聞いてくれると思ったんだ。何て言うんだろう、メニューの中から選んだものを注文するのも悪くないけど、誰かが私のために考えて何かを作ってくれるっていうのがいいんだよね」

「まるで親に甘える子供みたいですね」

自分でもそう思う。もっとも、私の実家は新幹線を使ってもかなりの時間がかかるほど遠く、ふらっと気まぐれで帰ることはできない。

曜ちゃんは時々トースターのパンを気にしながらコンロに火を点《つ》け、フライパンをかけた。卵を三個割ると菜箸《さいばし》で混ぜ、いくつかの調味料や牛乳を加えてさらによく混ぜた。フライパンに手をかざし、十分に温まったことを確認すると、一気に卵を流し込み、かき混ぜながらふんわりとした大きめの卵焼きを作った。

「ああ、良い匂い。ねぇ、何を作ってるの？」

「それはできてからのお楽しみ。二杯目は何にします？」

「うーん、料理を見てから決めようかな」

　きっと玉子焼きサンドに違いない。でも、正解が目の前に出てくるまで、もうしばらく男前が私のために料理するのを眺めていよう。

　曜ちゃんは、卵焼きを皿に移すと油を引き直し、レンジから出した玉ねぎをさっと炒《いた》め、塩コショウで味を調えた。続けて耐熱皿にケチャップを出すとソースを少しまぜ軽く加熱した。こんがりと焼き目のついたトーストにバターとマスタードを塗り、玉ねぎを敷き詰めて卵焼きをのせた。そして最後にケチャップを塗り、もう一枚のトーストで蓋《ふた》をする。ぎゅっと軽くプレスし、角と角を結ぶように包丁を入れると、三角形のサンドイッチが四つできた。

　紙ナプキンを敷いた皿の上に四切れのサンドイッチをならべ、パセリとピクルスを添えると、私の前に差し出した。

「お待たせしました、玉子焼きサンドです。召し上がれ」

「やっぱり！　思ってた通り。でも、本当に美味しそう。うーん、これだったらやっぱりハイボールかな。ウィスキーはお任せで。じゃあ、いただきまーす」

　両手で分厚いサンドイッチをぎゅっとつかむと、かじりついた。サクッとしたトーストがたっぷりと挟んだ具を包み込み、その食感の組み合わせは最高だ。甘味を感じるふんわりとした玉子焼きと、シャキシャキとした食感の残った玉ねぎ、酸味の利いたケチャップが絶妙に混ざりあい、気が付けば一切れがなくなっていた。

「おいしぃ……、パンと卵と、あと玉ねぎにケチャップ。シンプルな材料なのに深い味わい、それでいてほっとする。本当に美味《おい》しい」

すぐに二切れ目へと手を伸ばす。

「良かったです」

曜ちゃんは軽く頭を下げると、ハイボールを作り始めた。大振りのグラスの三分の二ほどの高さまで氷を入れ、続けて氷を避けるようにしてウィスキーを注ぎ、最後に炭酸水をグラスの縁まで注ぐとカクテルスプーンで軽く揺すった。

「お待たせしました。ハイボールです。ウィスキーは『ジョニーウォーカー・ブラックラベル十二年』を使ってみました」

私は、おしぼりで指先を拭《ぬぐ》うとパチパチと炭酸が爆《は》ぜるグラスに手を伸ばした。一気に半分ほどごくごく飲むと思わず「あー」と声が漏れた。

「スモーキーなのにまろやかでサンドイッチとよく合う。どっちも引き立てあってる」

「ありがとうございます」

曜ちゃんは調理に使ったフライパンやコップを手早く洗いながらオレンジ色のガラス扉に目をやった。どうやら雨はさらに勢いを増しており、人通りもまばらなようだ。今日は狙い通り貸し切りになるかもしれない。

「美味しかった。ちょっと今日のマイナスを取り返した気分」

お皿の上には紙ナプキンが残っているだけで、ピクルスもパセリも食べてしまった。

「そうやって直ぐに召し上がっていただけるのが一番うれしいです。特にパンをトーストしたサンドイッチは時間が経つと具材の湿気を吸って食感が悪くなります。もちろん弁当や持ち帰り用は別ですけど。その時は、その辺を計算して作ります」

曜ちゃんは、一見すると、いわゆるチャラい風貌《ふうぼう》だが、どこで修業をしたのか料理の腕前は確かだ。ピクルスも自家製だと聞いたことがある。

「本当に凄《すご》いよね。あっ、あのさ、曜ちゃんってナポリタン作れる？」

作れるに決まってる。我ながら馬鹿な質問だとは思った。

「ナポリタンですか？　はぁ、まぁ、我流ですけど作れなくはないかな」

私はハイボールを飲みながら、少し考えた。

「あのさ、ちょっと相談なんだけど……。あのね、できたらだけど、新橋《しんばし》のあるお店に行って、味を盗んできてくれない？　そこのナポリタン、大好きなんだ。けど、もうじき食べられなくなっちゃうから」

「へぇ、美月ちゃんが大好きなナポリタンですか。どこのお店なんです？」

「新橋の『モナミ』っていう喫茶店。駅から歩いて五分ぐらいの雑居ビルの一階にある店なんだけど、ザ・昭和って感じの懐かしい雰囲気なの。私は就職するまで地元から出たことがなかったから、いかにも東京って感じのお洒落《しゃれ》なお店とかは気後れしちゃって……。そんな時に『モナミ』に出会ってさ。なんか田舎に帰ったような気持ちになれてほっとするの。そうだな『YOU』みたいな感じ」

曜ちゃんは「はぁ?」と、首を傾げた。

「あのですね、気軽に入りやすくしつつも、レトロな雰囲気のハイセンスな店づくりをしているつもりなんですけどね……」

「ハイセンスって言葉がもう死語でしょう?」

「確かに……」

思わず顔を見合わせて笑ってしまった。

「新橋の『モナミ』っと……、ああ、これか」

曜ちゃんはスマホを取り出すと検索を始めた。すぐにあれこれと出てきたようだ。

「へぇ、確かに美味しそうですねナポリタン」

差し出された画面には楕円《だえん》形のステンレス皿に盛られたナポリタンが写っていた。

「結構なボリュームで八百五十円なの、サラダとドリンク付きで。もちろん、味は保証する。とにかく美味しいの。何て言ったらいいんだろう、最初に食べた時はね『ああ、普通のナポリタンだ』って思ったんだけど、数日もすると無性に食べたくなるの。……最近、ちょっと忙しくて行けてなかったんだけど、先週、久しぶりに時間ができて食べに行ったんだ。そうしたら会計の時にマスターから『今月一杯で店を閉めることになりました』って……」

「なるほど、それで、僕に味を盗んでこいって話になるんですね」

「いつも一人で行くから、カウンターに座ってマスターが調理してるところを眺めてるんだけど……。私、ほとんど料理しないから見てても分からなくて」

そこまで話が進んだところで誰かが入ってきたのに気が付いた。曜ちゃんは「失礼します」と断わって入り口へと急いだ。見れば男性客がびしょびしょのレインコートを脱いでいるところだった。腕時計に目をやれば、五時を回っていた。

こんな本降りの日に、まさか私以外の客が来るとは思わなかった。見れば、なかなか渋い中年男性だ。年上で余裕のある男性が好みの私にとって、彼はもろにタイプだ。どうしよう……、油断大敵とは、正にこのことだ。まさかスッピンで出迎えることになるとは。曜ちゃんと何やら話し込んでいる。今のうちにトイレに駆け込んで化粧をし直すべきだろうか？

思い悩んでいるうちに、その客が私の隣へとやって来た。

「こんばんは。こちらに失礼をしてもよろしいでしょうか？」

ああ、やっぱり恰好《かっこう》良い。こんな雨なのに、スーツには一分の隙もない。

「もちろん」

私は少し気取った口調で返事をした。カウンターの曜ちゃんが苦笑を我慢しているように見えるのは気のせいだろうか？

スツールに腰を落ち着けた客の前に、曜ちゃんは熱々のおしぼりを出した。彼は手をさっと拭《ふ》くと「ジントニック」と短く告げた。

「あれ？　顔、拭かないんですか？」

思わず尋ねてしまった。

「ええ、おしぼりで顔を拭くオジサンは嫌われると聞いたことがありますので」

思わず曜ちゃんと目が合ってしまった。

「じゃあ、私はオジサンですね」

私の言葉に怪訝《けげん》な表情のお客さんの前に、曜ちゃんが新しいおしぼりを出した。

「遠慮せずに拭いていいってことです」

「私なんて手洗いでメイクまで落として、万全の準備をしてから熱々のおしぼりに顔を埋《うず》めました。どうぞ」

私がやけくそ気味にそう告げると、彼は笑みを零《こぼ》しておしぼりで顔を拭った。

「実は雨で顔を濡《ぬ》らして気持ちが悪かったんです。入り口でタオルを借りましたけど、できれば熱々のおしぼりで拭きたいなって思ってました。お気遣いに感謝します」

ここで曜ちゃんが私たちをそれぞれに紹介してくれた。

「美月ちゃん、こちらは佐東社長。この店の大家さんで、この近所で不動産屋を営まれてるんです。佐東社長、こちらは美月ちゃんです」

「そうなんですね。あっ、私の方こそスッピンですみません。こんな雨だから、誰もお客さんなんて来ないと思って。今日はとことん酔っぱらって、さっさと寝ちゃおうかなってことで、メイクも落としてコンタクトも外しちゃったんです。他にお客さんが来ると知ってたら、こんな暴挙にはでませんでした。許してください」

「へーえ、とことん酔っぱらうだなんて、何か嫌なことでもあったんですか？」

挨拶《あいさつ》を交わしたからか、少し砕けた口調になった。

「まあ、色々……。だいたい、こんな雨で営業に出てもまともな商談になりません」

私たちが始めた取り留めもない話を他所《よそ》に、曜ちゃんは耐熱皿をトースターにセットすると、続けてジントニックを作った。

「お待たせしました」

佐東社長はグラスを軽く掲げると半分ほど飲んだ。やっぱり何をしても恰好良い。

「そう言えば佐東社長はご存じです？　新橋の『モナミ』って喫茶店」

私は「同じ物をお代わり」と曜ちゃんにお願いした流れで尋ねた。

「新橋の『モナミ』……、ああ、昭和第三ビルの一階にある古い喫茶店だよね？」

「あそこ昭和第三ビルって言うんですか？　ビルの名前なんか知らなかった」

「すみません、職業病でね。建物があると、つい物件として見てしまって。なので、どうしてもビルの名前を覚えてしまう。普通の人には『モナミの入ってるビル』って言った方が通じやすいだろうね。そう言えば、あそこ近々取り壊すって聞いたけど。一区画を丸ごと再開発するとかで大手のデベロッパーが地上げしてるって」

思わず大きな溜《た》め息が零れた。

「やっぱり……、本当なんだ」

「うん？」

事情が飲み込めない佐東社長に、曜ちゃんがかいつまんで説明をしてくれた。

「へえー。そう言えば俺も随分と昔に食べた記憶があるな。ごく普通のナポリタンだったような気がするけど。でもまあ、あのビルができてからずーっと営業してた店だから、もしかすると曜が喜ぶようなお宝があるかもよ。閉店するんだったら、あれこれ処分しないとダメなはずだから、連絡を取ってみるか？」

「連絡なんて取れるんですか？」

思わず問い質《ただ》してしまった。お店はマスターが一人で切り盛りしていて、オーダーと会計の際に少し話をする程度で、くわしいことは知らない。あの店のマスターは、いつも私をそっと気遣ってくれた。そのやさしさに、私はずっと癒《いや》されてきたのだ。

「まあ、業界のつながりでね。明日にでも昭和第三ビルのオーナーに連絡をして『モナミ』につないでもらえないか聞いてみるよ」

佐東社長がスマホにメモを打ち込んだ。

「あの……、曜ちゃん、お願いなんだけど」

「はい」

「『モナミ』に行く時、私も連れて行ってくれない？」

「それは構いませんが……。しかし、閉店するとはいえ、そう簡単にナポリタンのレシピを教えてくれるとは限りませんよ」

「うん、分かってる」

私たちのやり取りを黙って聞いていた佐東社長がジントニックを飲み干した。

「ナポリタンか、なんか急に腹が減ったな。何か食わせてくれよ」

その声に応《こた》えるようにオーブンがチン！　と鳴った。

「私もさっき同じことを言って玉子焼きサンドを作ってもらいました」

「あっ、それいいな。俺も同じの」

曜ちゃんはお通しのグラタンを出しながら「かしこまりました」と応えた。

新橋駅西口広場、通称「SL広場」は凛《りん》とした空気に包まれていた。午前十時少し前とあって、すでに通勤客はまばらだが、飲食店や小売業で働いていると思《おぼ》しき人たちが改札を通り抜けると路地やビルへと足早に消えていく。

久しぶりにじっくりと見た蒸気機関車は、まるで日向《ひなた》ぼっこをしているようだ。その機関車の周りをしげしげと見て回る大柄な人がいるなと思ったら曜ちゃんだった。手にはスマホがあり、角度を変えては写真を撮っている。

「おはよう」

私が声をかけると、よほど夢中になっていたのか、驚いた表情でふり向いた。

「ああ、美月ちゃん。おはようございます」

スーツの上にトレンチコートを羽織った曜ちゃんは、どう見ても勤め人で、新橋の風景に馴染《なじ》んでいた。

「そんなに珍しい？　蒸気機関車」

「ええ、まあ。これはC11型です。大概の人は蒸気機関車と言うと『デゴイチ』の愛称で知られるD51型を思い浮かべると思いますが、これはC型なんです。CとかDとかっていうのは動輪の数を表していて、C型は動輪が三つ、D型は四つなんです。だいたい動輪を配置できるスペースは決まっていて、そこに四つ置くか、三つ置くかは、その機関車の使い道で決まるんです」

「……曜ちゃんって鉄道マニアだったっけ？」

「いえ、特に、そう言う訳では。今の話も、お客さんからの受け売りです。ただ、やっぱり蒸気機関車を見るとワクワクします。こんな大きなものが蒸気の力で動くだなんて、すごくないですか？」

「まあ、ねぇ……。さ、とりあえず行こう。こっちよ」

　私は先に立って歩き出した。似たような雑居ビルが建ちならび、慣れていない人には迷路に見えるような路地を。今でこそ迷うことなく歩いているが、最初のころは大変だった。地図アプリを見ているのに何度か迷子になった。

　いくつかの角を曲がり、奥へ奥へと進むと目当てのビルがあった。よく磨かれた古いプレスガラスには金文字で『モナミ』と描かれている。扉横の窓から中を窺《うかが》うと、客はまばらでちょうど一組が席を立つところのようだ。

店を出る客を待って中へ入ると、すぐに奥から「いらっしゃいませ」と、よく通るけれど耳に心地よい適度な音量の声が聞こえた。糊《のり》が利いていることが一目で分かるワイシャツに臙脂《えんじ》の蝶《ちょう》ネクタイを締め、よく洗濯されアイロンがしっかりとかけられた黒いエプロンをした銀髪の男性が口を開いた。

「お二人ですか？　どうぞ、お好きな席へ」

何時もながら滑舌がよくて聴き取りやすい。それでいて声はやんわりと優しい。

「すみません、純粋な客という訳ではなくてですね……。あの、『タイムマシーン！』の阿川と申します」

曜ちゃんは肩から提げていた鞄《かばん》を下ろすと上衣《うわぎ》のポケットから名刺を取り出した。

「ああ、大家さんから聞きました。ここの店主をしてます、モトキです、モトキハジメ。モトキのキの字は樹木の木じゃなくて、喜ぶって字です。元から喜ぶで元喜《もとき》です」

マスターはレジ脇に置いてあったプラスチックケースから名刺を取り出すと両手で差し出した。続けて曜ちゃんの隣で小さくなっていた私に目を留めた。

「おや、珍しい、何時もは遅めのランチを摂《と》りに来るのに。二人はお知り合いですか？」

「私のこと、覚えてくれてたんですね？」

思わず尋ねてしまった。

「そりゃあ、もう。いつもナポリタンをペロッと召し上がって、珈琲《コーヒー》も美味《おい》しそうに飲んでくださいます。そんな嬉《うれ》しいお客様を覚えていない訳がない」

ちょっと迷ったが、私も会社の名刺を差し出した。

「田村《たむら》です、田村美月です」

「へー、美月ちゃんの苗字《みょうじ》って田村なんですね。初めて知りました」

曜ちゃんの反応に、思わずみんなで顔を見合わせて笑ってしまった。

「あっ、ちょっと待ってもらえます？　とりあえず座ってください」

そう言うなりマスターは手を洗い直し、ちょうど焼きあがったトーストにさっとバターを塗ると包丁を入れ、皿に盛りつけて奥の席で新聞を読んでいた客に出した。私たちはカウンターの空いている席に腰を下ろし、その無駄がなく、それでいて優雅な手つきを眺めた。

何時も通りのことだが、長年使い込まれたカウンターは丁寧に磨かれて鈍い輝きをたたえている。椅子は鉄脚の上に低めの背もたれのついたビニールレザーの座面。何度か張替えをしているのだろう、詰め物も固めでへたれた様子は一切ない。この椅子の座り心地をどのように表現したら良いのだろう。とにかく、心が落ち着くのだ。

「えーっと、阿川さんに田村さんでしたっけ？」

「はい。あっ、良かったら曜って呼んでください」

「私も、美月でお願いします」

私たちの返事にマスターは苦笑いを零《こぼ》した。

「はは、下の名前でお客さんを呼んだことはないけれど、まあ、そういう時代なんですかね。では、曜君、それに美月ちゃんと呼ばせていただきます。で、お二人とも、良かったら何か飲みませんか？　ちょうどモーニングサービスのお客さんが途切れたところだから、しばらくゆっくりしてもらって大丈夫なので」

「そうですか。じゃあ、ブレンドをお願いします」

「私も」

この店のナポリタンはもちろんだけれど、珈琲も美味しい。香りが良く、丸くて変な自己主張がない。

「かしこまりました」

マスターは恭しく頷《うなず》くとペーパーフィルターで珈琲を淹《い》れる準備を始めた。

「ペーパードリップなんですね」

カウンターに身を乗り出すようにして曜ちゃんがマスターの手元を覗《のぞ》き込んだ。

「サイフォンやネルを使うといった、いかにも古い喫茶店って淹れ方でなくてがっかりさせちゃったかな？　うちもオープン当初はネルを使ってたんです。けど、あれは手入れが大変で。それに珈琲は淹れたてが一番美味しいでしょう？　だから、お客さんごとに一杯ずつ淹れられるペーパードリップがいいなと思いまして」

マスターは手を動かしながらニッコリと笑った。その笑顔を見て、初めてこの店と出会った時のことを私は思いだしていた。

あの日、私は本当にクタクタだった。慣れない会社勤めに苦戦していたこともあるけれど、東京での独り暮らしに疲れ果てていた。身の回りのことをすべて自分でしなければならない以上に、「おかえり」と言ってくれたり、取り留めのない話に「ふーん」と相槌《あいづち》を打ってくれる人がいないことが辛《つら》かった。

午前の商談が不調に終わり、肩を落として新橋の路地をとぼとぼと歩いていると、不意に目の前で扉が開いた。中からはランチを終えたばかりといった様子の背広姿が三人ほど連れ立ってでてきた。その背広姿の背中に「ありがとうございました」と伸びやかな声をかける人影があった。

ふと店内へと目をやると声の主と目があった。

「いらっしゃいませ」

別に入るつもりはなかったけれど、よく考えればお昼を食べ損ねていた。人の好《よ》さそうな柔らかな笑顔と、やさしい声に誘われて私は店内へと足を踏み入れた。

「お一人ですね？　よかったら、こちらへどうぞ」

店内には遅めのお昼を食べている客が一組と、カウンターの端で新聞を読みながら珈琲カップを傾けている人がいるだけで空《す》いていた。壁に掛けられた時計を見れば午後二時を回っている。きっと、喫茶店が一番暇な時間帯なのだろう。

勧められた席はカウンターの真ん中だった。私が席に落ち着くと、すぐにお冷とおしぼりを出してくれた。「どうも」と会釈すると、マスターは少しばかり表情を変えた。

「お客さん、大丈夫だが？」

「えっ？」

思わず耳を疑った。

「しったげ疲れでらように見えるすよ」

「あの、なんでおいが……」

思わず地元言葉が出てしまった。するとマスターは微笑みながら頷いた。

「『どうも』で分かりました。ああ、心配しなくても普通の人は気付かないと思いますよ。私も訛《なま》りで随分と苦労したので、何となくそうかなと思っただけです」

「そう、ですか……」

東京に出てきてから、ずっと気を付けていたつもりだった。きっと疲れ切って、隙があったのだろう。

「お昼、召し上がりましたか？」

「いいえ、まだです」

「なら、何か食べてください」

マスターはメニューを手にすると軽食の頁を開いて差し出した。

「なんでもお好きなものをどうぞ。ささやかですが同郷のよしみでご馳走《ちそう》します」

「……いいんですか？」

「はい、もぢろんだす」

結局、「一番人気のメニューをお願いします」と頼んだら、ナポリタンが出てきた。初めて食べたのに、なぜだか懐かしい味に、ささくれた私の心は癒《いや》された。

マスターと話らしい話をしたのは、その時が最初で最後だった。新橋周辺を担当していたころは少なくとも週に一回は通っていたのだが、最近は担当替えなどもあってなかなか来られずにいた。

そして『モナミ』に足を向けるのが減るのに比例するように、地元言葉をうっかりと零すこともなくなり、私はすっかり「東京の人」になってしまった。

「はい、お待たせしました」

その声で我に返った。目の前にはスプーンの添えられた飾り気のない真っ白なカップとソーサーがあった。

「いただきます」

合わせた訳でもないのに、曜ちゃんと私の声が重なり、そろってカップに手を伸ばした。いつもの味にほっとする。

「よろしければミルクと砂糖をたっぷりお使いください、美味しいですよ。うちのブレンドは昔ながらの普通の味ですから、本格派の方には物足りないかもしれません」

マスターは何時もの決め台詞《ぜりふ》を口にしながら、ピッチャーと、クリスタルの砂糖壺《つぼ》を置き、ステンレスの蓋《ふた》を少しずらした。中にはバラを模した紅白の角砂糖があった。

「えっ？　こんな角砂糖、今でも手に入るんですか？」

曜ちゃんが思わずといった様子で砂糖壺の中を覗き込んだ。無理もない、私も最初はとても驚いた。

「ええ、駒平《こまひら》キウブ商事って会社が扱ってますよ。昔は結婚式の引き出物などにも使われるぐらい普通のものだったのですが……。最近は珈琲もブラックかせいぜい少しミルクを落とされるといった方ばかりで砂糖をお使いの方は減りました。ちょっと入れると、味わいがまろやかになるし、疲れた体に効くんですけどね。騙《だま》されたと思って入れてごらんなさい。でもってよく混ぜたあとにミルクもたっぷり。お昼までバリバリ頑張れるぐらいのパワーがでますよ」

普段なら大盛りのナポリタンを食べた後で、カロリーが気になって砂糖やミルクを入れる気にならないが、今日は勧められるがままに赤と白の角砂糖を一つずつカップに落とし、スプーンでかき混ぜた。輪郭が溶け、バラバラになるまでくるくるとスプーンで混ぜていると、なぜだか心が落ち着いた。そこへミルクを落とすときれいな渦巻を描いた。珈琲《コーヒー》を飲む準備をしているだけなのに、なんだか楽しい。

あらためて飲んでみると柔らかな甘味が口いっぱいに広がった。

「ああ……」

思わず溜《た》め息が漏れた。

「おいしい……」

隣の曜ちゃんも深く頷いた。

「ですね。甘い珈琲の美味しさを初めて知ったような気がします」

「まあ味なんてものは好みですから、店が押し付けちゃあいけません。けれど、忘れられた味を思い出していただくのは、うちみたいな古い店の役割かなと思います。もっとも、今は甘い物があふれてますから、珈琲は思いっ切り苦い方が良いのかもしれません。うちもホットケーキやプリンなんかと一緒にご注文をいただいた方には、砂糖はお勧めしません」

「えっ？　ホットケーキがメニューにあるんですか？」

曜ちゃんが聞き返した。

「はい。ただし午後の二時から五時までの限定です。余裕がある時でないとおいしく焼けないので」

「でしょうね……。そうかぁ、ホットケーキか。僕、好きなんだよな」

曜ちゃんの表情はまるで子どものようだ。

私たちが半分ほど飲み進んだところでマスターが口調を改めた。

「ところで、無料で店仕舞いの手伝いをしてくれるって本当ですか？　あれこれとやってもらったところに怖いお兄さんが出てきて『ただより高い物はねぇんだ！』って脅かされるなんて勘弁してもらいたいですからね」

思わず噴き出しそうになり、咳《せ》き込みながら曜ちゃんが慌てて首を振った。

「もっ、もちろんです。その代わり買取の相談は最初にさせてください。当然ですが僕より良い条件の人が現れたら、そちらを優先していただいて構いません」

「それを聞いて安心しました。実際、どれもこれも思い入れがあって、自分一人じゃあ片付けられないと思ってたんで。これも何かの縁でしょうから曜君に頼むことにします」

マスターはペコリといった効果音が聞こえてきそうな様子で頭をさげた。曜ちゃんは
「こちらこそ、よろしくお願いします」と席を立ち、残っていた珈琲を飲み干した。

「早速ですが店内を拝見しても良いですか？　お客さんには迷惑をかけませんから」

「はい、大丈夫です」

曜ちゃんはスマホを取り出すと、店内をぐるりと見渡した。

「業者さんから借りていて、お店の持ち物でないものがあったりしますか？」

「すべてうちのものです。ああ、おしぼりは専門業者さんに提供してもらってるけど。最近は制服やら食器、調理器具までリースしてくれるそうですね。そんな借り物ばかりで店に愛着が湧くんだろうか？　って私なんかは不思議に思います」

マスターはちらっと背負った棚を見やった。

「もっとも、開店当初から使ってる時代遅れなガラクタばかり。処分するにも、相当の手間賃を取られるだろうなと思ってました。こんなものに値段が付くんですかね？」

曜ちゃんは身を乗り出してカウンター奥の棚を覗《のぞ》き込んだ。

「あの、そちらに回らせてもらっても構いませんか？」

「もちろん。奥がスイングドアになってます。どうぞ、入ってください」

さすがに付いて回るのは仕事の邪魔になりそうなので、私は座ったままカウンター越しに二人の様子を見つめた。

カウンターの内側に回った曜ちゃんは、あれこれと質問を口にしながら時おりスマホで写真を撮っていた。

「この辺のガラスの器とステンレスのプレートやボウルは人気があります。陶器類はカトラリーの擦《こす》れによる傷み具合で多少値段が変わりますが、そもそもガラス質を厚くかけてあるようなので、傷も目立たないかと」

「こんな店でずーっと普通に使ってた食器に値が付くんですか？」

「はい。このデザート用の脚付きの器やアイスクリーム容器などは、どれも昭和のものですよね？　当時は量産品のごく普通のものだったと思うのですが、それだけに新しいものに買い換えてしまっているところが多く、あまり残っていないのです。それに、このような業務用の食器は型で成型するのですが、その型が残ってませんから同じ物は作れないんです。そもそもガラス自体も当時のものと今とでは作り方が違うので、似せて作ろうにも風合いが変わってしまいます。ステンレスのプレートやボウルも一緒です。金型で作るのですが、型はもちろんプレス作業を請け負っていた工場が廃業してしまって、作ってもらえないんです」

「そうですか……。時代遅れもここまでくると貴重ってことですかね」

戸棚の下の方は引き出しになっているようだ。どうやら何かを見つけたようで、曜ちゃんが「へぇー」と声を漏らした。

「エッグスタンドがあるということは、半熟卵を出されるのですか？」

屈《かが》めていた体を伸ばすとマスターに尋ねた。

「今はやってません。以前、人を雇って営業していたころはモーニングの卵もあれこれ客の好みに合わせていたのです。今は固ゆで卵しか出してませんけど。目玉焼きにスクランブルエッグ、それにオムレツなんかも出してました。もちろんサービスでなく料理に応じた値段をもらえたんです、昭和五十年代の中頃ぐらいまでは。株主を兼ねた重役さんが十時ぐらいに新橋に着くと、会社に行く前に朝昼兼用でアメリカンスタイルのサニーサイドアップにカリカリに焼いたベーコンとハッシュドポテトを添えたブレックファーストを召し上がったり、『今日は二日酔いだから、コンチネンタルスタイルにしてくれ』とか、あれこれ細かな注文をいただきました。なので、客に合わせて卵も丁寧に茹《ゆ》でたものです。半熟といっても、固さの好みは人それぞれですから秒単位で調整して出しました」

「そんな時代があったのですね、この日本に」

思わず私は口を挟んだ。

「はい。わがままをおっしゃる代わりに一食三千円で請求しても平気な顔をしているような人たちがいたんです、昭和のころは。ツケで召し上がるので、月末に会社まで請求に上がるとすぐに現金で払ってくれました。そんな人たちのお陰もあって、普通のお客様には安く提供できたりもしたのです」

曜ちゃんはカウンター内を丁寧に見て回り、あれこれと細かくチェックしていた。

「ごちそうさん」

奥の客が、小銭入れから五百円玉を一枚取り出すとカウンターに置いて席を立った。

「ありがとうございました。いってらっしゃいませ」

その背中にマスターが伸びやかな声をかけた。客はふり向かずに軽く手を挙げて応《こた》えると新橋の路地へと消えて行った。

「こちらが閉店されたら常連の方々は困るでしょうね。私もその一人ですけど」

私の言葉にマスターは小さく溜め息を零《こぼ》した。

「それを思うと切なくなります……。しかし、耐震基準への対応を考えると、補強工事をするよりも建て替えた方が安いぐらいだと大家さんから聞きました。それに再開発で新橋全体が新しく生まれ変わろうとしている時に、自分だけがワガママを言って居座る訳にもまいりません」

マスターは店内に慈しむような視線を巡らせた。

「それに、常連さんにとって新たな馴染《なじ》みを探すことは、良い刺激となるに違いありません。なんと言っても新橋にはたくさんのお店がありますから。私も休みの日に改めてこの辺を歩いてみたのですが、知らない店だらけで驚きました。入ってみたら、若い子たちが美味《おい》しいものを出そうと頑張ってる。いや感心しました。本当は負けちゃあいられない！　って腕まくりでもするところなんでしょうけど……。一から物件を探して店づくりをしてとなると、銀行に借金をしないとダメです。けど、この歳じゃあ、返済が終わる前にお迎えがきてしまうかもしれないでしょう？　人に迷惑をかけるのだけは嫌なんで」

その後、曜ちゃんはテーブル席や椅子、その他の調度品などを確認して回った。どれも開店当時の業務用で、丁寧に手入れと清掃がなされており、昭和風の店づくりを希望している人たちが欲しがりそうなものばかりだとか。

結局、一通り見て回るのに一時間ぐらいかかっただろうか。

「概《おおむ》ね確認できました。整理して買取価格をまとめてお送りします」

曜ちゃんは満足そうな顔だった。

「はい、よろしく頼みます。資料は名刺のメールアドレスに送ってください。一応、部屋に帰ればパソコンぐらいありますから」

「分かりました。買取をご了解いただけたらの話ですが、閉店の数日後には引取りに来てもらえるように人と車を手配しておきます。……あの、ちょっと気になったのですが、閉店の知らせはいかがされるのですか？」

曜ちゃんは私の顔をちらっと見やった。それは私も気になっていたことだ。店の中にも外にも、特に閉店を知らせる張り紙はない。それにホームページやSNSの公式アカウントも持っていないようで、そちらからの発信もしていないはずだ。

「なんか仰々しいのは嫌だなと思って。何人かの常連さんには話してるんですけど、それ以外には特に。まあ、最終日には張り紙のひとつでもして、お会計の際にお礼でも申し上げようかと」

どうやら私は閉店を直接教えてもらった数少ない一人のようだ。

マスターは店の奥にある古い柱時計を見やると「そうだ」と呟《つぶや》いた。

「少し早いですけど、お昼を召し上がってください。あれこれと面倒をかけるでしょうから、今日は奢《おご》ります。なんでも好きなものをおっしゃってください」

カウンターのメニューを手に取ると、軽食の頁を開いて私たちに差し出した。その振る舞いに、私は既視感を覚えた。

「えっ？　いいんですか」

曜ちゃんの問いにマスターは「もちろん」と笑顔で深く頷《うなず》いた。ああ、やはりマスターは私が初めて会った時から、何も変わらない。

「美月ちゃんも一緒にどうぞ。長年のご愛顧にできることはこれぐらいです」

その声には、ちょっと寂しさのようなものが滲《にじ》んでいた。

曜ちゃんはすぐに「じゃあ、ナポリタンをお願いします」と答えた。そして私も。

「かしこまりました、ナポリタン二丁！」

マスターは湯沸かし器の熱湯を鍋《なべ》に張ると強火にかけ、しっかり沸騰させると塩をつかみ入れてパスタを茹で始めた。よく見るとカウンターには砂時計が置いてある。

「茹で置きを使うのかと思ってました」

曜ちゃんが意外そうな声をあげた。

「喫茶店の多くは茹で置きを使いますよね。その方がもっちりとした食感になりますし、手早くお出しすることができますから利点は多いです。けど、私はパスタである以上はアルデンテでなければと思うのです」

冷蔵庫からあらかじめ刻んでおいた玉ねぎやピーマン、人参、それにソーセージを取り出すとフライパンに油を引き軽く炒《いた》め始めた。続けてミニサラダを取り出すとドレッシングをかけて私たちの前に置いた。その脇には紙ナプキンで包まれたフォークが。

「はい、セットのサラダです。どうぞ」

サラダは何時も通りレタスにキュウリ、トマトと缶詰のホワイトアスパラガスとシンプルだった。口に運ぶと、さっぱりとした味わいのドレッシングで、レタスの甘味と苦味が上手に引き出されている。

「美味しい……」

曜ちゃんが目を見張った。

「でしょう？」

私が作った訳でもないのに自慢げに応えた。曜ちゃんはマスターに声をかけた。

「このドレッシングはお手製ですか？」

マスターは頷くとパスタを鍋から上げ、軽く湯切りをしてフライパンに移した。

「ええ、酢と油、それに塩と砂糖、胡椒《こしょう》を混ぜるだけですからね。市販されているドレッシングにも美味しい物がたくさんありますが、どうしても保存料が入ってしまうでしょう？　その日の朝に調味料を混ぜ合わせて、その日のうちに使い切れば保存料は不要ですからね。それにサラダは野菜が主役の料理ですから。野菜を引き立てるドレスの役割に適《かな》う程度の味付けにした方が良いと思うのです」

さっと炒めながらパスタと具を混ぜ合わせると、冷蔵庫から取り出したボトルから醤《しょう》油《ゆ》のようなものをかけた。

「それは何ですか」

曜ちゃんは次々と質問をする。私がお願いした「作り方を盗んで」という頼みを覚えているようだ。

「昆布と鰹節《かつおぶし》でとった出汁《だし》と醤油で作ったものです。まあ、麺《めん》つゆみたいなものですね。賄いで蕎麦《そば》やうどんを作ったりするのですが、その時にも使います。うちのナポリタンを召し上がって『ほっとする味だ』とおっしゃる方がいらっしゃいますが、きっと、この隠し味の麺つゆをそうお感じになるのだと思います」

「なるほど……」

ほどよく麺と具がからまったところで、レードルで一杯ほどのトマトソースのようなものをかけた。

「それは？」

「ナポリタンのソースです。ベースはブイヨンとワインビネガーそれにケチャップとトマトピューレ、隠し味にウスターソースを少々。ご自宅でお作りになるのであれば、ケチャップ三に対してウスターソースを一の割合で混ぜたもので十分だと思います」

手早く混ぜ合わせるとステンレスの皿に盛りつけた。

「お待たせしましたナポリタンです。粉チーズとタバスコはお好みでお使いください」

「いっ、いただきます」「いただきます」

曜ちゃんはフォークを手にするとガツガツと食べ始めた。その様子に思わず笑みが浮かんでしまう。自分の好物を同じように喜んでくれる人と一緒に食事ができる幸せは、上手《うま》く言葉にできないけれど、やっぱり嬉《うれ》しい。

お皿からは酸味と旨味《うまみ》がない交ぜになった香りが鼻孔をくすぐり、すぐにでもかき込みたいという衝動を覚えさせる。見た目は真っ赤でヘビーなナポリタンなのに、意外とあっさりとしていてトマトの豊かな味わいが口に広がる。食べなれた味のはずなのに、何度食べても、その美味しさに感動する。

気が付けば、半分ぐらい食べ進んでいた。一旦《いったん》、サラダで口中をリセットすると、今度は粉チーズをたっぷり塗《まぶ》し、薄《う》っすらと白くなった上にタバスコを振りかけた。白地にオレンジ色の斑点《はんてん》模様を纏《まと》ったナポリタンはさらに味に深みが増し美味《うま》かった。

黙々と食べ終え、手元の時計に目を落とすと、まだ十一時二十分だった。調理時間などを考えると十分とかからずに食べたことになる。隣の曜ちゃんも「ふうぅ」と人心地ついたといった様子だった。

「ご馳走様《ちそうさま》でした。美味《おい》しかったです」

曜ちゃんの言葉にマスターが笑み崩れる。

「お粗末様でした。どうです？　ごく普通のナポリタンだったでしょう。美月ちゃんをはじめ何人かの常連さんからは絶賛してもらうのですが、普通の作り方をしていると思うのですがね」

「作っている様子を間近で見せてもらいましたし、いくつか質問もさせてもらいましたけど……。意外と真似るのは難しいだろうなって思いました」

マスターは小さな笑みを口元に浮かべた。

「ナポリタンに限らず、作り方を知りたいとおっしゃる人には、教えて差し上げます」

知らなかった。なら最初から素直に聞けば良かった。そんな思いが顔に出たのかもしれない。マスターが言葉を続けた。

「でも、結局、同じ味にはならなかったとおっしゃいます。無理もない話で、料理というものは、作る人の癖が微妙に出ますから。同じ材料を使って、同じ作り方をしているつもりでも、味は変わってしまうのです」

曜ちゃんはちらっと私を見やると深々と頷いた。

「確かに……、カクテルも一緒です。お酒や割材を量って混ぜるだけですから、本来、誰が作っても同じ味になるはずなのに、そうはならない。不思議ですね」

二杯ならべて慎重に飲み比べた訳ではないけれど、同じものを頼んでも真央さんと曜ちゃんとでは、微妙ではあるけれど確かに味わいに違いがある。

「あの、今月で閉めるとは聞きましたけど、日にちは決まってるんですか？」

私の問いにマスターは壁にかけたカレンダーを見つめながら答えた。

「はい、二十四日です。来月一日から取り壊しが始まるとかで、月末までに退去して欲しいと大家さんから言われてます。片付けに一週間は欲しいなと思って二十四日に閉店することにしました」

「なるほど、分かりました」

曜ちゃんはハッキリと返事をすると、私に頷いた。私たちが席を立つと、ちょうど勤め人といった感じの男性客が三人ほど店に入って来るところだった。

「買取希望は取りまとめて数日以内に送ります。それに閉店日にまた顔を出します。お店を閉められたところから片付けの仕事は始まると思ってるんで」

「私も来ます。大好きだったお店の最後を見届けたいんで」

曜ちゃんもマスターも驚いた表情だったが、そのまま黙って頷いてくれた。

「そうですか、わざわざすみません。では、よろしくお願いします」

マスターは軽く頭を下げると、お冷をお盆に載せて三人連れの客席へと向かった。私たちが扉をくぐろうとすると「三人ともナポリタン」という客の声が聞こえた。続けて「はーい、ナポリタン三丁!」と注文を復唱するマスターの朗らかな声が響いた。

気が付けば二十四日を迎えていた。どうしても外せない商談があり、結局、『モナミ』には夕方行くことになった。

前回と同じようにSL広場で曜ちゃんと待ち合わせをし、急ぎ足で『モナミ』を目指す。道中、今日は『YOU』の営業をどうするのか尋ねると、「真央ちゃんに任せてきました。もちろん、後で顔は出しますけどね」との返事だった。

角を曲がり、プレスガラスに金文字で『モナミ』と描かれた扉が見えるはずの場所まで来ると、店の前に少しばかり人だかりができていた。扉横の壁には張り紙がされており、丁寧な筆文字で「閉店のご挨拶《あいさつ》」と書いてあった。

「知ってた?」「いや、初めてみた」「ちょっと、マジかよ。えーっ」

たまたま通りかかったといった様子の若いサラリーマン三人組がブツブツ言いながら張り紙をスマホで撮影していた。

「部長にLINEしたら速攻返事が来た。『マジか……』って。相当残念そう」

「うちの課長も出張先なんだけど『嘘だろ!』だって。こんなリアクションは見たことないかも。かなり焦ってる」

「無理もないよね、会社に入って最初に食べたランチがここのナポリタンの大盛りだったって話を聞いたことがあるもの」

「知ってたら今日の昼飯、ここにしたのになぁ」

そんな話をしながら店を離れて行った。けれど、その後も今どき珍しい事務服姿の女性や近所のパチンコ店の従業員と思《おぼ》しき人が張り紙を眺めていた。その脇を軽く会釈をしながら店内に入ると、全席ぎっしりとお客さんで埋まっていた。しかも、入り口すぐのレジ前には立って席が空くのを待っている人が五人もいた。

「いらっしゃいませ」

ふと声の方を見ると、真っ白なシャツに紺色のベストと共生地のタイトスカートを身に着け、腰にはフリルのついた白いサロンエプロンの女性が立っていた。

「申し訳ないのですが、少しお待ちいただけますか?」

五十過ぎといった年恰好《としかっこう》だろうか。

「いえ、あの、その……」

そこへカウンターからマスターの声が届いた。

「曜君、それに美月ちゃん。ミキちゃん、その子たちは手伝いに来てくれたんだ」

ミキちゃんと呼ばれた女性は「あら、そうだったの?」と微笑んだ。

私たちはカウンターの奥でコートなどを脱いだ。私は持ってきたエプロンを羽織り、曜ちゃんはボウタイとベストを取り出して素早く身に付けた。

「二人とも、ありがとう。でも、曜君のそれは自分で用意したの?」

驚くマスターに曜ちゃんは小さく首を振った。

「自分の店で普段使ってるものです。えーっと、じゃあ僕たちは洗い物を引き受けます。どうやら接客と調理は心強い応援が来たみたいですから」

マスターの横にはコック服姿の男性がサンドイッチに包丁をいれていた。どうみても高級レストランか専門店で働いているプロといった立ち居振る舞いだ。

「こちらスズムラ君。昔、うちでアルバイトをしてたんだ。もう三十年以上前になるかね？　今じゃあ、高級ホテルの総料理長として大勢のスタッフを動かし、国際会議の晩《ばん》餐《さん》会を任されたりするほどなんだ」

マスターの紹介にスズムラさんは口元を綻《ほころ》ばせ「よろしく」と応《こた》えた。

「昔、うちで働いてて、今でも連絡が付く人には閉店を知らせたんだ。そうしたら、こうして二人が手伝いに来てくれた」

「だって『モナミ』が閉店するって聞いたら、居ても立っても居られなくて。それに、最後だって知ったら常連さんはもちろん、以前通ってた人も押し寄せるんじゃないかって。ここ十年ぐらいマスターひとりで営業してるって聞いてたから、きっとてんてこ舞いになるだろうと思って。だから簞笥《たんす》の奥から制服を引っ張りだして駆けつけたの。スカートのウェストがやばいかと思ったけど、なんとか入ってほっとした」

ミキさんの言葉にスズムラさんが深く頷《うなず》いた。

「私も一緒です。もともと調理の世界に入るつもりなんてなかったんです。それがひょんなことで『モナミ』で働くようになって、自分が作った物を美味しそうに食べてもらえることの喜びを知ってしまった。きっとマスターと出会ってなかったら、『モナミ』でバイトしてなかったら、今ごろ全然違う生活を送っていたと思います」

二人の眼差《まなざ》しにマスターは照れたように「大袈裟《おおげさ》だな。まあ、子供のいない僕にとって働いてくれたみんなは家族みたいなものだから。こうやって顔を見せてもらえるのが一番うれしいね」と笑った。

その後も店頭の張り紙がSNSで拡散されたことなどもあって、閉店を知った人たちが次々と押し寄せ、営業終了の午後七時になるまで客足が途切れることはなかった。

閉店の一時間ほど前になると、料理のオーダーをストップしたこともあって、手伝いに来た私たちは手持無沙汰《てもちぶさた》になった。

「私、絵に描いたような不良だったのよ。今でこそ、三人もの子どもを授かって、その子たちも成人して、来月には初孫ができるんだけど……。子どもたちに言って聞かせたことはどれも『モナミ』で教えてもらったことばかり。高校を三日で中退して、フラフラしてた時に出会った『モナミ』は、私にとって学校みたいなものだから。マスターが校長先生でバイトの先輩たちや常連のお客さんが先生。本当に色んなことを教えてもらった。それに、やさしくしてもらったり」

店内を見渡しながらミキさんがしんみりと語った。その言葉にスズムラさんが小さく首を振った。

「俺が先生？　それはないな、なんせみんなと一緒になってわいわいやってた思い出しかないからね。仮に何か偉そうなことを言ってたとしたら、それは全部マスターの受け売りさ。けど、ミキちゃんの言う『モナミ』は学校って話は同感だな。俺は調理の専門学校も行かずに、いきなりホテルの調理場にもぐり込んだんだけど、なんとかやって行けたのはマスターに基礎を徹底して仕込んでもらったからなんだ。食材の扱い方、包丁をはじめとする調理器具の使い方、鍋《なべ》や釜《かま》の洗い方なんかを丁寧に教えてもらった。基本的なことを徹底して体に染み込ませるって意外と難しいんだ。それを根気よくやってくれた。後輩や部下に同じことをしなければならない立場になって、そのありがたさを痛感してるよ」

二人の視線は入り口で最後の客を見送るマスターの背中に注がれている。その瞳《ひとみ》は潤んでいて、ちょっとした切っ掛けで、思いがあふれてしまいそうだ。

店の外まで客を見送ったマスターが扉横にかけていた「営業中」の札と閉店を知らせる張り紙を手に店内へと戻ってきた。

「みんな、お疲れ様。本当にありがとう」

二人の元従業員と曜ちゃん、それに私を順に見回すと深々と頭をさげた。

スズムラさんがコック帽を手に取り、何かを言おうとしたところだった。不意に扉が開くと、女性が入ってきた。

「ごめんなさい。もう、お仕舞だとは思うけど……」

ふり向いたマスターが「えっ、あっ、いや」と曖昧《あいまい》な返事をした。

「わーっ、ヒロミママ！」

ミキさんがそう叫ぶなりカウンターを飛び出し、女性に抱き着いた。

「ヒロミママ？」

曜ちゃんが思わず口にすると、スズムラさんが「古くからの常連さんだよ。マスターとは長い付き合いみたいだけど……」と小声で教えてくれた。

「ミキちゃん、元気そうね。それに……、スズムラ君まで。懐かしいわね……」

ヒロミママが私と曜ちゃんに気が付いたのを察して、マスターが紹介してくれた。

「こちらは曜君、それに美月ちゃん。曜君は閉店であれこれと処分しなければならないのを手伝ってくれるんだ。で、美月ちゃんはうちの常連さん。でもって曜君が営んでるお店の常連さんでもあるんだ」

ヒロミママは「そうなの」と頷くと、続けてマスターに向きなおった。

「ごめんなさい、ちゃんと営業時間内に来るつもりだったんだけど、バタバタしているうちに、こんな時間になっちゃって」

「いや、いいんだよ、ヒロミママは特別。何と言っても、うちの常連第一号で『モナミ』って名前を付けてくれた恩人だから」

「えっ？　そうなの」

ミキさんが驚きの声をあげ、スズムラさんは小さく首を傾げた。マスターは「話したことなかったかな？」と呟《つぶや》くと、奥の席にママを案内し、みんなにも座るように促した。

それから扉に鍵《かぎ》をかけ手前側の照明を落とした。

「最初、店は『白樺《しらかば》』って名前だったんだ」

「白樺……、それは随分と渋いですね」

思わずといった様子でスズムラさんが呟いた。

「うん。集団就職で東京に出てきて、ホテルでコックの見習いとして五年ほど働いたんだけど、どうにも先輩たちと折り合いが悪くて。辞めるって言ったら、レストランの支配人から『知り合いがオープン直前まで準備しながら体調を崩してそのままになってる喫茶店があるからやってみないか？』って紹介してくれた。だから、最初はオーナーが付けた店名で、俺は雇われマスターだったんだ。そのころからママはうちの店に通ってくれてるんだ」

「初めて聞きました。でも……、よく五年も我慢しましたね」

スズムラさんの声にマスターは頷いた。

「最初の数年は仕事を覚えるのに必死だったから。酷《ひど》い目に遭っても文句も言えなかったし、黙って頑張るしかなかったんだ。まあ、でも真面目にやっていれば誰かが見てるもんだなって、白樺の話を紹介されたときに思ったよ。ちなみに『白樺』って名前は最初のオーナーが文学青年で、武者小路実篤《むしやのこうじさねあつ》や志賀直哉《しがなおや》が作った文学雑誌『白樺』にちなんで付けたらしい」

「それにしても、当時だって新橋にはたくさんの喫茶店があったでしょう？　なんでうちに通うようになったの？」

　ミキさんの声は仲の良い従姉《いとこ》に尋ねるような口調だった。ママはちらっとマスターの顔を見やった。二人は視線の交錯を楽しむようにしばらく見つめ合っていた。

「そうね、珈琲《コーヒー》や食べ物のどれもがほっとする味だったことと、マスターとのおしゃべりが楽しかったからかな」

「えっ、本当？　マスターが女の人に上手なことを言えるとは思えないけど」

　ミキさんの声にスズムラさんが深く頷いた。ママは嬉《うれ》しそうな笑みを浮かべた。

「そうね、私が一方的に話をしてマスターは黙って聞いてるか、せいぜい相槌《あいづち》を打つぐらい。あのね、私とマスターは同郷なの。と言っても隣村なんだけど……。一番最初、フラッと入ってみたら誰もお客さんがいなくて。カウンターに座って『珈琲』って注文したら、その返事が訛《なま》ってたのよ。で、ピンっときたの、ああ同郷だって」

「東北のご出身だとは聞いてましたけど……、そうだったんですね」

　スズムラさんの声にマスターは恥ずかしそうに頭を掻《か》いた。

「まだ東京に出てきて数年で、しかも調理場では怒鳴られてばっかりで、ほとんど話さなかったから、訛りが抜けなくてね」

「聞いてみれば隣村の出身だって言うじゃない。東京に出てきてから田舎者だと馬鹿にされないように必死に標準語を覚えるようにしたけど、いつもどこかで苦しかった。それに、そのころ勤めていた銀座《ぎんざ》のクラブで先輩からネチネチと苛《いじ》められててね。ついつい地元言葉で愚痴っちゃった。そしたら『だがら』って相槌を打ってくれた」

「『だがら』？」

　ミキさんが聞き返した。

「標準語だと『だよね』に近いと思うんですけど……。ぴったり当てはまる言葉は、ないと思います」

　私は口を挟んでしまった。

「あら、あなたも同郷なの？　そう……、不思議だけど何か惹《ひ》き合うものがあるのかもしれないわね。でね、ずっと黙ってるから、最初は聞き流してるのかな？　って思ってた。でも、訛りを気にせずに話せるだけでもありがたいから、わーっと溜《た》まっていたものをぶちまけたの。そうしたら『だがら』って」

「俺もホテルで散々な目に遭ったから、ヒロミママの気持ちがよく分かったんだ」

　マスターの声にママが深く頷《うなず》いた。

「あの『だがら』に、どれだけ救われたか。あの日、あのカウンターの端に座って、珈琲を前に泣いてなかったら、マスターに話を聞いてもらってなかったら、『だがら』って相槌を打ってもらってなかったら……、きっと今の私はいないと思う」

　マスターは小さく首を振ると「大袈裟《おおげさ》だよ。ママはひとりでも乗り越えていたはずさ」と応《こた》えた。

「私も……、東京に出てきたばかりのころに、マスターにやさしくしてもらいました。そのお陰で頑張れたような気がします」

思わず私は声をあげた。マスターはちょっと驚いた様子でゆっくりと首を振った。

「美月ちゃんまで……。でも覚えてるよ、初めて会った日のことは。まるで昔の自分を見ているような気がしたんだ。わざわざ東京まで出てきて何をしてるんだろうと溜め息ばかりをついていた自分をね。だから余計なことだとは思ったんだけど、少しばかりお節介を焼いてしまった。けど、頑張ったのは美月ちゃん自身だよ」

マスターは私に顔を向けて微笑むと、ヒロミママに向き直った。

「それにね、ヒロミママと出会ったことで救われたのはむしろ俺なんだ。『白樺』のオーナーなんだけど、病状が回復せず二年ほどで亡くなってしまった。税金なんかの支払いもあって店の権利を手放さないとならないって遺族の方に言われて、買い取るか新しいオーナーを探して、その人の下で雇われマスターを続けるかって話になった。とてもじゃないけど買い取る金なんかなかったんだけど、ママが知り合いを紹介してくれて、その人が保証人になってくれて銀行からお金を借りることができたんだ」

「あれは……、あなたの真面目な人柄と店の味に惚《ほ》れ込んで保証人になってくださっただけで、私は何もしてないわ」

「いやいや……、とにかくママが背中を押してくれたお陰でオーナーって呼ばれる立場になれた。もっとも、ビックリするぐらいの借金ができたけど。その時にヒロミママに言われたんだ。『新装開店にした方がいい』ってって。『店の名前を変えて出直しなさい』ってね」

「だって水商売では普通のことだから、居抜きでオーナーが代わるなんて。余程名前が通った店で、ブランドとして価値があるなら別だけど、そうでなければ店の名前を変えて再出発するのよ。それに……、恥ずかしいけど最初に看板を見た時に私『白樺』って読めなかったの。普段使わないでしょう？　白樺の樺って字。難しい漢字ではないけれど馴染《なじ》みがないから。もっと、こう覚えやすくて簡単な三文字ぐらいの店名がいいんじゃない？　って提案したの」

「ヒロミママから『どんなお店にしたい？　お店の名前にはオーナーの想いが込められていないと』って言われて……。あのカウンターだよね、一番奥にママが座って、俺が珈琲を淹《い》れながら話をしたっけ」

その声に誘われるようにママは席を立つと、カウンターの端までゆっくりと歩いた。その少し後にマスターが続く。ママはカウンター席の背もたれをそっと撫《な》でると、ゆっくり腰を下ろし、カウンターに肘《ひじ》をついた。

スイングドアを抜けてカウンターの内側に立つと、マスターはママを見つめた。

「その時にあなたはこう言ったのよ。『気心の知れた友だちの家のような居心地の良い店にしたい』って」

ママの声にマスターはゆっくりと頷いた。

「うん、覚えてるよ。で、ママは『友だちかぁ……、じゃあ「モナミ」なんてどう？』って提案してくれた」

「あなたったら『モナミかぁ……。パチンコ屋さんと間違われないかな？』って」

「だってフランス語なんて知らないから」

「私だって大して知らないわ。ただ、あのころフランス映画を随分と観ていたから」

二人にはお互いの顔しか目に映っていないに違いない。

「もう、マスターのナポリタンも食べられないのね」

ヒロミママの言葉に私は深く頷いた。やっぱり、あの味は私だけでなく、ヒロミママにとっても大切な味なんだ。

「……『モナミ』って名前を付けてくれたのもヒロミママなら、ナポリタンって名物を授けてくれたのもママだったね」

「さっきから大袈裟ね。私はただ食べたいって言っただけ」

「君が美味《おい》しそうに食べてくれるのが嬉しくて、あれこれと工夫して今の味になったんだ。だから、あれは俺のレシピかもしれないけど、同時に君のレシピでもあるんだ」

「そう言ってくれると嬉しいけど」

ふいにマスターは片付けたばかりの鍋《なべ》に水を張り始めた。

「やっぱり最後はヒロミママに食べてもらわないと」

「作ってくれるの？」

「もちろん」

マスターは柔和な笑みを浮かべた。

「じゃあ、ナポリタンをお願い」

「はい、かしこまりました。ナポリタン一丁！」

その返事にママが小さく首を振った。

「ねえ、大変かもしれないけど、たくさん作って。私、みんなで食べたい。ダメ？」

「もちろん大丈夫。でも……、材料がちょっと足りないのは御愛嬌《ごあいきょう》」

マスターは玉ねぎを刻み始めた。スズムラさんが席を立とうとすると「いいよ、任せて」とマスターは短く制した。

「ねぇ……、これからどうするの？」

火加減を確認するマスターの横顔にママが尋ねた。

「今のところ特に何も考えてないよ。とりあえず月末までに店の片付けをして、来月からはどうしようかな。しばらく、のんびりして、それから考えるよ」

「そう……。じゃあ、もう新橋には出てこないの？」

「それも、分からない」

パスタの茹《ゆ》で具合を確認すると笊《ざる》にあげ、具材を炒《いた》めたフライパンに移しながらマスターは短く応えた。

ママは黙ったままマスターの手つきをじっと見守っていた。

スズムラさんやミキさんも静かにマスターがフライパンを振る音に耳を傾けている。何年も何十年もこの小さな店に響いてきた音に。私も曜ちゃんも店内に響く軽やかな音を聞いていた。

「はい、お待たせしました。『モナミ』一番人気のナポリタンです。粉チーズとタバスコはお好みで」

マスターは楕円《だえん》のステンレス皿をママの前にそっと置いた。続けて大きな手つき盆に四枚の皿を載せると、カウンターを出て私たちの前に一皿一皿ならべてくれた。

「今日は本当にありがとう。ささやかだけど、食べてください」

「いただきます」

ママの声に続いて、みんなも「いただきます」と呟《つぶや》くとフォークを手にとった。みんな何かを言いたそうだけれども、どうしても言葉にならない。ただ、黙って食べるのが精一杯ということがよく分かる食事風景だった。

「本当に美味しいわ」

ママが短く呟いた。ふと手元の時計に目を落とすと、随分と遅くなっていた。空になったステンレスの皿にフォークを置く音がひとつ、ふたつと聞こえた。

「ご馳走《ちそう》様でした」

ヒロミママがフォークをそっと置くと顔をあげてマスターを見つめた。

「ねぇ、提案があるんだけど……」

「うん？　何だい、あらたまって」

「することが決まってないなら、決まるまでの間だけでもいいから、うちの店で働かない？　ちょうどキッチンを任せてた人が辞めたところなの」

　ママの提案にマスターは少し驚いたようだ。小さく口を開け、何かを言おうとしたのだが、そのまま閉じて少し考え込んだ。

　しばらくして、ゆっくりとした口調で応えた。

「そんな、やさしいことを言ってくれるのはモナミだからかい？」

「馬鹿ね……。モナミには別な意味もあるって教えてあげたじゃない」

　じっとマスターの目を見つめたままママが右手を差し出した。

「俺でいいのかい？」

「あなたがいいのよ」

　ママの手を両手でそっと包み込むと「お世話になります」とマスターは呟いた。

＊　＊　＊　＊　＊

「なんかさぁ、あたしが行こうと思うと雨が降るっていうか、雨が降ると『ＹＯＵ』に来たくなるっていうか。なんかよく分からないけど、ここに来るときは雨ばっかり」

曜ちゃんが出してくれたおしぼりで手を拭《ふ》きながら思わず溜《た》め息が零《こぼ》れた。

「あれ？　今日はお化粧を落として顔を埋《うず》めなくていいんですか」

曜ちゃんのツッコミに、隣の真央さんが「なにそれ？」と首を傾げた。

「ああ、もう、それ言うのやめて。お陰で佐東社長にスッピンを見られちゃって……、一生の不覚って思ってるんだから」

憮然《ぶぜん》とする私に曜ちゃんが失笑を漏らしながら真央さんに経緯を話した。

「ふーん、そりゃあ災難でした」

真央さんの冷静な受け答えが身に沁《し》みる。深くツッコんで来ないところに、武士の情けのようなものを感じる。やっぱり真央さんは恰好《かっこう》よい。

「それにしても、雨が降ったからって自主的に早退しちゃっていいの？　まだ、五時前よ。まあ、うちとしては雨で客足が鈍るだろうから、ありがたいけど」

「この前なんて四時ちょっと過ぎに来てたからね。今日はマシな方だよ」

真央さんの問いに曜ちゃんが勝手に答えた。

「へっへーん、バレなきゃあ大丈夫。普段、散々サービス残業してるんだから、たまにはサボらないとやってられません！」

私の言い草に「やれやれ」と小さく首を振りながら、曜ちゃんは冷蔵庫から取り出した卵を鍋に移した。

「ところで何にします？　いつもみたくビールですか？　良かったら、たまにはワインはいかがでしょう？　それとも真央ちゃんがおりますのでカクテルにしますか？」

「そうだなぁ……、でもワインだとボトルで頼まないとダメでしょう？」

「グラスワインも用意してますよ。その日によりますけど、フランス産はもちろん、イタリアとかチリとかカリフォルニアのコスパの良いのをあれこれと。まずはスパークリングワインなどいかがです？　これ、なかなかですよ」

曜ちゃんは、ボディの途中から底に向かって裾《すそ》が広がるような独特なデザインの瓶を冷蔵庫から取り出すとラベルを見せた。

「『フランチャコルタ』の『スタンダード・キュヴェ』ね。柑橘《かんきつ》系の爽《さわ》やかさとバニラのような甘さを絶妙なバランスで併せ持つ辛口なの。多分だけど、美月ちゃんの好きな味だと思うわ」

「あっ、もう。僕が説明しようと思ったのに」

しかめっ面の曜ちゃんが手元のメモに一杯の値段を書き記して見せてくれた。

「へぇ、じゃあ、それを頼もうかな」

「かしこまりました」

真央さんは曜ちゃんの手からボトルを受け取ると、フォイルを剝《む》き、ワイヤーとミュズレを外すとナプキンで押さえながらコルクを抜いた。その間に曜ちゃんがグラスを用意した。真央さんがゆっくりと注ぐと、繊細な泡をたたえる黄金色の液体がグラスに満ちた。それをそっと私の前に差し出しながら曜ちゃんが口を開いた。

「この一杯は僕からの奢《おご》りです」

「えっ、いいの？」

「はい。『モナミ』という素晴らしい喫茶店の閉店に携わることができたのは、美月ちゃんのお陰ですからね」

隣の真央さんも「この店のオーナーが言ってる訳だから、遠慮なく」と頷《うなず》いた。

「へへ、そっか。じゃあ、ご馳走になります」

軽くグラスを掲げると一口ほど含んだ。するとタイミングを見計らったかのようにスマホのタイマーが鳴った。曜ちゃんは慌てて火を止めると、卵が零れ落ちないように気をつけながら湯を捨て、冷たい水を注ぎ直した。

「スパークリングワインなんて、ほとんど飲んだことがなかったけど、美味《おい》しい。何て言ったらいいか分からないけど、なんか大人の飲み物って感じ」

曜ちゃんは水にとった卵をキッチンペーパーで包み、丁寧に殻を拭く。続けて何やら輪っかのついた鋏《はさみ》のような道具に殻の先端をゆっくりと入れた。すると殻に切り取り線のような傷がついた。そこに包丁の刃先を軽く当てると、キャップを外すようにして卵の先っちょだけを剥いた。

その卵を白磁のエッグスタンドにセットすると、紙ナプキンを敷いたソーサーに載せ、スプーンを添えて私の前に出してくれた。

「本日のお通しです」

「えっ？　もしかして、ゆで卵」

曜ちゃんは塩と胡椒《こしょう》の小瓶をカウンターに並べながら頷いた。

「半熟卵……のはずです。ちゃんと時間を計って茹でたので半熟に仕上がってるはずなのですが。残念ながら味見というものができないメニューなので」

「確かに……。じゃあ、いただきます！」

軽く塩を振ると、スプーンの先端を卵に押し付けた。

「うわっ、ぷるんぷるん。なんか独特。へぇー、半熟卵をこうやってエッグスタンドに立ててスプーンで食べるの初めてかも。えい！」

ぐっとスプーンを差し込むと鮮やかなオレンジ色が白身に混ざった。

「うわー、きれい。どれどれ」

スプーンを口に含むと、軽い塩味につづいて濃厚な黄身が口一杯に広がった。

「……おいしい。これ、すごい有名な農園とかから仕入れた高い卵だったりする？」

私の反応に曜ちゃんは満足げな表情を浮かべた。

「原価がバレてしまいますが、普通のスーパーで買ってきた卵です」

「本当に？　だとしたら凄《すご》い。半熟卵って、こんなに美味しいんだ」

塩と胡椒を追加して食べ進める。途中、ちょいちょいとグラスを傾けていたら、何時の間にか一杯目が空になっていた。

「スパークリングワインとの相性も抜群。卵を茹《ゆ》でただけで、味付けは塩と胡椒だけでしょう？　なんか究極的にシンプルなお通しだと思う」

「実は美月ちゃんが来たら、お通しには半熟卵を食べてもらいたいなって思ってたんです。なので、逆に飲み物は誘導してスパークリングワインを薦めました。まあ、茹で卵だから合わないお酒もないとは思いますけど。白身は繊細な味だし、逆に半熟の黄身は濃厚だから、さっぱりとした味わいのスパークリングワインか、よく冷やした白ワインが良いかなと思って」

「ふーん。なんか、卵ひとつでこんなに感心させられて降参！　って感じ」

エッグスタンドに殻だけが残った。

「『ぐりとぐら』だと、卵の殻を使って車を作るんだよね」

空っぽの殻とエッグスタンドを下げながら真央さんが呟いた。クールな容姿と無邪気な言葉のギャップがたまらない。

「で、一杯目を奢ったのには、もうひとつ理由があります」

「えっ、何？」

「実は『モナミ』のナポリタンを再現するべく、散々試行錯誤をくり返したのですが……。結局、できませんでした」

「本家本元の味を知らない私も散々付き合ったのよ。どれも美味しかったけど、曜ちゃん曰《いわ》く『なんか違う』んだって。お陰でちょっと体重が増えちゃった」

真央さんが小さく溜め息を漏らした。けれど、私が見る限り体形に変わった様子はまるでない。彼女の「ちょっと」はきっと数百グラム程度だろう。

「体重が増えたのは僕のせいじゃないと思うけど。でも、まあ、何とか見た目を似せたものは作れるようにはなりましたが、あの味にはなりません。ってことで、『味を盗んでこい！』というオーダーには応《こた》えられませんでした」

「ふふ、そうなんだ。でも、もういいの、あれは忘れて」

「そうですか。で、代わりと言っては何なのですが、この半熟卵の茹で加減はマスター直伝です。搬出の立ち会いでお邪魔した時に水加減や時間配分を直々に教えてもらいました。それにエッグスタンドやソーサーなどは閉店を手伝ったお礼にと、いただいたものです。五脚セットをまるまる譲ってもらいました」

「なるほどね。でもさ、卵の茹で方を教えてもらう間柄なのに、聞いてないの？」

「えっ？　何をです」

「『モナミ』復活の話」

「はぁ……」

「本当よ、だって今日、行ってきたもの」

私はスマホを取り出すと写真を見せた。

「『モナミ』があった場所から三分ぐらいかな？　駅近くの雑居ビルの二階にあるヒロミママの店を間借りして、火・水・木のランチだけ限定の営業を始めたんだって。メニューはナポリタンとハヤシライスの二種類、それと食後の珈琲《コーヒー》だけ。会社のメアドにマスターから連絡をもらったの。で、早速、行ってみたんだけど、やっぱり美味しかった」

スマホの画面にはカウンターの中でフライパンを振るマスターが、そして、その横には割烹着《かっぽうぎ》を着けたヒロミママが写っている。よく見れば二人の左薬指には指輪が。

「マスターはもちろんだけど、ヒロミママも嬉《うれ》しそうだった。あのね、フライパンを振ってるマスターを見て思ったんだ。元気な間は働き続けることが一番幸せだって。私も普段は真面目に働いてるから、たまにサボるのが楽しいんであって、ずっと暇だったらつまらないと思う。だから、マスターが幸せそうにナポリタンを作ってる姿を見れて嬉しかった」

「そうですか」

曜ちゃんはそう呟《つぶや》くと、空になった私のグラスをさげながら「次は何にしましょう？」と尋ねた。

「そうだなぁ、せっかく真央さんがいるからカクテルにしようと思うけど、何かお薦めってある？」

「そうですね、美月ちゃんの気分にピッタリ合わせられる自信はありませんが、僕が何か見繕ってみましょうかね」

そう応えるなり、曜ちゃんは考え込むように小さく首を傾げて腕を組んだ。しばらくすると、メモに何かを書き付けて真央さんに示した。真央さんは「かしこまりました」と短く返事をし、注ぎ口のついた大きめのグラスを取り出した。

「あれはミキシンググラスです。カクテルといいますと、シェーカーで混ぜ合わせるイメージが強いと思いますが、比重が軽く透明度の高い素材を少しばかり混ぜ合わせるだけで良い場合には、ミキシンググラスを使います」

私が興味津々といった表情で真央さんの手元を見つめているのに気が付いて、曜ちゃんが解説してくれた。

「へぇ……、知らなかった」

私たちのやり取りに小さな笑みで応じながら、真央さんはグラスの半分ほどにクラッシュアイスを入れた。続けて何種類かのお酒をカウンターに取り出すと、メジャーカップで測りながら注ぎ入れた。

「最初に注いだものはドライ・ジンです。当店では特別な指定がない場合ゴードンを使います。その後の青いものはブルーキュラソー、最後に一滴ほどですが足したものはアンゴスチュラビターズです」

真央さんは優雅な手つきでグラスをバースプーンでかき混ぜると、ステンレス製の蓋《ふた》のようなものを被《かぶ》せた。

「ストレーナーです。クラッシュアイスが流れ出るのを防いでくれます」

カクテルグラスに注がれたのは、鮮やかなブルーの液体だった。真央さんはレモンの皮を軽く捻《ひね》って香り付けすると、私の前にそっと出した。その動きに合わせて曜ちゃんが口を開いた。

「お待たせしました、ブルー・バードです」

「ブルー・バード？」

「はい、まずはお召し上がりください」

曜ちゃんの声に真央さんも静かに頷《うなず》いた。促されるままにグラスに手をかけて、そっと口へと運ぶ。よく冷えたブルー・バードは、すっと喉《のど》を駆け下りていった。甘くて喉ごしが良いけれど、軽い苦味のアクセントが利いている。

「ああ、美味《おい》しい……」

「口当たりは良いけれど、アルコール度数は高いから気を付けて」

真央さんがミキシンググラスやストレーナーを洗いながら微笑んだ。

「確かに。でも、なんでブルー・バードを提案してくれたの？　ああ、そう言えば前に『花に花言葉があるように、カクテルにもカクテル言葉がある』って言ってたよね？このブルー・バードって、どんな意味なの？」

曜ちゃんはちらっと真央さんを見やった。真央さんはグラスを布巾《ふきん》で磨きながら「どうぞ、見繕ったのは曜君なんだから」と返した。

「そう？　じゃあ、お答えしますと『幸せは、すぐそばに』です」

「童話の『青い鳥』のまんまってことかぁ……。確かに、幸せは、意外とすぐそばにあったりするのかも。でも、私の周りを見回しても、見当たらないけど？」

この返事に曜ちゃんと真央さんは口を揃えて「美月ちゃんには『ＹＯＵ』があるじゃ

ないですか！」と応えてくれた。まったく、商売上手だんだから……。

私たちの笑い声に誘われるようにして、オレンジ色のガラス扉が開いた。

「おう、なんか盛り上がってるな」

入ってきたのは佐東社長だった。やっぱりお化粧を落とさなくて良かった。

「ああ、佐東社長。幸せは、すぐそばにあるそうですよ」

私の声に「そうなの？」と軽く応じると隣に腰を下ろした。

「とりあえず、ジントニック」

熱々のおしぼりで手や顔を拭《ぬぐ》っている間に真央さんが作ったロンググラスを手にすると、「じゃあ、いただきます」と軽く掲げ、ぐっと半分ほどを飲んだ。やっぱり、何時見ても恰好《かっこう》よい。

「確かに一生懸命に働いたあとに、よく冷えた美味《うま》いジントニックで喉を潤す。これ以上の幸せはないね」

「ですね」

二人して飲み干すと、声を揃えた。

「お代わり！」

偉大
～ゴッドファーザー

何年ぶりの大井町だろう。会社に入ったばかりのころに、大森《おおもり》駅近くの玩具《がんぐ》店へ訪問する途中に昼食を摂《と》った記憶がある。確かラーメンと半チャーハンだった。店名はおろか場所さえ覚えていない。同道させてもらった先輩に奢《おご》ってもらった記憶だけが微《かす》かに残っている。それぐらい昔のことだ。

大きな荷物を抱えて道に迷ったら厄介だと心配していたけれど、東急大井町駅のすぐ近くに東小路飲食店街はあった。風呂敷《ふろしき》包みを抱え直すと、私は足を踏み入れた。日が傾き始めたとはいえ暖簾《のれん》が出ている店は少なく、赤提灯《あかちょうちん》やネオンも灯《とも》っていない。何度か角を曲がると、路地の片隅に曜君の姿があった。

「いらっしゃいませ」

真っ白なシャツの袖《そで》をまくり上げ、雑巾《ぞうきん》のようなものを手にしている。

「やあ。何をしてるんだい？」

「ガラスを磨いてたんです。今日は天気が良いから絶好のガラス磨き日和だと思いまして。夕日が差し込むと、この扉は色が明るくなって本当に綺麗《きれい》なんで。わざわざ熱海《あたみ》から持って帰ってきた甲斐《かい》があったなって、眺めているだけで楽しくなるんですよ」

曜君の隣にあるのは、今どき珍しいオレンジ色のガラス扉だった。昔は紫や濃緑などのガラス扉が喫茶店やスナックの入口に使われていたが、最近は滅多に見かけない。

「ああ、すみません、荷物を持たせたまま立ち話をして。さあ、どうぞ。それにしても、思っていたよりも大きいですね」

「緩衝材に包んでから箱に詰めてあるんだ。細かな部品なんかが折れてしまったら大変だから」

「左手にボックス席がありますから、そこのテーブルにでも置いてください」

曜君は私を店内に招き入れると後ろ手でガラス扉を閉じた。促されるままに先へと進むと、右手にはカウンターが設《しつら》えられ、反対側にボックス席があった。

「この辺でいいかい？」

「ええ、お疲れ様でした。後で何か一杯ご馳走《ちそう》しますが、とりあえず品物を確認して預かり票を書きますね」

「うん、そうだね」

私はカウンターのスツールに腰を下ろした。改めて店内を見渡す。なるほどレトロショップのオーナーが経営するだけあって、昭和にタイムスリップしたかのような店内だ。

古いジュークボックスにはゴダイゴの『モンキー・マジック』、ピンク・レディーの『UFO』、甲斐バンドの『HERO』がディスプレーされている。反対側の入口に目をやれば、先ほどまで曜君が磨いていたオレンジ色のガラス扉が路地に差し込んだ夕日を浴びて輝いていた。ボックス席の壁には古いプロレス興行のポスターや観光名所のペナントが飾られている。

良い香りがするなと思っていると、目の前に真っ白なカップとソーサーが差し出された。隣にはミルクピッチャーと砂糖壺《つぼ》まで用意されていた。

「とりあえず、これでもどうぞ」

ブラックのままひと口すする。酸味や苦味の少ない素直な味だった。

「美味しい」

「ありがとうございます」

「でも、早いものだね。『フジヤ』で曜君に会ってから、もう半年も経つだなんて」

曜君は朗らかな表情で軽く頷くとシャツの袖を下ろし、黒いベストを羽織るとボウタイを結び始めた。

あの日、東京はよく晴れていた。それだけはよく覚えている。

数日前にオヤジさんから「店を畳むことにした」との電話をもらっていた。本当はすぐにでも飛んで行きたかったが、生憎《あいにく》と来シーズンに発売する新商品の商談が立て込んでおり、時間を作れたのは三日後だった。

久しぶりに営業車のハンドルを握ると、山手《やまて》通りへと急いだ。管理職になってからというもの、社内会議や部下の商談に同行することばかりに時間を取られ、古い付き合いの玩具店に訪問する機会がめっきりと減っている。そこへ来て、ここ数年はネット通販への対応が重要な営業戦略となり、そちらの面倒も見なければならない。

カーラジオのスイッチを入れAM放送をかける。聞きなれたメインパーソナリティの声にほっとしながら上落合《かみおちあい》二丁目で左折する。すぐ先の百番巡礼供養塔の脇を入ると、しばらく細い道が続く。ほどなくして上高田中《かみたかだなか》通りに合流し、アポロ歯科診療所を右に見ながら上高田本通りへと進む。そのまま真っ直ぐ走るとミートプラザニシジマが右角に見える五叉路《ごさろ》にぶつかる。手前のコインパーキングに車を停めると、そこから徒歩数分の場所に『フジヤ』がある。

店仕舞いの話を聞きに行くのにそぐわないだろうかとは思ったけれど、念のため新商品の見本とカタログを収めた紙袋を荷室から取り出し、パソコンや伝票の詰まったビジネスバッグを肩にかけて路地へと足を向けた。

バスが往来する大通りからは一本ほど隔てただけなのに、路地は静けさに包まれていた。道端に空き缶や吸殻などは一つも見当たらず、箒《ほうき》の穂先が撫《な》でたような跡がいくつか残っている。きっと近所に暮らす人たちの手によって、丁寧な掃除がなされているに違いない。

腕時計を確認すると九時少し前で、『フジヤ』のシャッターは下ろされたままだ。通用口のインターフォンのチャイムを押すと、「はい」と奥さんの声で返事があった。

「まいど、トミヤの桃田《ももた》です」

「ああ、桃ちゃん、おはよう。あんた、桃ちゃんよ……」

オヤジさんを呼ぶ声を残してインターフォンは切れた。声を聴く限り、オカミさんは普段通りのようで、ちょっと安心した。

シャッターを背に周りを見渡す。私は、この待っている時間が嫌いではない。大谷石の土台にカイヅカイブキの生垣や竹垣、それにクレオソートの塗られた大和打ちの板塀などが目に入る。バラバラの材で設え方も異なるのに、ゆっくりとした時間の中で一緒に年をとったからか、不思議な調和を保っている。どれも平屋か背の低い二階建てで空が広く、ぼんやりしていると昭和にタイムスリップしたかと錯覚するほどだ。

不意に背後でシャッターが上がる音がした。

「おはよう」

オヤジさんが顔を出した。ギンガムチェックのシャツにGパンを穿《は》き、足元はナイキのコルテッツ。何時もながらアメカジが板についている。

「おはようございます」

オヤジさんは、五枚のシャッターを次々と上げ、四本の支柱を外すとテキパキと軒下の隅に仕舞い、エレメカ式のゲームを覆っていたゴム引き帆布のカバーを外した。

「あれ？　随分ときれいになりましたね、新幹線ゲーム」

「え？　こいつを暇つぶしにオーバーホールしたのは、もう三ヶ月ぐらい前だけどな。

そんなに桃ちゃんの顔を見てなかったかな」

オヤジさんは首を傾げた。でも、実際にそれぐらい久しぶりの訪問だ。

長年の使用で地金が露出していたコイン投入口やレバー、景品取り出し口などはメッキをし直したのだろう、銀色に輝いていた。内側に描かれたイラストは店外に設置しているが故に紫外線に晒《さら》され少しばかり退色しているが、それでも東京タワーや名古屋《なごや》城を背景に駆け抜ける新幹線の躍動した様子はなかなかのものだ。

「随分と丁寧に仕上げたものですね」

「まあね。一度全部バラして塗装を剝《は》がして防錆《ぼうせい》処理をやり直してからペンキを塗ったんだ。まあ、作業そのものは難しくもなんともない。それよりもオリジナルのペンキがどこの何だったのかっていう資料を探すほうが大変だったよ」

準備を終えたオヤジさんにつづいて店内に入る。毎度のことだが、あふれんばかりの玩具《おもちゃ》たちが出迎えてくれる。

入ってすぐの所にはガラスのショーケースがコの字を描いて置いてある。正面には見るからに高そうなダイキャスト製のミニカーがならび、左側には蒸気機関車やディーゼル機関車、歴代の新幹線などの先頭車両が鎮座している。右側には第二次世界大戦期の戦艦や戦闘機がずらっと揃っている。

壁という壁には天井まで棚が設えてあり、ジャンルごとにびっしりと商品が詰まっている。その大半がプラモデルや模型のキットで、列車や車はもちろん、オートバイに戦車、戦艦や戦闘機、旅客機に宇宙ロケット、ロボットアニメのキャラクターに江戸《えど》城や金閣寺《きんかくじ》、東京都庁といった建築物、鎧兜《よろいかぶと》や刀、盆栽、鮨《すし》やラーメンなどの食品、恐竜や絶滅したと言われる希少生物なども。

別な一角にはゲームソフトに取って代わられるまでは絶大な人気を博したアナログゲームがやはり床から天井までぎっしりと積んであった。野球盤に、サッカーゲームにパーフェクトボウリング、ジュニアホッケーゲーム、テーブルダービーなど、箱を見る限り相当古いものから最新版まで、かなりの在庫がありそうだ。さらにオセロや人生ゲーム、モノポリー、ドンジャラといった類《たぐい》も相当の数が揃っている。

奥の方には、いわゆる「ジュニア向け知育玩具」に分類される電子ブロックやカプセラ、スペースレールなどもしっかりとした量を在庫している。

「桃ちゃん、いらっしゃい。お茶、淹《い》れたわよ」

店内奥のレジ前に置かれた小さなテーブルにオカミさんが湯呑《ゆの》みを出してくれた。

「すみません、お邪魔します」

「何を言ってるの。うちの人が呼び出したんだから、こっちがお礼を言わないと」

オヤジさんは奥の椅子に腰を下ろし、向いの席を顎先《あごさき》で示した。

「とりあえず座んなよ」

促されるままに座りながら口を開いた。

「あの、電話で伺ったことですけど……、あれは、どれぐらい先の話なんですか？」

オヤジさんはちらっとオカミさんを見やった。

「うん、ああ、いや。……言い難《にく》いんだけど、できれば今月中に、遅くとも来月末までには畳んでしまいたいと思ってる」

「えっ」

早くてもせいぜい半年ぐらい先で、場合によっては二年とか三年後といった話だと思っていた。

「……随分と急がれるんですね」

「取引先のみんなには話してなかったけど、もう何年も前から廃業については考えてたんだ。桃ちゃんも知っての通り、うちには跡継ぎがいない。それに、もし継いでくれるような奴がいたとしても、とても勧められない。今どき、街中の玩具店で食べて行くだなんて夢物語だからね。それに俺とカミさんのどっちが先にくたばるか分からないけど、独りぼっちになってからあれこれとバタバタするのは嫌だから。二人とも元気なうちに畳もうって話してたんだ。そんな時に、飛び地の駐車場やアパートなんかもまとめて引き受けてくれるっていう人がいてね。間に入った不動産屋も古い知り合いで信頼できるから、任せようって話になったんだ。で、まあ、期限を切らないと名残惜しくなるだけだから、ちょっと急ごうって思ったんだ」

「そうですか……」

もう少し何か言葉を足したいけれど、思い浮かばなかった。個人経営の玩具店がやっていけるほど業界の状況は甘くない。それに元気で若々しく見えるけれど、オヤジさんもオカミさんも何年も前に傘寿を迎えている。急に体調を崩す恐れだってあるのだ。

黙り込んだ私をオヤジさんは温かな眼差《まなざ》しで見つめながら話を続けた。

「でな、悪いんだが『一休会《いっきゅうかい》』のみんなに知らせて欲しいんだ。本当は俺が一人ひとりに話せばいいんだろうけど……。世話役として引き受けてもらいたいんだ」

「……はい」

そんな相談になるだろうなとは思っていた。しかし、気が重い。大切な取引先を目の前にして申し訳ないけれど、大きな溜《た》め息が零《こぼ》れてしまった。

「すまんな、無理を言って。頼むよ」

オヤジさんが膝《ひざ》に手をついて頭をさげた。

「そんな、よしてください。一休会の仕事はどんなことでも喜んでやらせてもらいます。けど……、みんなの反応が想像できますから。ちょっと気が重いです」

そこまで話したところだった。

「すみませーん」

伸びやかな声に応《こた》えるようにしてオカミさんが「はーい、ただいま」と小走りで入り口へと急いだ。

「いらっしゃいませ」

「あの、昨日お電話した阿川と申します」

椅子に腰かけたまま背伸びをして覗《のぞ》き込むと、そこにはひょろっと背の高い若者が立っていた。オフホワイトのシャツにニットタイ、焦げ茶のスーツを身に付け、手には重そうなダレスバッグ。パッと見たところ、大正か昭和はじめのころのお医者さんが往診に来たような雰囲気だ。

「ああ、こっちに来てもらって」

促されて奥へとやってきた彼は、鞄《かばん》を置くとオヤジさんに名刺を差し出した。

「はじめまして、レトロショップ『タイムマシーン！』の阿川です」

「『フジヤ』の丸河《まるかわ》です。それと、彼は取引先の『トミヤ』の桃田君」

「桃田です」

名刺交換が終わるころには、オカミさんが新しい湯呑みを手に戻ってきた。

「カミさんです」

オヤジさんが手にしていた名刺をオカミさんに手渡した。

「下のお名前は『よう』って読んだらいいのかしら？」

「はい。ぜひ僕のことは曜と呼んでください。皆そう呼んでくれますから」

「へーぇ、曜君かぁ。洒落《しゃれ》た名前ね、素敵だわ」

オカミさんはニコニコとしながら曜君に椅子とお茶を薦めた。

「お前さんは誰の名前でも『素敵だわ』って言うじゃないか」

「そうかしら？　でも、どんな名前も素敵だと思っちゃうのよね。例外は私のイネぐらい。私はさぁ、最近流行《はや》りのキラキラネームっていうの？　ああいったのに憧《あこが》れる」

「イネってのは今どき珍しいから、かえって目立っていいじゃないか。俺なんて太郎《たろう》だぞ。味も素っ気もねぇったらありゃあしねぇ」

何時もながら、夫婦の会話は落語のようだ。

「すみませんね。こいつが出てくると、こうやって話が長くなっていけねぇ」

「いいえ、楽しいです」

曜君が来ただけで、重たかった空気が軽くなったような気がする。その和やかな雰囲気をぶち壊すようで少しばかり気が引けたが、私は咳《せき》ばらいをした。

「ああ、すまんすまん。曜君には後片付けの手伝いを頼むつもりなんだ」

「後片付け？」

自分でも不躾《ぶしつけ》だなと思うぐらいぶっきら棒な口調になってしまった。

「後片付けの手伝いはサービスです。本来の目的は買い取りです」

「買い取り？」

ゆっくりと頷《うなず》くと曜君は店内をぐるっと見渡した。

「いや、話には伺ってましたけど、本当に凄《すご》い在庫ですね。仕入先に返品できるものは返品してもらうにしても、古いものなんかは拒否されるでしょうから。これは相当やり甲斐《がい》があります」

朗らかな顔の曜君に私は冷ややかな言葉を浴びせた。

「玩具は同じ商品に見えても作られた年代やカラーバリエーションによって、随分と値段が違うんです。その辺の知識は大丈夫ですか？」

曜君は気を悪くした様子もなく「はい、まあ」と軽く応えると言葉を続けた。

「僕の専門は昭和レトロな家具や家電、食器、日用品です。それと小売店の店頭販促用のグッズや景品なんかも得意です。どれも、私に古物商のイロハを教えてくれた師匠が得意だった分野なんです。けれど、おっしゃるように模型や玩具については素人です。なので、それぞれの分野に強い専門家に買い取りの可否も含めて相談し、それを取りまとめて売主に相談するというのが僕のやり方です。まずは買い取れるもの、値段はつかないけれど無償で引き取ってもらえるもの、どうしても引受先が見つからず処分費用が発生するものと、大きく三つに分けてリストを作ります。それをよくご覧いただいて僕に任せるかどうか決めてもらえばいいんで」

意外とまっとうな商売をしているようだ。

「少し安心しました。話が本当なら、かなり良心的です。最近、個人で経営しているような地場の玩具店が店仕舞いするという情報が流れるとトラックで押しかけて在庫を二束三文で買い叩《たた》く連中が跋扈《ばっこ》してるんです。最初は調子のよいことを言っておいて積み込んでから数万円程度のお金しか置いて行かないとか、場合によっては目を離した隙に逃げてしまうとか。そんな訳で、ちょっと疑ってしまいました。申し訳ない」

オヤジさんがカラカラと笑いながら私の肩を叩いた。

「随分と心配してくれるんだな。けど、俺っちが、そんな連中の口車に乗せられると思ったのか？　冗談じゃねぇ。うちに来たらこんこんと説教して真人間に戻してやることはあっても、無理矢理商品をかっぱらうようなナメた真似なんてさせる訳がねぇ」

オヤジさんの威勢の良い啖呵《たんか》に私とオカミさんは顔を見合わせた。

「オヤジさんのことだから、泣き落としに合ったらイチコロだと思いますよ。『どうしても止むに止まれぬ事情があって』なんて作り話で簡単に騙《だま》されると思いますね」

「そうそう、全く信用ならない。『いくら困ってるんだ、用立ててやる』とかいって手元にある現金をパッと渡しちゃったりすると思うわ」

「あ？　随分と偉そうに。お前だって、すぐに『なんとかしてやんなよ』って言う癖に」

不貞腐《ふてくさ》れたようなオヤジさんの言い草にみんなが笑った。

「あの、商品の在庫は店内にあるだけでしょうか？　他に倉庫があったりしますか？」

「うん、そこの奥に階段があるんだけど、そいつを上がってもらうと最近あんまり荷動きのない商品の在庫があるよ。あと、店の奥に六畳ほどの作業場があるんだけど、そこにも少し。ところで工作機械とか工具なんかは引き取り先があったりするかね？」

「はい、もちろん。どんなものですか？」

オヤジさんは「見てもらった方が早い」と席を立った。

「工具類も処分してしまうってことは、完全に引退するってことですか？」

奥へと進むオヤジさんの背中に私は投げかけた。

「その辺も考えてる最中さ。いずれにしてもカミさんと二人で暮らすのに不自由しない程度の広さのところに越そうって思ってるんだ。まあ、そうなると2DKとかせいぜい3LDKぐらいのマンションってことになるだろう？　小さな電動ドリルぐらいならまだしも、この辺の重たい工作機械なんかは手放さざるを得ないよ」

何時もながら六畳ほどの広さの作業場はきれいに整理されていた。糸鋸《いとのこ》やドリルマシンといったものから旋盤に3Dプリンター、小型の塗装ブース、エアスプレーのコンプレッサーなどが整然とならんでいる。糸鋸やドリルマシンなどは随分と古い型式だが、どれもしっかり手入れがなされている。

「状態は良さそうですから、これなら間違いなく引き取り先が見つかると思います」

曜君は一点ずつ写真に収めながら深く頷いた。

「まあ、毎日使ってる物だからね。ちゃんと動くことは保証するよ」

作業場の棚にはバルサ材やステンレスにアルミ、銅などのスチール片などが大量に置いてある。

「この辺のものは何に使うんですか？」

曜君の問いは無理もない。普通の人には分からないだろう。

「最近は減ったけどスクラッチモデラーに頼まれて部材を加工したりするんだ」

「スクラッチモデラー？」

「うん、市販のキットじゃあ飽き足らない物好きがいるんだ。そういう奴らは古い資料を引っ張り出してイチから全部自分で部品を作って組み立てるのさ。本来は人の手を借りるのは御法度なんだけど、どうしても難しいところだけ手伝うのさ」

「へーぇ」

二人のやり取りに、初めてオヤジさんに会った日のことを私は思い出していた。

あれは三十年ぐらい前のことだ。高校生だった私はプラモデル作りに熱中し、その夏はティーガー戦車とシャーマン戦車が撃ち合うジオラマを作ろうとしていた。

「なるほどな……」

私の相談にオヤジさんは顎《あご》に手をやって考え込んだ。主役となる戦車は納得の出来栄えとなったが、その背景に悩んでいた。大破した輸送トラックや装甲車などが点在する戦場に置いてやれば、二台の戦車が活《い》き活きとした描写となるに違いないのだが、エンジンやシャーシー、操縦席などが剝《む》き出しになって朽ちている様子を再現しようにも、そのようなプラモデルは売っていない。当たり前と言えば当たり前で、模型というものは外側から見える部分を精巧に再現するものであって、見えない部分までは普通作らない。

あれこれと試行錯誤してみたが、どうにもならずモデラーの第一人者であるオヤジさんにアドバイスをもらいに、二台の戦車とジオラマを持参して『フジヤ』を訪ねた。

模型専門誌のインタビューなどでオヤジさんのことは一方的に知ってはいたが、会ったのは初めてで、よく考えれば不躾なお願いだったと思う。けれど、そんな客でもない高校生の話にじっと耳を傾け、素人が作ったプラモデルを貴重品を扱うように大切にしてくれた。モデラーの神様みたいな人の真摯《しんし》な姿に私は感動していた。

オヤジさんは少しばかり考え込むと「まあ、なきゃあ自分で作るんだな」と呟《つぶや》いた。

「え？　自分で作る……。ってことは、スクラッチモデラーになれってことですか？」

「うん、ティーガーもシャーマンもよくできてる。これだけの腕前があるんだからその気になればできるはずだよ。ここまで頑張ったんだ、もうひと踏ん張りするんだな」

「……でも、どうやって？」

オヤジさんは「ついてきな」と言わんばかりに顎をしゃくると、店の奥へと私を連れて行った。そこには工作機械や工具類がならんでいた。どうやら作業部屋のようだ。

「ここを使ったらいいよ。材料はあの棚に突っ込んであるものならどれでも好きにしてくれていい。まあ、でも、あれだな、まずは図面をちゃんと引っ張ることだな」

奥の引き戸を開くとそこは書庫で、蛍光灯を灯《とも》すとスチール製の書架にたくさんの本や書類が詰まっている様子が見えた。

「第二次世界大戦期のアメリカ軍の資料はこの棚。で、旧ドイツ軍はこの辺。輸送車両や軽装甲車なんかに関係するものも確かあったはずだから」

オヤジさんが手に取ったのは大型の写真集だった。

「写真から図面を起こすんですか？」

「うん、そうだよ」

「……マジですか」

　オヤジさんは写真集を手に作業部屋に戻ると机に広げた。それはドイツ軍の兵站《へいたん》部隊の様子をスナップ撮影したものだった。

「この辺のトラックを整備している様子だとかを参考にして、ひっくり返った車軸を再現するとか、幌《ほろ》の破けた荷台を作るとか。あと、積んでた荷物があたりに散らばってる様子なんかを再現するのもリアルでいいだろうね。缶詰とか弾薬とか」

　机の引き出しから画用紙を取り出すと、鉛筆でスケッチをし始めた。

「こんな感じ。でさ、あとは必要になる部品のサイズを縮尺を踏まえて型紙を作って適当な材料から切り出せばいいだけさ」

　説明をしながら手を動かし、オヤジさんは荷台の部品となるものの型紙を描いた。

「なるほど……、でも、できるかな」

「とりあえずやってごらんよ。なに、にっちもさっちも行かなくなったら手伝ってやるよ。あっ、もちろん内緒でな。全部自分でやってこその〝スクラッチ〟だからね」

　それから夏休みが終わるまで弁当持参でオヤジさんの元に通った。何時も笑顔で私を出迎え、好きなだけ作業部屋を使わせてくれた。時々、上手《うま》くできない箇所があると手本を見せ、一連の手順や要領、力加減といった勘やコツをオヤジさんは文字通り手取り足取り教えてくれた。

「で、できた……」

フジヤに通い始めてから半月ほど経った日、ついにジオラマが完成した。オヤジさんは右手を差し出した。

「握手をしてくれないか」

私はジーンズにこすりつけるようにして手の平を拭《ぬぐ》うと差し出した。その手をオヤジさんはグッと握りしめた。

「おめでとう、すごい出来栄えじゃないか」

握った手を左手でポンポンとオヤジさんは叩いた。

「オヤジさんがあれこれ指導してくれたからです」

「やり方は教えたけど、結局、一度も手伝わなかった。大したもんだよ」

手を放すとオヤジさんは腰を屈《かが》めてジオラマに顔を近づけた。

「でも、まあ、こんだけの作品になると、もう君一人のものじゃないな」

「え？」

そこにカメラバッグを提げた人が現れた。聞けば有名な模型専門誌の記者だという。

「そろそろ完成するころだと思って声をかけておいたんだ。タイミングばっちり」

数ヶ月後の表紙には、私が作ったティーガー戦車が採用され、見開き四ページも使った巻頭グラビアにジオラマの全体像や私のインタビューが掲載された。それが縁となりプラモデルメーカーのトミヤから声がかかり、大学を卒業すると社員になった。

あの夏、オヤジさんに会いに行っていなかったら、きっと今の私はいないだろう。

曜君は作業場をざっと見て回ると、続けて二階の在庫置き場を覗《のぞ》きに行った。オヤジさんやオカミさんは「二階」と呼んでいるが、実際は屋根裏部屋だ。急で幅の狭い踏み板の階段を上ると、腰ぐらいまでの高さしかない空間にプラモデルや模型が所狭しと積んである。

「こんなに一杯……、よく床が抜けませんね」

「プラモデルは、かさ張る割に軽いからね」

曜君の問いにオヤジさんは飄々《ひょうひょう》と答える。

「この辺の箱はどこのメーカーですか？　見たこともないパッケージですけど」

「その辺はチェコとかルーマニアだな。俺っちがヨーロッパ旅行に行った時に、現地で面白そうなのを片っ端から買って船便で日本に送ったんだ」

「ヨーロッパ旅行なんて話は初めて聞きました。何時ごろの話ですか？　それ」

思わず口を挟んでしまった。

「うーん、半世紀とまでは言わないけれど、四十年ぐらい前だな」

「超レアな品物ですね、きっと」

曜君は次々とスマホで写真に収めていた。買い取りリストを整理するのもこの量だと大変なことになるだろう。

結局、ぐるっと見て回るだけで一時間かかった。

「ありがとうございました。ちなみにショーケースなどの什器《じゅうき》や店内の備品も処分されますよね？」

「うん、もちろん。でも、こんな古いの売れるのかい？」

オヤジさんはショーケースの天板を軽く撫《な》でた。

「サイズさえ合えば新品よりもお得ですから。丁寧に手入れがなされていますからすぐに売れると思います。問題は移動です。重たいですし割れ物ですから、しっかり養生して積み下ろしの際もそれなりの人手を手配しないと事故が起きます」

「確かにな。まあ引き取ってくれる人の負担なんかも考えてあげて。なんせ、俺っちは土地の処分でそれなりにまとまった金が入ってくる。贅沢《ぜいたく》さえしなきゃあ、俺とカミさんがおっちぬぐらいまでの生活費は年金と合わせれば何とかならぁ」

カラカラと笑うオヤジさんにオカミさんが冷たい視線を浴びせた。

「もう勝手なことを言って……。すみません、もちろん相手の方に無理を言うつもりはありませんけど、高く売れるのであれば一円でも高く売れた方がありがたいです」

「はい、もちろんです」

曜君はそう請け負うと私の方に向き直った。

「あの、桃田さんはこちらに出入りされているメーカーや問屋さんの取りまとめをされていると伺いましたが……」

「いや、取りまとめだなんてとんでもない。親睦《しんぼく》団体の世話役に過ぎません」

「『一休会』って名前なんだ。大手メーカーの担当さんに持ち回りで面倒を見てもらってたんだけど、ここ十年ほどは桃ちゃんが引き受けてくれてるんだ」

オヤジさんの説明に曜君は頷《うなず》いた。

「その一休会の皆さんに、できたら手伝っていただきたいのです」

「手伝う？」

「はい。先ほども申しましたが、まずは通常の商取引として返品可能なものは極力引き取っていただけるとありがたいです。その上で残ったものについての目利きにご協力いただきたいのです。もちろん、僕の知り合いに値付けはしてもらいますが、その価格の妥当性をチェックしていただきたいのです」

「実は、お昼過ぎになったら一休会のメンバーが集まります。そこで直接みんなに説明してください」

「え？　もう、みんなに声をかけたのかい？」

オヤジさんが声を上げた。

「最近、開催ができてなかったので、思い切って声をかけてみました。すると、意外にも結構な人数が集まるようで」

オヤジさんとオカミさんは顔を見合わせた。

「もしかして、もう言っちまったのか？　店を畳む話は」

「すみません、オヤジさんがそんなことを言い出してるってことは伝えました。今日は、みんなでもう少し慎重に考えてくださいって説得しようって話になってます」

「やれやれ、でも、まあ、遅かれ早かれ言わなきゃならないことだから、まあいいや。善は急げって言うぐらいだしな」

オヤジさんの言葉にちょっとホッとした。勝手なことをした訳で叱られても仕方がないところではある。成り行きを見守っていた曜君が口を開いた。

「じゃあ、皆さんには今日のうちにご相談いただけるんですね？」

「うん、多分。さっきの件だけど、みんなが『うん』と言えばやるし、反対意見が多かったら断るよ。古臭いのかもしれないけど、競争することと協力し合うことを峻別《しゅんべつ》して、みんなで玩具《がんぐ》業界を守ってるつもりなんだ。だから世話役とはいえ、私の一存で曜君の頼みについてYESともNOとも言えない」

「まあ、とりあえず、みんなの意見を聞いてみようや。俺としては忙しいみんなに迷惑をかけたくなくて曜君に手伝ってもらうことにしたんだ。けど、それが、みんなの気を揉《も》ませるなら無理することはねぇやな」

「そうね。とりあえずみんなが集まってくるまで曜君は作業をしたら？　ああ、そうだ、みんなが集まるなら長寿庵《ちょうじゅあん》に注文しておかないと」

オカミさんは電話横から長寿庵の御品書きを取り出した。

「注文なら私がしておきます。みんなの分も取りまとめてあるので。オヤジさんは冷やしたぬきの大盛りでいいですか？」

「うん。汁と葱《ねぎ》を多めで頼むと言っておいて」

「私はミニ木の葉丼とかけ蕎麦《そば》のセットでお願い」

「はい」

その横でオカミさんから渡された御品書きを手に曜君が途方に暮れた顔をしている。無理もない、長寿庵は「蕎麦屋」の暖簾《のれん》を出してはいるが、ラーメンやカレーうどんはもちろん、生姜《しょうが》焼きや煮魚定食、さらにはオムライスやビーフシチューといった洋食まで出す。初めての人は何を注文したら良いか分からない。

「曜君、君は何にする？」

「あの、桃田さんは何を頼むんですか？」

「カツカレーとぶっかけ蕎麦のセット」

この返事に曜君は改めて御品書きに目を落とした。

「ああ、書いてないよ。フジヤ出入りの営業にだけ出してくれる特別メニューだから。値段は八百円、これも特別価格。オヤジさんの手伝いをするんだから君も注文できると思うけどね」

「じゃあ、それをお願いします」

ホッとした様子で曜君はオカミさんに御品書きを返した。

「了解。一休会は午後一時に始まるから。それに合わせて出前は届く。それまで、オカミさんが言ってたように作業をするといいよ」

「あの、一休会ってメーカーさんや問屋さんの親睦会なんですよね？　それをお店でやるんですか？」

曜君は怪訝《けげん》そうな顔をした。

「説明不足だったね。一休会はね、みんなでお昼ご飯を食べたり、夜に集まって飲んだりするっていう程度のゆるい集まりなんだ」

「心配しなくても堅っ苦しい集まりじゃないよ、みんなで仕事の愚痴やら上司の悪口やらを言って憂さ晴らしをするだけさ。この店が繁盛してたころは毎月最終木曜日の午後一時に来られる奴だけ来て、長寿庵の出前をみんなで食べて、だらだらとお茶を飲んで、仕事がある奴は抜けるっていう流れ解散方式でやってたんだ。最近は世話役が招集したら開くっていう不定期開催になってるけど。まあ、ようするに、うちの居間に集まってわいわいやるだけのことさ」

「へぇ……」

曜君が少しばかり間の抜けた返事をした。これにはオカミさんが噴き出した。

「まったく『へぇ……』って返事がぴったりな集まりよね。そもそも、うちに来てくれた営業さんが張り切って商品説明をしようとしてるのに、うちの人ったら『まあ、そうしゃっちょこばってねぇで、茶でも飲んでゆっくりしな。まずは、ひと休み、ひと休み。

商売の話はそれからだ』って、休憩にばかり誘うのよ」

「そのオヤジさんの『ひと休み、ひと休み』に因《ちな》んで『一休会』って名前になったらしいよ。もっとも私がこの業界に入る遥《はる》か前から使われている名前だから本当のところは分からないけど。とにかく玩具業界で『一休会』出身者っていうのは一目おかれる存在なんだ。なんせフジヤのオヤジさんの薫陶を受け、オカミさんに可愛がってもらったってことだからね」

　オヤジさんは小さく首を振った。

「なんだか、まるで俺がサボってばかりいるみたいじゃねぇか。けどな、うちを担当した奴はみんな偉くなってるぞ。営業出身の取締役は、どこの会社もうちに出入りしてた奴ばっかりだ。ようするに休む時は休む、働くときは働く。メリハリが大事なんだよ。それに、そもそも玩具ってのは遊ぶのに使うもんだろう？　『こんなものはいかがですか？　楽しいですよ、面白いですよ』って提案する奴が仕事ばっかりしてたら説得力がない。仕事をほっぽりだして遊び呆《ほう》けるほど面白い、時間を忘れるぐらいのめり込む、ってな調子でないと良い商品なんて作れないと思うけどね。いずれにしても、みんながそろったら紹介するから。どんな方向に話がまとまるのかは分からないけど、まったくの無駄足にはさせないから心配すんな」

　オヤジさんは曜君の肩をポンと叩《たた》いた。その優しげな声は、私が初めて会った時から少しも変わってないなと改めて思った。

「曜君、お蕎麦が届いたから。一休会のみんなも集まってきてるし。悪いけど下りてきてくれるかな？」

午後一時を少し回ったころ、私は二階にあがる階段の中ほどから声をかけた。

「はーい」

朗らかな返事が聞こえたと思ったら、後ろ向きの姿勢で恐る恐るといった様子で曜君が階段を下りてきた。上着はどこかで脱いだようでシャツの袖《そで》をまくっている。

「慣れないと怖いでしょう？　この階段」

「ええ、今どき、こんな急な階段はなかなかないですよね？」

その声に通りかかったオヤジさんが笑った。

「今の人は大きくなったからね。昔はみんな小柄だったから、これで十分だったんだ。足も大きくなって、この幅の踏み板だとはみ出ちゃうよな。汚れただろ？　手を洗っておいで。桃ちゃん、案内してあげて」

「はい。こっちだよ」

私は曜君を連れて入り口から店の前に出て、隣の家との間の細い通路を抜けると庭へと移動した。母屋に続く飛び石の途中に、タイル張りの土台の上に研ぎ出し流しが設《しつら》えられた手押しポンプがある。ポンプの柱には蜜柑《みかん》のネットに入れられたレモン石鹸《せっけん》がぶら下がっている。

「へぇ、手押しポンプですか」

「うん。悪いけどレバーを頼むよ」

そう頼んで流しの前で中腰になると曜君はレバーを操作してくれた。蛇口からは冷たくて清らかな水が流れ出た。ざぶざぶと手と顔を石鹸で洗うと続けて頭から水を被《かぶ》った。首に巻いておいたタオルでザっと拭《ふ》くと曜君に「どうぞ」と促した。

「君も気にせず水を被ったらいいよ、気持ちいいから。なんせ、昔はここで行水した先輩もいるそうだから」

どうするかな？　と見ていたら曜君はネクタイを外してポケットに突っ込むと襟を大きくはだけ顔と頭をざぶざぶと洗った。びしょびしょの曜君の頭に居間から下りてきたオヤジさんがタオルを被せた。

「気持ちいいだろ？　この辺はちょっと掘れば水脈にぶつかる。さすがに水質検査を定期的にするのが面倒で飲み水には使ってないけど、庭に撒《ま》いたり顔を洗ったりする分には十分使える」

オヤジさんも曜君が操作するポンプで手を洗うと頭から水を被った。

「さあ、メシだメシ」

勝手口から母屋にあがる。『一休会』の際には毎度のことだが、それぞれ八畳ほどの居間と客間を隔てる襖《ふすま》が取り外され、一つの広間のようになっていた。大きな座卓が二つ、小さな卓袱台《ちゃぶだい》も二つならび、その周りに座布団やらクッションやらがバラバラと置いてある。

蕎麦屋が出前のまま置いて行った長手盆が三枚ほど座卓にあり、蕎麦や丼物《どんぶりもの》、ラップがかけられた定食のおかずなどが所狭しとならんでいる。

「はい、カツ丼とカレーうどんって誰？　どっちもヘビーなのは横田《よこた》君かしら」

オカミさんが長手盆の前に陣取り、料理を手渡している。

「うん、それ俺です。本当はカレーうどんかカツ丼のどっちかを大盛りにしようと思ったんだけど、健康診断の結果が悪かったから我慢しました。はい、千円ですよね？」

ローラースケートやホッピングなどを扱う輸入問屋の横田君が手を挙げた。オカミさんの前に置かれた御菓子の空き缶に代金を入れると、カツ丼とカレーうどんの丼を左右に持って部屋の隅に腰を下ろした。

「えーっと、スタミナ蕎麦って誰かしら？」

「はーい、私」

トレーディングカード大手のエミちゃんが声をあげた。何時もながら髪をポニーテールに結い、会社のロゴが入ったウィンドブレイカーを羽織っている。

「えっ！　エミちゃんなの？　あなたスタミナなんて付けてどうするの？」

「名前が悪いですよね？　ぶっかけ蕎麦にとろろ芋とか納豆とかのネバネバ系をトッピングしてあるだけなんですけど。でも、ネバネバ蕎麦とか言われても困るか」

そんな感じでオカミさんが料理を読み上げると、注文した人が取りに来て、受け取ったら代金を空き缶に入れて思い思いに座るというやり取りが続いた。

「えーっと、カツカレーにぶっかけ蕎麦のセットの人」

「はい」「ハイハイ」

私と曜君の声が重なった。自分の料理を受け取ると空いていた座布団に腰を落ち着けた。手の空いた人が大きな薬缶《やかん》にたっぷりと用意された麦茶を茶碗《ちゃわん》に注いで配り、最後にオヤジさんが真中の席に腰を下ろして準備が整った。

「はい、お待たせ。忙しいだろうに今日も集まってくれてありがとう。初参加は曜君一人かな？　彼は阿川曜君。店仕舞いをあれこれと手伝ってくれることになってる。まあ、その辺の話はおいおいってことで、とりあえず食おう」

そう簡単に挨拶《あいさつ》すると「いただきます」と続けた。みんなが「いただきます」と唱和すると、あちこちで割り箸《ばし》を割る音が響いた。

スプーンから紙ナプキンを外した。カツカレーは真っ白な皿にライスがよそってあり、たっぷりとルーがかけられていた。ライスの上にはカットされたロースカツが載せられ、さらにキャベツの千切りが添えられている。

座卓の上からソースの容器を取るとカツの半分ぐらいにかけた。私の手元をじっと見つめている曜君にソースを手渡し言葉を添えた。

「長寿庵のカツカレーはカツにルーがかからないようにしてくれてるんだ。こうすれば、カツとカレーそれぞれ楽しめて、最後はカツカレーとしても楽しめる。一石二鳥ならぬ一皿三味って感じかな」

「なるほど」

彼も半分ほどのカツにソースをかけた。それを横目に一切れのカツを口に運んだ。少し硬めの衣が良い塩梅《あんばい》で、お弁当に入っているカツに似ている。たくさんの注文に応じ、さらに店からフジヤまで運ぶとなると、それなりに時間が経ってしまう。その辺を加減して調理しているのだろう。

カレーはベースに蕎麦出汁《だし》を使った優しい味で、具は玉ねぎと鶏肉《とりにく》とシンプル。全体的に黄色っぽく、小麦粉とカレー粉で作ったことが分かる色合いをしている。

セットのぶっかけ蕎麦は冷たいかけ蕎麦のようなもので、具はわかめと刻み葱《ねぎ》、揚げ玉、かまぼこだ。硬めに茹《ゆ》でた蕎麦はしっかりと腰があり、いかにも街の蕎麦屋といった味わいだ。最近流行《はや》りの小洒落《こじゃれ》た高級蕎麦店の薄い味付けとは異なり、しっかりと食べ応《ごた》えがある。

周りを見渡すと、みんなの表情は柔らかく、にこやかに談笑しながら食事を楽しんでいる。その様子をオヤジさんとオカミさんが目を細めて見つめ、時おり顔を見合わせると頷《うなず》きあっている。母屋全体が穏やかな空気に包まれ、何時もながら何とも言えない幸せな気分だ。

「初めて参加させてもらいましたけど、いい感じの集まりですね」

思わず零《こぼ》れたといった様子で曜君が感想を口にした。

「一休会ってのは、本当に珍しい集まりなんだ。普通、取引先が主催する同業の集まりなんて、面倒なことばかりで、つまらないし、気を遣うしってことで、なるべくなら行きたくない。でも、一休会は別。本当にのんびりできて楽しいんだ」

花札やトランプの幻影堂《げんえいどう》の酒本《さかもと》さんが応えてくれた。これにエミちゃんがかぶせる。

「そうねぇ、大手小売店でもメーカー会とかあるけど本当につまらない。気ばっかり遣うからできれば行きたくないわ。でも一休会は皆勤賞を目指したい。って偉そうに言ってるけど、最近、忙しくてなかなか来られなかった。オカミさん、ごめんね」

木の葉丼の器を座卓に置くと、オカミさんが小さく首を振った。

「何を言ってるのよ。エリアマネージャーさんだっけ？　偉くなったんでしょう。忙しいのは仕方がないわ。あっ、でも、しんどくなったらちゃんと休みなさいね。体を壊したら元も子もないんだから」

オヤジさんも丼を置いてエミちゃんに向き直った。

「おお、そうだぞ。あんまり無理をさせるなら俺からリュウジにガツンと言ってやる。あいつは時々調子に乗るからなぁ……。でも、悪い奴じゃないよ。エミちゃんに期待してるからこそ仕事を増やしてるんだと思う。一度、ちゃんと話してごらん。話せば分かる奴だから。それでも上手《うま》くいかないようだったら俺っちに言っておいで」

オヤジさんとオカミさんの声は、どちらも力強くもやわらかく、心の襞《ひだ》に染み入るような優しさがある。私にかけてくれた言葉でもないのだが、そのやさしいやり取りを見ているだけで癒《いや》される。

「ありがとう。でも、大丈夫。神田《かんだ》部長には言いたいことは言えてるつもりだから。でも、ちょっと気持ちが晴れた。やっぱり一休会に来ると元気がでる」

エミちゃんが口元を綻《ほころ》ばせた。しかし、その目は潤んでいる。それを気付かせたくないのか、スタミナ蕎麦の大きな鉢を抱えて顔を隠すようにしてかき込みだした。

「そう言えば、オヤジさん聞きました？　ミカワ君、入院したらしいですよ」

ふと思い出したといった様子で横田君が口にした。

「えっ？　そりゃあ初耳だ。いったいどうしたってんだ」

オヤジさんの血相が変わった。これに知育玩具《がんぐ》のカズ君こと数江《かずえ》君が応えた。

「それ、俺も聞いて先週見舞いに行ってきました。なんでも腰痛が酷《ひど》くなって検査してみたらヘルニアが悪化してるとかで手術したって言ってました。リハビリでしばらくは入院しないとダメみたいですけど、意外と元気そうで安心しました」

「よかった。もう、ビックリさせないで欲しいわね。だから少し痩《や》せなさいって言ってたのに。ああ、カズ君、あとで病院の住所を教えて頂戴《ちょうだい》」

オカミさんが唇を尖《とが》らせた。

「何を言ってやがんだ。痩せろって言った尻《しり》からお茶請けに今川焼をだしたりしてた奴が偉そうに言えた義理かってんだ」

「あっ、確かに」

オカミさんがペロッと舌を出した。その可愛らしい表情にみんなが笑った。

「まあ、ミカワちゃんはさておき、みんなも体だけは気を付けるんだぞ。会社で面倒みてくれる健康診断や人間ドックは絶対に受けろ。それと、なんにしてもストレスを溜《た》めないこと。ストレスは万病の元だからな。まあ、ストレスを溜め込まないためにも、適度に休まないと。ちょっと働いたらひと休みってな具合でな」

「あんたは休んでばっかりな気がするけどね」

オカミさんの突っ込みに「んなことあるか。俺っちはお前さんが高鼾《たかいびき》で寝ているうちから起きて仕事してんだよ」と応え、これにオカミさんが「そりゃあ悪うござんした」と返す。みんながゲラゲラと笑いながら賑《にぎ》やかな昼食がすすんだ。

「あーっ、食った食った」

カツ丼にカレーうどんを注文した横田君が真っ先に食べ終え、器を長手盆に返すと、座布団を半分に折り、畳にゴロンと横になった。

「あーっ、食べてすぐに横になると牛になるわよ」

すかさずエミちゃんが突っ込むと「モーッ」と横田君は鳴き真似をした。

「あのさぁ、家でも嫁さんから同じことを言われるんだよね。行儀が悪いのかもしれないけど、飯食った後ぐらいのんびりさせて欲しいよね」

「いいぞ横ちゃん、気にしないでゴロンとしときな」

湯呑《ゆのみ》を手にオヤジさんが笑った。そうこうしながらも、一人、また一人と食事が終わり、空になった食器を長手盆に戻す人が増えた。

　みんなが食べ終わり、座卓や卓袱台《ちゃぶだい》のうえが綺麗《きれい》に片付くと、オヤジさんが小さく咳払《せきばら》いをした。するとみんなが一斉にオヤジさんの方を向き、寝転がっていた横田君も座布団の上で姿勢を正した。

「みんな、今日はありがとう。桃ちゃんから知らせてもらった通り廃業する。親父から引き継いだ田んぼや畑をほとんど売り払って店を開いたのが昭和三十六年。それから色々とあったけど、なんとかこれまで楽しくやってこられた。けど、俺もカミさんも結構な年で、あと何年元気でやれるか分からない。それに跡を継いでくれる奴もいない。おっちんでから誰かに迷惑をかける前に店仕舞いするのが筋だろうと思ってね」

　一旦《いったん》、言葉を切るとみんなの顔を見回した。

「本当は店の中を片付けてから、桃ちゃんに連絡して最後の『一休会』は開こうかと思ってたんだ。みんなの顔を見ちまうと決意が鈍るんじゃないかと思ってね」

　オヤジさんの隣に座ったオカミさんはじっと膝《ひざ》に置いた手を見つめている。

「幸いなことに知り合いが、そこに座ってる曜君を紹介してくれた。曜君、急に振って悪いんだけど、みんなに自己紹介してくれないかな」

　曜君は座布団を外して立ち上がると頭をさげた。

「阿川曜です。『タイムマシーン！』というレトロショップを営んでいます。フジヤ様の片付けの手伝いをさせていただきます。よろしくお願いします」

横田君がちらっと私を見やるとオヤジさんに尋ねた。

「手伝いって何をしてもらうんですか?」

「うん? まあ、うちにはあれこれと古い物が山ほどあるからな。例えば店の前に出してる十円ゲームとか、店の中の什器《じゅうき》とか。ああ、あと作業室の工作機械なんかの引き取り先を探したりしてもらおうかと思ってる。それと、俺っちが海外で仕入れてきたデッドストックのプラモデルとか、正規ルートで仕入れてはいるけれど問屋が廃業したり、俺がぼんやりしているうちに返品期間が過ぎたものなんてのもあるからね」

オヤジさんの言葉を引き取るようにしてオカミさんが口を開いた。

「みんなに相談する前に店を閉めることを決めてしまってごめんなさい。フジヤは私たちの店ではあるけれど、みんなの店でもあると思ってずっとやってきた。私たちにとって、みんなは子どももみたいなものだし、みんなにはフジヤは中野《なかの》にある実家だと思ってもらいたかったからね。だから、本当は何時までも続けたいけど……。でもね、最近、病院でもらう薬も随分と増えて、前なら簡単にできたことが難しくなって。どうしたものかねって、うちの人と随分と相談したのよ」

オカミさんの話にみんなは黙り込んだ。

「まあ、ここを売り払っても近所に住むつもりではあるから。いまさら新井薬師界隈《あらいやくしかいわい》から出て行っても友だちはおろか知り合いもいねぇし」

オヤジさんは努めて明るく振る舞おうとしているようだ。

横田君が体を揺すりながら口を開いた。

「桃ちゃんはどう思ってるの？　一休会の世話役として」

私は横田君に軽く頷くと姿勢を正し、みんなを見回した。

「みんなが集まる前に少しだけとオヤジさんと話をさせてもらった。残念だけど、具体的に土地の売却先が決まりそうなところまで話は進んでる。それに……、これだけの土地家屋を居抜きで買い取って玩具屋《おもちゃや》を継ごうだなんて人を探すことが無理なのはみんなも分かってると思う。そもそも、単独資本の玩具屋が生き残っていける時代でないしね。なので、私が『一休会』最後の世話役になるのは残念だけど、オヤジさんやオカミさんの意思を尊重して、少しでもきれいな形で閉店できるように、みんなに協力してもらいたい」

頭を下げると何人かが手を叩《たた》いた。

「宝くじでも当たったらなぁ、俺がフジヤを継ぐんだけどな」

横田君が大きな溜め息と共に零《こぼ》した。

「多分だけど十億じゃあ無理だと思うけどね。この立地で、この広さでしょう？」

カズ君が大きく首を振った。

「おいおい、あんまりうちの懐具合を覗《のぞ》き込まないでくれよ。恥ずかしいじゃねぇか」

オヤジさんのぼやきにみんなが笑った。

「よし、じゃあ、みんなで一丁やるか！」

急に横田君が立ち上がった。

「今日は十五人も集まってる。曜君だっけ？　彼があれこれ手配をするにしても、一人でやるよりはみんなが手伝った方が早く片付くってもんだ。オヤジさんやオカミさんに気を揉《も》ませるよりも、さっさと目途をつけて楽にしてあげたいじゃないか」

「そう、そうですよ。そうしましょうよ」

エミちゃんも立ち上がった。

「じゃあ、まずは役割分担と時間割を決めよう。段取りを決めないと無駄が起きます」

カズ君が鞄《かばん》からタブレットを取り出した。

「そうだな、とりあえず各社の在庫状況と返品可否の確認をしてもらおうか。それに一時間ぐらい？　で大丈夫かな。その後、輸入品や廃業メーカーの品物、それと二階のデッドストックみたいに通常商いで捌《さば》けない品物の明細を作る。プラモはプラモメーカーさんに、鉄道系は模型屋さんにって感じで割り振って、ボードゲームやままごと道具なんかは問屋さんに見てもらう。まあ、これに二時間はかかるかな。どうです？　桃ちゃん、こんな感じで」

私はみんなを見渡すとオヤジさんとオカミさんに向き直った。

「任せてもらっていいですか？」

オカミさんはオヤジさんの顔を見て頷《うなず》いた。

「ああ、みんなに任せる。よろしく頼むよ」

「ありがとうございます。ああ、そうだ。曜君の考えを聞いておきたいんだけど」

「先ほど相談されていた手順で進めていただければと思います。ちなみに……、買い取りの相談先に商品の状態を伝えなければならないので、できれば商品の写真を撮ってもらえるとありがたいです」

「それはスマホで撮ればいいじゃない？　データは一休会のグループＬＩＮＥにアップすればいいし」

エミちゃんの言葉にみんなが頷いた。

「じゃあ、そういうことにしよう。曜君、いいね」

「はい、お願いします」

不意に大きな溜め息が聞こえた。

「真っ先に立ち上がったのに、結局、俺は掛け声をかけただけじゃん？」

横田君のボヤキにみんなが笑った。

一斉にみんなが動きはじめると、仕事の進みは速かった。時おり、みんなから相談があったけれど、曜君に尋ねると、ほとんどのことに彼は即答した。やはり店仕舞の仕事には慣れているようだ。

対してオヤジさんは居間で新聞を読んだり電話で誰かとしゃべっていたりして、全く口をださない。ある程度予想はしていたけれど、ここまで任されてしまうと、それはそれで緊張する。

　オカミさんも買い物へ出たり台所で何かをしたりと、これまた全く店に顔をださない。『フジヤ』の在庫処分をオーナー夫婦が与《あずか》り知らないところで私たちが勝手に進めるという、冷静に考えるとちょっと変な状態が平然と進んでいる。

「はーい、おやつの時間よ。忙しいかもしれないけど、みんな集まって頂戴《ちょうだい》」

　オカミさんの声が店内に届いた。二階の在庫を曜君と整理していた私は手にしていた懐中電灯を消した。

「とりあえず休憩にしよう」

「そうですね。ああ、あの箱、どうします？」

　曜君の視線の先には蜜柑《みかん》箱ほどの大きさの木箱があった。

「そうだね。まずはオヤジさんとオカミさんに見てもらおう。持って下りられる？」

「ええ、多分」

　お昼ご飯を食べた時と同じように正面入り口から裏手にまわり、木箱を縁側に置くと二人で順番にポンプを操作して手を洗った。

　居間に行ってみると「わーい、オカミさんの白玉ぜんざい！」とエミちゃんが声をあげていた。座卓の上にはアルマイトの大きな鍋《なべ》があり、その隣にはボウル一杯に作られた白玉団子が用意されていた。

「疲れた体には甘いものが一番でしょう？　たっぷり作ったから、たくさん食べて」

鍋の傍らには、いろんな柄のお椀《わん》や丼《どんぶり》が置いてあった。

「自分で食べたいだけよそうことになってるんだ。どんだけ食べてもいいけど、器によそったものは残さないってルールなんだ」

私は曜君に耳打ちをした。

「よそった人から食べていいわよ」

オカミさんの声に何人かがバラバラと「いただきまーす」と応《こた》えて食べ始めた。

とりあえず白玉を五個お椀に入れ、その上からぜんざいをよそい、割り箸《ばし》を手に昼食の際に座ったあたりに腰を下ろす。

小豆《あずき》の形がほど良く残ったぜんざいは、ほんのりと甘いやさしい味だった。白玉も適度な弾力で、もちもちとした食感は歯に心地いい。遅れて居間に入って来た横田君は丼鉢にたっぷりとよそうと、ざらざらと流し込むようにして豪快に食べ始めた。

「白玉も美味《うま》いけど、やっぱり焼餅《やきもち》で食いたいな」

横田君の口調は本当に残念そうだ。

「ごめんね、今日は人数が多いから。いっぺんにたくさん作るとなると、やっぱり白玉の方が便利なのよ。焼餅が良かったら自分で焼いて。お餅は台所の戸棚にあるから」

「はーい、じゃあ、お代わりは焼餅にしようっと」

そう応えるなり台所へと消えていった。オカミさんとの会話といい、そのあとの行動といい、まるで実の子か孫のようだ。

「さて、どの程度、進んでるんだい？」

みんなが食べ進む様子を嬉《うれ》しそうに眺めていたオヤジさんが尋ねた。

「とりあえず、それぞれの会社が引き取れそうなものは整理しました。今は曜君に引取り先を探してもらわなければならない物のリストを作ってるところです」

カズ君がタブレットを眺めながら状況を伝えた。

「へぇ、随分と速いな」

思わずといった様子で曜君が口を挟んだ。

「はい、本当に皆さんのお陰で凄《すご》い速さで進んでます。やはり餅は餅屋だと思いました。今後、玩具や模型などに関係する案件に出くわしたら『一休会』のみなさんに連絡を取ろうと思います」

「うん？　餅がどうしたって？　他にも餅を食う人がいるの？　ちょうどオーブンが空いたから使いたかったらどうぞ」

台所から戻ってきた横田君のトンチンカンな言い草にみんなが笑った。

「そう言えば。二階の奥にちょっと気になる物があったんです。あれなんですけど」

私はお椀を置くと縁側に置いた木箱を指差した。

「すごい埃《ほこり》まみれ。広げるなら新聞紙か何か敷いた方がいいわね」

エミちゃんがそう言うと、カズ君がどこから持ってきたのか雑巾《ぞうきん》で拭《ぬぐ》った。

「随分と古そうだな」

あっと言う間に焼餅が三つぐらい入っていた丼鉢いっぱいのぜんざいを食べ終えた横田君がしげしげと木箱を覗き込んだ。

カズ君が雑巾で拭った跡には『朝比奈《あさひな》村農業協同組合・静岡・蜜柑』の文字が見えた。その横には色褪《いろあ》せた蜜柑のイラストが。蓋《ふた》を開けてみると、そこには手作りであることが分かるぬいぐるみや木製のおままごと道具が詰まっていた。

「どこに行ったのかと思ったら……」

オカミさんが箱の側に座ると毛糸の髪を三つ編みにした人形を取り出した。愛《いと》おしそうに人形を膝《ひざ》のうえで抱くと、頭をそっと撫《な》でた。

「うん……。見るのが辛《つら》くて仕舞い込んで、そのうちに、どこに行っちまったのか思い出せなくて」

オカミさんの傍らに座ると、オヤジさんは箱の中から木製のお鍋を取り出した。丁寧に面取りがなされ全体的にころんとしたフォルムのお鍋は、小さな子どもがぶつけたりしても怪我をしないようにといったやさしさが感じられるデザインだった。蓋をそっととると、中には詰め物をしたフェルトの人参や大根があった。

「なんか、ごめんなさい、しんみりしちゃって」

「ううん、いいの。でも、これ、なあに？」

隣に座ったエミちゃんが、オカミさんの膝にそっと手を置いた。

「もう、最後だから話しておこうか」

オヤジさんがオカミさんをじっと見つめた。オカミさんが小さく頷くとオヤジさんはお鍋を箱に戻し、サンダルを履いて庭に下りた。

「最初、この店は丸河商店って名前だったんだ、うちの苗字《みょうじ》を取ってね。そのころ、俺たちに子どもが生まれた。難産で母子ともに危ない状況だったけど、なんとか女の子が生まれてくれた。ただ、かなり無理したこともあって、カミさんは二度と子どもを授かれない体になっちまった」

オヤジさんはポケットに手を突っ込み、庭をぶらぶらといった様子で歩きながら話を続けた。その様子はまるで独り言を零《こぼ》しながら散歩でもしているようだ。

「生まれた女の子にはフジコと名付けた。不滅の不に漢数字の二、それに子どもの子で不二子《ふじこ》。俺たちにとって世界に二つとない宝物だからね。大事に育てていたつもりだったけど、三歳の誕生日の直前に肺炎で亡くなってしまった」

ふと見るとオカミさんの双眸《そうぼう》が涙に濡《ぬ》れていた。オヤジさんはチラッとその様子を見やると縁側に背を向けた。

「カミさんがだっこしているお人形が大好きで、ハナちゃんって名前を付けて妹のように可愛がっていた。そのハナちゃんとままごとをする道具が欲しいとねだってね。その箱にあるままごと道具は三歳の誕生日にプレゼントする約束で俺が作ったんだよ。鍋の中に入ってる野菜なんかはカミさんが裁縫してね。それを渡してやろうと思っていたのに、風邪を拗《こじ》らせてあっけなく死んじまった」

オヤジさんの肩が小さく揺れていた。

「……誕生日の一ヶ月前にはできてたんだよ、ままごと道具。『ねえ、見せてよ』って言われた時に、なんで見せてやらなかったんだろう。なんですぐに渡してやらなかったんだろうって後悔したよ。きっと嬉しそうな顔をして喜んでくれただろうなって」

鼻をすする音がしたかと思うと、オヤジさんは笑顔でふり向いた。

「そんな訳で子どもへのプレゼントで買い物に来た客の要望には絶対に応えてやりたいなって思った訳さ。頼まれたらなんとかしてやりたいって。後回しにしたら間に合わないこともあるってことが骨身に沁《し》みたからね。なあ、そうだろう？」

オヤジさんの問いにオカミさんが小さく頷《うなず》いた。

「そうね……」

「まあ、今じゃあ信じられないだろうけど、俺っちもカミさんも相当に塞《ふさ》ぎ込んじまって。その時にみんなの先輩たちに随分と慰められたもんさ。もちろん『一休会』なんて名前が付く遥《はる》か前の話だけど、そのころは俺やカミさんが変なことを考えないように取引先のみんなが順番に見張りにくるって感じの集まりだったんだ」

オカミさんがクスッと笑った。

「そうね。エミちゃんの会社に福原《ふくはら》さんっていたでしょう？　彼女なんて、山にでも登りに行くのかと思うような大きなリュックを背負ってうちに来て『しばらく泊まらせてもらいます！』って勝手に宣言するのよ。でもって、そこの庭にテントを張って寝袋で寝ちゃうの。もう、びっくりして。ご近所の目もあるから、せめて家の中で寝て頂戴《ちょうだい》ってお願いして、やっとテントは片付けてくれたけど。結局、一ヶ月ぐらい居たかしら。なんせ、朝ごはんを食べて、うちから仕事に行くのよ。出がけに『今日は会社で会議があるので、帰りは遅くなります。けど、晩御飯は食べますからおいといてください』って……。でも、ありがたかった。きっと、あのお節介がなかったら、おかしなことをしてたかもしれないもの」

エミちゃんが「福原さんって、うちの会社で女性初の営業になった人ですよね？　もう何年も前に引退しましたけど。管理職研修で講師をしてくれたことがあります」と驚いた声をあげた。

「そうだな、福ちゃんには随分助けられた……。桃ちゃんのとこの松ちゃんにも世話になった。ちなみに屋号を『フジヤ』に変えるってのは松ちゃんの提案なんだ」

私はちょっと考えてしまった。松ちゃんって誰だ？

「松ちゃんって……、もしかしたら会長の松富《まつとみ》ですか？」

「ああ、そうだよ。娘の三回忌に来た時にね、『提案なんだが、不二子ちゃんの名前を屋号にしたらどうだろう？　さすがに、そのまま「不二子」はないだろうけど、そうだな、例えば漢字で「不二屋《ふじや》」とか、子どもにも読みやすいようにカタカナで「フジヤ」とか……。どうだい？』ってね」

オヤジさんはみんなを見回すと言葉を続けた。

「同業に言われたことがあったよ、『フジヤさんはメーカーや問屋に甘すぎる』ってね。けど、俺っちに言わせればとんでもないことだよ。俺とカミさんが打ちひしがれている時にかけてもらった恩や情けを考えたら、何をしても釣り合わない。けれど、会社勤めに担当替えや転勤はつきものだ。だから直接ご恩を返せなくなってしまう。ならば、せめて新しい担当さんには親身になってお世話をしようって思ったのが始まりなのさ。で、まあ、気は心って言うだろう？　こうしてみんなにやさしくしてもらって、結局、何時まで経っても恩返しなんてできてないのさ」

「……本当、本当にそうね。そうこうしているうちに、出入りしてくれるみんなが子どもみたいに思えてしまって。あの子は、不二子は、短い人生を駆け抜けるように逝ってしまったけど、代わりに私たちが寂しくならないようにと大勢の人を連れてきてくれた。本当に親孝行な子だと思うわ」

オカミさんは人形をそっと蜜柑《みかん》箱に戻すと蓋を閉めた。

「曜君、これは処分しないで置いておいて。私たちが持って行くわ」

ふと曜君の顔に目をやると、頬が涙で濡れていた。何か返事をしなければと思っているようだが、どうにも声を出すことができないようだった。そういう私も、先ほどから涙が止まらなくなっていた。

「じゃあ、ちょっと品物を拝見しますね」

曜君の声で我に返った。ここ数日、根を詰めて作業した影響で少しばかり睡眠不足かもしれない。

「ああ、そうだね。じゃあ、梱包《こんぽう》を解くから」

私はボックス席に移動し、段ボール箱の蓋を開いた。中からはアクリルのケースに納まった雑居ビルの模型が出てきた。

「うわー、よく出来てますね……。へぇー、すごい」

カウンターから出てきた曜君はしゃがみ込んで模型に目を凝らした。

「解体作業が始まる前に佐東社長が根回ししてくれて実物を見ることができたからね。たくさん写真を撮っておけたんだ。それに建築事務所に設計図が残ってて図面を起すのも楽だったから。とはいえ、完全オーダーメイドだから、まあまあな時間はかかってしまった。お待たせして申し訳ない」

「いいえ、とんでもない、正直に言うともっと時間がかかるかなって思ってたんです。でも、良かった。これで何とかお客さんに頼まれてた納期に間に合います」

ほっと胸をなで下ろしながら残りの包みを開いた。一つは一階にあった喫茶店『モナミ』の店内を、もうひとつは最上階にあったオーナーの事務所を再現したものだ。

喫茶店にしても、オーナーの事務所にしても、どちらも引っ越した後で部屋はどこもがらんどう。実際に中を拝見できたけれど、残念ながら当時の様子を窺《うかが》い知ることはできなかった。仕方がないので曜君に無理を言って関係者からスナップ写真を集めてもらい、それを基にスケッチを描き起こした。その上で、『モナミ』のマスターやオーナーの家族に見てもらい、カーペットや家具の色味などについてアドバイスをもらった。

「ずーっと眺めていたいですね。『モナミ』なんてナポリタンの香りがしてきそうだし。事務所もついさっきまで誰かが働いていたような雰囲気があります。いや、本当にすごい。もっとも、桃田さんがすごいってことは分かってたんですけど」

手放しに誉めてくれる曜君に思わず苦笑を漏らしてしまった。

「プロのモデラーとしては、ごく普通の腕前だと思うけどね。フジヤのオヤジさんが本気を出したら、もっと精巧に作ると思うよ」

「本当ですか？　うーん、素人の僕には想像できないけどな」

お世辞だろうから半分にしておくにしても、頑張った甲斐《かい》があった。

「ありがとうございました。じゃあ、預かり票を書きますね。いや、それにしても、正式にお願いしてからこんなにも短い期間で仕上げてもらえて本当に助かりました」

「いやいや、一番最初に曜君から模型作りを提案された時と比べたら、今回は余裕があった方だよ。最初のあれは本当にギリギリだったもの」

「確かに」

カーボン紙を挟み込んだ預かり票にボールペンを走らせながら曜君が笑った。その横顔を眺めながらスマホを取り出すと、何枚かの写真を呼び出した。それは在りし日の『フジヤ』を撮影したものだった。

一休会のみんなが集まってから三週間後、私は改めてフジヤを訪れた。すでに多くの商品が返品され、その他の品物も曜君の手配で大半が運び出されていた。

その日は店先に置かれていたエレメカゲームを搬出する予定だと曜君から知らされていた。子どもたちに親しまれたゲームがなくなったら、きっと店の様子は大きく変わってしまうに違いない。であれば、その前に見ておこうと思ったのだ。

フジヤに着くと、前回とは打って変わってチノパンにポロシャツといったラフな恰好《かっこう》の曜君が迎えてくれた。手にはクリップボードがあり、今日の搬出手順について確認しているようだった。

「いらっしゃいませ」

「そんな挨拶《あいさつ》で迎えられたら、まるでフジヤの従業員みたいだね」

「曜君みたいに愛想のよい店員さんがいたら、もう少しうちも繁盛したかしら？」

オカミさんが笑いながら応《こた》えてくれた。

「馬鹿も休み休みに言うんだな。そもそも『誰か雇って、少しは楽をしたらどうだい？』って俺が相談したら『こんな赤字の店に、そんな余裕はないわよ』って、にべもない返事をしたのはお前だろう？」

「うーん、そうだっけ？」

何時もの調子の二人にちょっと安心した。店仕舞いが現実のものとなって、気落ちしているのではと心配していたが大丈夫そうだ。

「ゲームの搬出は何時ごろから？」

「十時の約束になってます。でもって、午後二時にまた別なトラックが来てショーケースなども運び出す予定です」

「そうなんだ……」

すでに棚一杯に詰まっていた玩具《おもちゃ》はほとんどなく、ショーケースに展示されていた模型もきれいに片付いている。店先のゲームがなくなり店内のショーケースも消えてしまったら本当にただの空き店舗のようになってしまう。思わず溜《た》め息が零《こぼ》れる。

「どうした、ダメだぜ溜め息なんてついちゃあ。幸せが逃げちまうぞ」

「すみません。やっぱり、ちょっと寂しいなと思ってしまって」

「まあな」

模型少年として足を踏み入れてから、この店に何度来ただろう。高校、大学時代はそれこそ暇を見つけては店に来てオヤジさんの手伝いをしながらたくさんの話を聞いた。入社面接も私の場合は特例で、フジヤの居間でトミヤの社長と長寿庵の蕎麦《そば》を食べているうちに終わってしまった。よく考えれば、あの頃から『一休会』のメンバーのような顔をして、たくさんの玩具会社や卸店の人たちと顔なじみになった。

会社に入ってからは、何度か転勤を経験したが、東京出張のたびにオヤジさんとオカミさんの顔を拝みにきた。間違いなくモデラーとしての育ての親はフジヤのオヤジさんとオカミさんに違いない。

　ぼんやりとしているうちに時間が経ち、気が付けば曜君が手配した搬出業者さんが来た。曜君に声をかけられてオヤジさんやオカミさんと一緒に店先へと急ぐ。二トンほどのパネルトラックが軒先すれすれに停まっていた。

「こちらの四台ですね」

　ドライバーさんの他に二人の作業員が養生するための梱包材や工具などを提げて店先へと近づいてきた。

「はい、よろしくお願いします」

　曜君がそう返事をしたところだった。

「あった、まだあったよ。ねえ、ママ、ゲームあった！」

　声のする方へふり向くと幼稚園ぐらいの男の子が走ってきた。その後を小走りで追いかけてくる女性の姿が。どうやら母親のようだ。

「ちょっと、ちょっと待って、トモ君、待ってってば」

　男の子は不意に大勢の大人が集まっているのに気が付いたようだ。後ろから駆けて来た母親の後ろに慌てて隠れる。

「あの……」

　何か言いかけた母親の様子にオヤジさんはニッコリと笑うとしゃがみ込んだ。

「おう、こっちにおいで。どれで遊びたいんだい？」

男の子はそーっと顔を出した。母親はポケットから十円玉をだすと「いい、約束よ。一回だけ、一回だけだからね」と念を押してから手渡した。十円玉を握りしめると、男の子はとことこと歩いてきて新幹線ゲームを指差した。

「お、こいつか。こいつはなコツがあるんだ。おじさんがコーチしてやる」

「ちょっと待って。ほら、この上に乗ってごらん。上の方は少し高いから」

オカミさんがビール瓶のケースを持ってくると男の子に手を貸して乗せてあげた。

「金を入れる前にレバーそれぞれの具合を確かめるんだ。微妙に違いがあるから」

オヤジさんの説明に男の子は黙って頷《うなず》くとレバーを弾《はじ》いてみた。

「な、違うだろ？　でな、盤面をよく見て強く打たないとダメなのか、弱く弾くだけでいいのかを見極める。まず、最初の一打は弱くて大丈夫だ。逆に強すぎるとアウトになっちまうから慎重にな。で、次は、この落とし穴をジャンプしないとダメだから少し強めに。かと言って目一杯の力を出しちまうと奥に捕まっちまう。そうだな八割ぐらいの力加減だな。ああ、八割は分からねぇか？」

オヤジさんの熱弁にオカミさんが呆《あき》れた顔をしながら母親に話しかけた。

「ごめんなさいね、こんな調子で」

「いえ……」

続けて搬出業者さんにも頭をさげた。

「ちょっとだけ待ってやってください。多分、これが最後なんで。お客さんと一緒になって遊んでる時が、この人にとって一番幸せな時間なんです」

私と曜君は、二人が真剣になって新幹線ゲームと格闘している様子を見守った。歳の差は八十歳を超えているだろう。けれど、そんなことは微塵《みじん》も感じさせない。

「うまいな！　上手じゃないか。よーし、つぎは弱くて大丈夫だぞ、この坂をぎりぎり越すぐらいの力でいいからな」

「うん、わかった」

どれぐらい経ったのだろう。多分、二分もかかっていないはずだ。いよいよ最後のレバーまでたどり着いた。

「もう、お前さんはコツをつかんでるから大丈夫だ。強すぎてもダメだけど、手前の落とし穴に捕まるような情けないのは止めておけ。入れ！　って強く念じながら、この『あたり』だけを見つめて自信をもって打てばいい」

少年はじっとオヤジさんの顔を見つめると深く頷いた。深呼吸をひとつすると迷うことなくレバーを弾いた。

十円玉はシューッと進むと『はずれ』を飛び越えて『あたり』に吸い込まれた。「ガシャコン！」と大きな機械音がしたかと思うと景品口に切符ほどの大きさのアルミ製の当たり券が出てきた。

「うわーっ」

男の子はビールケースの上で飛び上がった。

「やったな！」

オヤジさんが手のひらを差し出すと男の子はハイタッチをした。

「おめでとう！　はい、景品のアメよ。本当はその券と交換だけど、特別にあげる」

オカミさんはエプロンのポケットから飴玉《あめだま》を三つほど取り出すと男の子に渡した。

「なんだか、すみません。甘えてしまって。ありがとうございます」

母親が恐縮しながら礼を口にした。

「もう閉店してしまうから、その前にどうしても遊びたいって言われてたんですけど。仕事の兼ね合いもあって、なかなか来られなくて……。よかったです、間に合って」

「いや、なに。こっちこそありがとうございました。最後のお客さんと一緒になって楽しめて良かったです」

親子の姿が路地に消えるまで見送ると、オヤジさんは搬出業者さんのほうに向き直り「お待たせしました。お願いします」と声をかけた。続けて「見てると辛《つら》くなりそうだから中にいるよ」と曜君に断りを入れるとオカミさんを伴って店内に引っ込んだ。

曜君が手配した業者さんは昭和レトロな品物の搬出に慣れているようで、エレメカゲームの本体と脚部とを手早くばらすと梱包《こんぽう》材で厳重に養生し、さらに毛布でくるんでからトラックの荷台へと積み込んだ。

ゲームが置いてあった店先は、そこだけ日に焼けておらず、シルエットでどこに何が置いてあったのかをうかがい知ることができる。その様子はうら寂しく、確かに見ているのは辛かった。

午後になると三台のショーケースの搬出に、また別な業者さんが来てくれた。ガラス部分を慎重に養生すると、丁寧な手つきでトラックへ積み込んだ。

「随分とさっぱりしたもんだな」

何もなくなった店内を眺めてオヤジさんが零した。

「そうね。それにしても、本当に三週間ほどで、よくここまで片付いたものね」

「まあな。それもこれも桃ちゃんのお陰だよ。一休会のみんなが助けてくれなかったら、まだ一ミリも進んでないと思うよ。ありがとうな」

「いえ、せいぜい各社にお取引規約に則《のっと》って在庫を引き取るように連絡をするぐらいで、他には何も……。最初は、ちょっと抵抗がありましたけど、やはり曜君に助けを求めたのは正解だったと思います」

そう答えたところに当人が顔を出した。

「じゃあ、積み込みが終りましたからトラックを出してしまいます。大丈夫ですか？」

「ああ、うん」

オヤジさんは返事をするとオカミさんの手を取った。

「最後だから大通りまで見送ろうか」

「そうね」

軒先を掠《かす》めながらトラックは狭い路地をゆっくりと進んだ。その後をオヤジさん、オ

カミさん、それに曜君と私が続いた。

「これで本当にお仕舞だね」

バス通りへと出るトラックを眺めながらオヤジさんが呟《つぶや》いた。

「そうね。ちゃんと人様に迷惑かけずに最後まで片付けられて偉かったんじゃない？」

オカミさんの言葉にオヤジさんはそっと肩を抱いた。

「そうだな」

二人は遠ざかる車の影を見つめていた。その背中を眺めながら私は口を開いた。

「来月に入ったら『一休会』の解散式を開こうと思うんだ。その時は君も出席してよ」

「……いいんですか、僕みたいな部外者が参加しても？」

「部外者はないだろう？　これだけオヤジさんの手伝いをしたんだから。それに前回の会合にも出席してる訳だし。君も立派な会員だよ」

「ありがとうございます」

礼を口にした曜君は少し考え込むと言葉を続けた。

「あの……、ちょっと相談があるんですけど」

「何だい？」

「桃田さんは、今でもスクラッチで模型を作られたりしてますでしょうか？」

「うん、まあね。模型しか趣味がないから。でも、なんでだい？」

「作ってもらいたいものがあるんです」

私たちのやり取りに気付いた様子もなく、オヤジさんとオカミさんは肩を抱き合ったまま新井薬師駅方面へと遠ざかるトラックをじっと見つめていた。

「はい、お待たせしました。とりあえず今週中にはお代を口座に入金しておきます」

預かり票を渡しながら曜君はカレンダーを見やった。

「すまないね」

「いえ、大丈夫です。それに今回の注文主が来たようですし」

オレンジ色のガラス扉を開けて入ってきたのは不動産屋の佐東社長だった。取り壊し前の物件に案内してもらうなど、何度か顔を合わせたことがある。

「よう、今日納品されるって聞いたから顔を出したんだけど。おお、これかぁ……、へぇ、凄《すご》いな。これは喜ぶぞ、きっと」

佐東社長はボックス席のソファに腰を下ろすと模型に顔を近づけた。

「ね、凄いでしょう？」

「曜が作った訳でもないのに自慢されてもな。いや、しかし、これは見事。いくらでも眺めていられるな。ちょっと早いけど、これを肴《さかな》に一杯やりたいな。あれ？　真央ちゃんは、まだ出勤してないの？」

その声に応《こた》えるようにしてガラス扉が開くと、黒いベストにボウタイをキッチリと結んだ女性が入ってきた。

「来て早々に悪いけど、ジントニックを頼む。そうだ、君にもご馳走《ちそう》するよ。何でも好きなものを注文してくれ。ああ、彼女はこの店のチーフバーテンダーの真央ちゃん。カクテルの腕前は折り紙付きだよ」

「呼びました？」

「カクテルですか……、ほとんど何も知りませんから、何を注文したら良いのやら」

「なら、桃田さんの気分が分かるようなヒントを少しでもいただければ、僕と真央ちゃんで合いそうなものを見繕いますよ」

何時の間にか真央さんが作ったと思《おぼ》しきロンググラスを佐東社長の前に置きながら曜君が助け船を出してくれた。

「気分が分かるようなヒントか……。最近、思うんだ。結局のところ、フジヤのオヤジさんには何も返せず仕舞いだなって」

曜君に佐東社長、それに真央さんの視線が私に集まっている。

「何か少しでも役に立てればと思ったんだけど、何時も世話になるばかりで……」

「前に言ってましたよね。オヤジさんはモデラーとしての桃田さんの育ての親だって。私もレトロショップの経営について色々と教えてくれた人がいましたから、その気持ちは分かるような気がします。私は師匠と呼んでますが、フジヤのご主人は『オヤジさん』と呼ばれるのが似合っているような気がします」

曜君は私が微《かす》かに頷《うなず》くのを確認すると真央さんに耳打ちをした。「かしこまりました」

と短く応じると、真央さんは背後の棚からロックグラスを取り出した。大ぶりの氷をグラスにそっと入れると、スコッチウィスキーと何か見慣れない瓶からも液体を注ぎ入れ、マドラーで軽く混ぜた。

その手つきを見ながら私はボックスからカウンターへと席を移した。

「お待たせしました、ゴッドファーザーです。どうぞ」

真央さんの声に促され私はグラスを手にした。顔に近づけるとスコッチウィスキーの芳醇《ほうじゅん》さにバニラを思わせる甘さを加えたような香りが漂ってきた。グラスを傾けると、しっかりとした味が口一杯に広がった。

「おいしい……。けど、相当に強いお酒なんでしょうね」

「ええ、材料はウィスキーそれにアマレットというお酒です。どちらも二十度を超えてますから。氷で多少薄まるにしても強いと思います。ちなみにゴッドファーザーはゆっくりと時間をかけてお飲みいただくロングカクテルと呼ばれるものです。なので間違っても、一気に飲み干すようなことはおやめください」

真央さんの説明を曜君が引き継いだ。

「ちなみにゴッドファーザーのカクテル言葉は『偉大』です」

「偉大……」

その言葉を噛《か》み締めるようにして、私はもう一口ほどカクテルを飲んだ。先ほどまでは濃厚な味に圧倒されていたが、今度はその奥に隠された苦味や甘味を少しばかり感じることができた。

「偉大か……、確かに丸河さんだっけ？　フジヤのご主人は偉大な人だと思うよ。あれだけの土地なんだ、普通の人なら少しでも高い値段を付けた業者に売るはずだけど、あの人は違った。名乗り出た業者たちに、ある条件を付けたんだよ」

ボックス席で模型を眺めていた佐東社長が私の隣のスツールへと移ってきた。手には空になったロンググラスがあった。それを受け取りながら真央さんが尋ねた。

「条件？　どんな条件を付けたんです」

「戸建住宅以外の用途は認めないって。ご近所に気を遣ったんだと思うよ。まあ、そんな訳で好条件の大手ではなく地場の小さな住宅メーカーしか残らなかった。もしもマンション開発を狙っていた大手に売れば随分値段は違ったはずだよ」

呆《あき》れたように小さく首を振ってはいるが、佐東社長の声には、そのオヤジさんの潔さへの敬意が滲《にじ》んでいるように聞こえた。

「そうですか……。ところでオヤジさんとオカミさんは元気にされてるんですか？」

「先週会って来たよ。最近、玩具《おもちゃ》に関するNPOを作ったらしい。引退した玩具店主や玩具メーカーの技術者なんかを『おもちゃドクター』に登録して、壊れた玩具を直したり、バザーで提供された古いおもちゃを再生して恵まれない子たちにプレゼントしたり。前よりも元気になったような気がするよ」

「それは良かった」

「うん、オヤジさんが言ってたよ、『一休会の解散式で踏ん切りが付いた』って。でね『あのサプライズで、もうひと頑張りしようかなって思ったんだ』って。でもって『今度は商売抜きで子どもたちのために汗をかこうって思った』って」

「……そうですか、そこまで言ってもらえたなら、骨を折った甲斐《かい》があります」


一休会の解散式は長寿庵を貸し切って行われた。小上がりやテーブル席を全て使い、なんとか参加者全員が収まった。その集まりに曜君はプロジェクターとスクリーンを持ち込み、一本の動画を披露した。

再生ボタンをタップすると、抑えた音量でBGMが流れ、半世紀ほど前に店名を改めて新装開店した『フジヤ』の店頭写真から映像はスタートした。若かりし頃のオヤジさんにオカミさん、店に出入りしていた一休会の面々などのスナップ写真の合間に、時代を象徴するヒット商品がはさみ込まれている。模型やプラモデル、ラジコン、ミニ四駆やスロットカー。ヨーヨーにスライム、ルービックキューブ。歴代のリカちゃんにシルバニアファミリー。ホッピングにローラースルーゴーゴー……。

終盤、BGMがスローな曲調になると、随分と傷んだフィルムを何とか再生したといった様子の八ミリ映像に切り替わった。撮影地は地方の砂浜で、ビーチパラソルの日陰の下で小さな女の子が、スコップで砂遊びをしている。傍らには海パン姿のオヤジさんが。跳ねた砂が顔にかかると、オカミさんがフレームインして女の子の顔をやさしくタオルで拭《ふ》いてやっている。

画面が切り替わると、どうやら都内の玩具組合主催の運動会の一シーンのようで、トレーニングウェア姿のオヤジさんの膝《ひざ》のうえで、おにぎりにかぶりつく女の子の姿があった。

動画は五分ほどの短いものだった。投影が終わるとオヤジさんもオカミさんも目を真っ赤にして言葉に詰まっている。その様子に多くの参加者がもらい泣きをした。

みんなの拍手に押されて作成者である曜君が挨拶《あいさつ》に立った。

「昔は親睦《しんぼく》を深める目的で各社が様々な催し物を開いていたと聞いたことがありました。そこで一休会の皆さんにお願いして各社の広報部に古い写真や映像がないかを確認してもらいました。すると意外にも色々な物が見つかりました。さらには社員の方が個人的に撮影した八ミリなんかも出て来まして。そんな訳でこの動画は一休会のみんなで作り上げたものです。本当にご協力ありがとうございました」

オヤジさんは黙って席を立つと曜君に握手を求めた。

「ありがとう……」

そのオヤジさんに「もっと大きなサプライズがありますよ」と応えると曜君が目配《めくば》せした。私は用意しておいた風呂敷《ふろしき》包みをオヤジさんとオカミさんの前に置いた。

「桃ちゃん、なんだいこれは？」

「開けてみてください」

結び目を解くと、アクリルケースに包まれた『フジヤ』の模型が現れた。

「これは……、桃ちゃんの作品だね？」

「ええ」

オヤジさんとオカミさんが顔を近づけた。私はアクリルケースをそっと除《の》けた。

「この作業部屋でドリルをいじってるのはあんただね」

「居間で韓流《はんりゅう》ドラマを見てるのはお前さんだろう？」

店先にはエレメカゲームで遊ぶ小さな子どもの姿があり、ガラスショーケースや棚にぎっしりと収められた商品まで極力精巧に再現したつもりだ。資料は曜君が提供してくれた写真で、さらに彼は佐東社長を通じて『フジヤ』の設計図まで揃えてくれた。

「ついこの前のことなのに、もう随分と昔のことのような気がするね」

「本当にね……」

「こうやって見てみると、フジヤはいい店だったたな」

「そういうのを手前味噌《みそ》っていうのよ」

そうやってしばらく模型を眺めて話し込んでいた。

二人が喜ぶ姿を見て、取り壊される建物や店舗を模型にするサービスを曜君が思いついた。その第一号としてもらった注文が新橋駅近くにあった雑居ビルだった。

「あの模型だけど、ビルのオーナーにプレゼントする前に少しばかりうちの事務所に飾っておこうかな？」

「それは構いませんけど、アクリルケースが汚れたり誰かが触って壊れたりしても知りませんからね」

「まあ、そうか。あんまり見せびらかして『俺のビルも模型にしてくれ』なんて注文が殺到したら大変なことになるよな？」

佐東社長が二杯目のジントニックに手を伸ばした。私はゆっくりとロックグラスの中身を味わいながら笑みを零した。

「副業が繁盛するのは喜ばしいですね。けど、どんなに頑張っても一ヶ月に一つぐらいしか作れません。それも、あの大きさ、あの精度だとしてです。もっと大きな建物を、もっと細かくとなると……。日数も多めに見積もってもらわないとなりませんし、お値段もそれなりにあがるかと」

「そうですよ、それに必ず僕を通してくださいね。くれぐれも直接オーダーするのは厳禁ですよ。なんせ桃田模型への取り次ぎ業務は『タイムマシーン！』が独占してるんですからね」

「あー、世知辛い世の中だね。ああ、やだやだ。おい、開店時間を過ぎてるぞ。例の熱々のおしぼりとお通しをだしてくれよ」

「かしこまりました」

曜君と佐東社長のやり取りを眺めながら私は残っていたゴッドファーザーを飲み干し、

ゆっくりとボックス席をふり返った。テーブルに置いた模型の傍らでオヤジさんがニッコリと笑ったような気がした。

いつも美しく
～ピンク・レディ

曜君から送ってもらった地図には「今どき珍しい橙色《だいだいいろ》の一枚ガラスの扉が目印です」とのメッセージが添えてあった。なるほど、店内の灯《あか》りが滲《にじ》んだオレンジ色のガラス扉は飲食店がならぶ路地にあって、ちゃんと目印になっている。

扉を開けると、すぐに奥から曜君が顔を出した。

「いらっしゃいませ百花《ももか》さん、迷いませんでしたか？」

レトロショップの仕事で会う時は、何時もスーツが多いのに、今日は真っ白なウィングカラーのシャツにベストを羽織り、ボウタイをきっちりと締めている。

「うん、大丈夫。なんか、そんな恰好《かっこう》をしてると本当にスナックの店員さんみたいね」

「だって、本当にスナックの店員ですから。あっ、こう見えても、この店のオーナーなんですよ。さあ、奥へどうぞ」

促された先には右手にカウンターがあり、左側にはボックス席があった。店内はいかにも曜君らしい設《しつら》えで、昭和レトロな雰囲気に満たされている。全体的にカウンターもボックス席も最近のものに比べると背を低めに抑えてあり、ミッドセンチュリーを感じさせる色使いで統一されている。ボックス席の壁には奥日光《おくにっこう》や箱根《はこね》、那須《なす》といった観光地のペナントや、古い映画のポスターが飾られている。

店内は抑えた音量でBGMがかけられてはいたが、全体的に静かで、てっきり他に誰もお客さんはいないものと思っていた。けれど先客がひとり。五十半ばぐらいだろうか、しっとりと落ち着いた男性だ。カウンターの奥の席で頬杖《ほおづえ》をつき、グラスを弄《もてあそ》びながらぼんやりしている。そのお客さんと向かい合い、曜君と似たような恰好をした女性がそっと見守るようにして佇《たたず》んでいる。私が近づくと姿勢を正し「いらっしゃいませ」と迎えてくれた。

「この辺でいかがです？」

曜君が勧めてくれたのは、男性の席から一つあけたスツールだった。

「失礼します」

軽く声をかけた。男性はグラスを掲げ「どうぞ、お気遣いなく」と応《こた》えてくれた。

「百花さん、こちら不動産業を営まれている佐東社長です。この店の大家さんで常連客でもあるんです。あと、こちらは当店の店長兼チーフバーテンダーの真央さんです」

「なんだよ、たまには氏素性を明かさずに恰好を付けたいときだってあるんだから。それに何を商売にしてるのかなんて個人情報の一部だぞ。許しも得ずにペラペラとしゃべるようじゃあ客商売失格だな」

「でも、佐東社長に会わせたくて、今日はわざわざ来てもらったんですよ」

佐東社長は片方の眉《まゆ》をピーンとあげると「それを早く言えよ」と席を立った。

「失礼しました。佐東です、お見知りおきを」

差し出された名刺は、ＪＲ大井町駅に隣接する新しいビルにオフィスを構える不動産会社のものだった。肩書きはシンプルに代表取締役社長。

「しかし、私が記憶する限り、当社が扱っている物件の関係者にこんなにも美しい女性はいなかったような……」

お世辞と分かっていても悪い気はしない。それに、なかなかキザなセリフが板についている。きっとやり手なのだろう。

「百花さん、佐東社長の場合、この程度のことは挨拶《あいさつ》みたいなものですから、聞き流してください」

曜君の声に佐東社長は肩を竦《すく》めた。その仕草も嫌味にならない。呆《あき》れたように目をぐるりと回しながら曜君は陶器製のトレーに載せておしぼりを出してくれた。

「熱々にしてありますので、火傷《やけど》しないように気を付けてお使いください」

「理容室の蒸しタオルみたい。私、美容師だけでなく理容師の資格も持ってるからシェービングもできるのよ。もっとも、今の勤め先は美容室だから襟足を整えるぐらいしか剃刀《かみそり》を当てることはないけれど。前に勤めていた理容店にはガスでしっかり蒸す古いスチーマーがあったんだ。熱々の蒸しタオルを惜しげもなくたくさん使って髭《ひげ》を柔らかくしてから剃刀を当てると、すーっと刃が滑って、こちらも楽だし、お客さんの肌にも優しいし、いいこと尽《ず》くめだった」

「百花さんは美容師さんですか？　店舗をお探しの際は、ぜひ当社にご連絡を。ご希望に合う物件を必ず探します。ああ、その前にお近づきの印に一杯ほど私に持たせてください。何がよろしいですか？　真央ちゃんのカクテルはなかなかですよ」

「カクテルかぁ、恰好いいな。でも、最初はビールをいただきます」

曜君が「かしこまりました」と返事をすると、カウンターの下からトランプほどの大きさのカードを取り出した。

「当店は生ビールを置いてません。代りに世界中あちこちのビールを時々に合わせて用意してます。本日はドイツの『ビットブルガー・プレミアム ピルス』、それにベルギーの『オルヴァル』、イギリスの『フラーズ・ロンドン プライド』、チェコの『ヨジャック・シェンコヴニ ペール10』、あと、ベトナムの『サイゴン・エクスポート』です。もちろん国産の主だった小瓶も用意してあります」

「これ、曜君が描いたの？　絵心があるのね」

カードには瓶とラベルが描かれており、空いたスペースには品名やアルコール度数、味わい、それに価格が書き添えてある。

「なかなかですよね？　それに味のコメントも的確です」

真央さんが合いの手を入れる。

どれも美味《おい》しそうだけれども私は「これ！」と『ヨジャック』を指差した。

「早いですね……。初めてのお客様は悩まれる方が多いのですが」

「チェコは行ったことがないから。ただ、それだけ。私、割と悩まないで何でも決めてしまう方なの。お祖母《ばあ》ちゃんとは真逆の性格なのよ」

「お祖母ちゃん？　曜は百花さんと家族ぐるみの付き合いなのか？」

「まさか。レトロショップの仕事で一方的にお世話になっているだけですよ」

「私が働いているお店が中目黒《なかめぐろ》から代官山《だいかんやま》に移転する際に、あれこれ家具や調度品の手配をしてくれたんです。それが切っ掛けで知り合いがお店を開くときに紹介するなど、時々連絡を取り合うような間柄になりました。でも、一番最初の相談は、祖母が営んでいた化粧品店を店仕舞いする話が持ち上がった時なんです」

「へぇ、ちゃんと『タイムマシーン！』の仕事もしてるんだな。てっきり俺が紹介してやらなきゃあ、新規開拓なんてできないと思ってた」

　佐東社長が驚いたような声をあげた。これに苦笑しながら曜君は『ヨジャック』の王冠を外し、ビール用の小さなコップと共にカウンターに出した。

　一緒に出された小さなコップは、磨き上げられて曇りひとつない。曜君は丁寧な手つきでビールを注ぐと「どうぞ、お召し上がりください」と一礼した。

「では、ご馳走《ちそう》になります」

　コップを軽く佐東社長に掲げ、続けて曜君と真央さんにちらっと視線を送ると、私は一気に飲み干した。

「おいしい！　日本のビールに感じが似てるかも。あっ、でも香りはちょっと違う、ジャスミンのような果物のような。喉《のど》ごしが良くて美味しい」

「アルコール度数は四度ちょっとで、割と軽めです」

続けて「お通しです。今日は自家製ピクルスです」と、ピックを添えてキュウリとニンジンを載せた小皿を出してくれた。私は手酌で二杯目を注ぐとキュウリのピクルスをかじった。酸味と甘味の加減がほど良く、ビールのつまみには最高だ。

「なんだか普通に飲みに来ただけみたい。ごめんなさい、酔っぱらわないうちに本題に入りましょう」

「本題？　そう言えば俺に紹介するのが目的とかって言ってたね」

「百花さんの苗字《みょうじ》は千川《せんかわ》さんです」

佐東社長の問いに曜君はヒントで答えた。

「千川、千川、え？　もしかして『みすゞ化粧品店』のお千代《ちよ》さんの……」

「はい、お孫さんです」


曜君からLINEが入ったのは半月ほど前だった。連絡をもらうのはちょっと久しぶりだったので、何事だろうと思ったけれど、買い付けで私が勤める美容室の近くに行くから、休憩時間に一緒にランチをしようという誘いだった。

翌日、私が指定した喫茶店に行くと、曜君は熱心に店長の話を聞いていた。どうやら昭和三十年代のノリタケのデッドストックを見つけた経緯について教えてもらっているようだ。

「いや、いい店ですね。まずソファやテーブルがカリモク60で揃えられてるなんて。まるでショールームみたいです」

「曜君が好きだろうと思ってここにしたのよ。それに、味もいいし。ランチなら日替わりプレートがお薦め。飲み物がついて千円だけど、いい？」

「はい、もちろん。ああ、今日は僕が持ちます。呼び出したのは僕だし、少し聞きたいことがありまして」

「聞きたい？　曜君が私に？」

「はい。あの、一年ぐらい前に閉店するかもしれないっていう相談をいただいたお祖母様の化粧品店って、まだ営業されてますか？」

「うん、してるわよ。でも何で？」

「最初に確認しておきたいんですけど、百花さんはお祖母様がお店を閉じられる方が良いと思ってらっしゃるんですよね？」

「うーん、自分でもよく分からない。曜君に相談したころは、お祖母ちゃんも辞めるつもりみたいだったから手伝いかけたんだけど、結局、ちゃぶ台返しにあっちゃったから。今は何とも言えないってとこかな」

「そうですか……」

「でも、何で？」

そう尋ねたところにランチプレートが届いた。この日はサラダが添えられたキーマカレーだった。曜君は余程お腹が空《す》いていたのか、すぐにスプーンを手に取った。

「あっ、失礼しました。話の途中だったのに。えーっとですね……」

ランチを食べ進みながら話を聞いた。要するに、祖母が借りている店舗は相当に古く、大きな地震などに見舞われたら、とても持ちこたえられないとのことだった。そんなこともあって大家さんも店子《たなこ》が出て行ってくれれば、上物を潰《つぶ》し土地を手放すことを考えているらしい。けれど、祖母が立ち退きに同意をせず、困らせているとのことだった。

どうやら困っているのは、曜君が世話になっている不動産屋のようだ。

「そうだったんだ……、なんだかごめんなさい。でも、あの辺りは、どれも昔から営業するお店ばかりだけど。お祖母ちゃんが入ってる建物って、そんなに古いの？」

「ええ、なんでも昭和三十年代に建てられた木造モルタル造りだそうです。もちろん耐震基準などは当時のものですから、今と比べると相当に緩いでしょうし、もう築六十年を超えますから大きな地震が来たら倒壊するかもしれません。その辺のこともあって大家さんも早く何とかした方が良いと思ってるみたいです」

「そうなんだ。でも、聞いてるかもしれないけど、一階がお店で二階が住居なの。だから退去するとなると住むところを探さないと。その辺もあって億劫《おっくう》なのかも」

「なるほど……」

「あっ、でも、賃貸契約を結んでるんでしょう？　契約が切れる時に更新しないとか、いくらでも方法がありそうだけど。さすがにお祖母ちゃんも『契約の問題だから出て行かないとダメよ』って言えば説得できると思うけど？」

「僕もそう思ったんですけど……。なんでも大家さんの先代が『店子が自分から立ち退かない限り、追い出すようなことは許さない』と言い遺《のこ》しているそうです。昔気質《むかしかたぎ》で面倒見のよい大家さんだったんでしょうね。そんな訳で無理強いは御法度なんです」

「ふーん、大変だぁ」

自分の祖母のことなのに、何て言い草かと思ったら笑ってしまった。

「で、私に何かできることがあるの？」

「相談しておいて何なのですが、まだ具体的に何をして欲しいとリクエストできるほどではないのです。そう言えば、お祖母様は、なぜ前回は進みかけていた話を取りやめにされたんですか？　その理由が分かれば、説得の糸口が見つかるかもしれないと思うんですけど」

「実はね、何人かの常連さんに『お店を閉めようかと思って』って話をしたら大反対されたんだって。お客さんって言うけれど、滅多に買い物なんてしない顔見知りなだけなんだけど。ただ、顔を出して世間話をして帰っていくだけ。そりゃあ、たまにはちょっとしたものぐらいは買ってくれるんでしょうけど……。そんな人たちに反対されたからって思い留《とど》まるだなんて。最初は面倒を見てあげようかと思ったけど、バカらしくなって。そもそも母が何とかするべきなのよ、娘なんだから」

　話しているうちに段々と腹が立ってきた。

「そんなことを言いながら、お祖母様をなんとかしてあげたいと思ってらっしゃるんでしょう。ちなみにお母様のご意向は、やはり閉店に賛成なんでしょうか？」

「微妙。あの店で営業をし続けるのは諸々《もろもろ》のことを考えて、そろそろ終わりにして欲しいと思ってるはず。でも……、お店がなくなったら急にボケるんじゃないかって心配してる。それに、住むところの問題もあるでしょう。今さら同居って訳にもいかないでしょうから」

「なるほど……」

　その時になって、ふと私は気が付いた。

「あのさ、曜君ってお祖母ちゃんのお店を見たことがあったっけ？」

「いえ、まだです」

「なら、とりあえず行ってみる？　急な話だけど、明日で良ければ私が案内できるし」

「僕は大丈夫ですけど、せっかくのお休みなのに申し訳ないです」

「ううん、いいの。最近、お祖母ちゃんに会えてなかったから、久しぶりに顔を見るのも悪くないなと思って」

　結局、翌日の昼前に最寄駅で待ち合わせをすることにして、その日は別れた。

梅屋敷駅《うめやしき》の自動改札を抜けると、そこには曜君の姿があった。今日はオフホワイトのシャツにきっちりとネクタイを締め、茶褐色の背広を羽織っている。手には古そうな革鞄《かわかばん》と、ナイロン地のエコバッグがあった。

「おはよう。待たせちゃった？」

「いえ、僕もほんの少し前に着いたばかりです。お昼、まだですよね？　お祖母様《ばあ》と三人で一緒に食べながら話を聞けたらなと思ってお弁当を買ってきました」

エコバッグの中には『鳥久《とりきゅう》』のから揚げ弁当が入っていた。

「お祖母様には少し重かったでしょうか？　蒲田と言えば『鳥久』だと思って、あまり深く考えずに買ってしまったのですが……」

「うちの家族はみんな大好きよ、もちろんお祖母ちゃんも。だいたいお肉は何でも好きだもの。あのね、うちの美容院にもけっこうな歳のお客さんが来るけれど、元気な人はみんなお肉が大好き。やっぱり動物性たんぱく質は大事なのね」

「なら、よかったです」

曜君はほっとしたような顔を見せた。

「じゃあ、行きましょう」

「はい」

梅屋敷の商店街はのんびりとした空気に包まれていた。早めの昼食に出てきたといった雰囲気の会社員や、ベビーカーを押した人、杖《つえ》を突きながら店先を眺めて歩く老人などの影がちらほらとあるだけ。こんな気持ちの良い天気の日に、ぶらぶらと歩くのにこの商店街はうってつけだ。

ゆっくりと歩いたつもりだったけれど、気が付けばお店に着いてしまっていた。すると驚いたことに、お祖母ちゃんが軒先に立っていた。

「百花、いらっしゃい」

「お祖母ちゃん……、もしかして来るって知ってたの？」

思わず曜君の顔を見やってしまった。

「僕は知らせてませんよ。そもそも初めてですから、お邪魔するの」

「まあ、そうね」

「なにをごちゃごちゃ言ってるのよ。さあ、入って」

祖母に促されて私たちは軒をくぐった。

久しぶりに訪れた祖母の店は、まったくと言って良いほどに変わっていなかった。もちろん、ならべられている商品や、それらを告知するためのポスターなどの販促物は入れ替えられているはずなのだが、什器《じゅうき》などのレイアウトがそのままだからか、孫の私の目にはまったく変わっていないように見える。

祖母の後をついて行くと、店の奥にあるソファに座るように促された。曜君はポケットから名刺入れを取り出すと、祖母に向かって深々と頭をさげた。

「はじめまして。レトロショップ『タイムマシーン！』の阿川曜と申します」

「千川千代です」

祖母はじっと曜君の顔を見つめた。

「随分と男前ね。最初は百花の彼氏かと思ったけど、どうやら違うみたいね」

「残念でした。曜君はね、名刺に書いてあるように、アンティークショップの人なの。お店のイメージに合うようなレトロな雰囲気の家具や小物を探してくれるの」

「ふーん、じゃあ、古道具屋さんみたいな仕事かしら？」

「ええ、古物商としての登録は済ませていますのでご安心ください」

曜君はポケットから免許証ほどの大きさのカードを取り出した。そこには『古物商許可証』と書いてあった。

「へぇ、そんな免許みたいなものがあるんだねぇ」

祖母は呑気《のんき》な声を零《こぼ》しながらお茶を淹《い》れてくれた。

「あの、鳥久のから揚げ弁当を買ってきました。少し早いのですが、お昼御飯として御一緒にいかがかなと思いまして」

曜君がエコバッグから弁当の包みを取りだした。

「匂いで分かってたわよ。鳥久のから揚げの香りがしたもの。だから、お茶も緑茶じゃなくて、ほうじ茶にしたわ。その方が合うだろうと思って」

「流石はお祖母ちゃん。じゃあ、いただきながら話の続きをしましょうよ」

紙器の蓋《ふた》をあけると、そこには衣に片栗粉を用いた大きなから揚げが鎮座していた。

祖母は芥子《からし》を軽くから揚げに付けると大きな口で齧《かじ》り付いた。

「ああ、美味《おい》しい。久しぶりに食べたわ、鳥久のから揚げ。やっぱりいいわね。家で揚げたから揚げも美味しいけど、冷めてもこの味ってのは素人には真似できないわ」

「本当ですね。下拵《したごしら》えが丁寧なんでしょうけど。揚げ方にもコツがあるんでしょうね」

二人はものすごい勢いで食べ進めている。

「で、話って何なの？」

祖母の声に、私は曜君を見やった。彼は小さく頷《うなず》くとお茶に口を付けた。

「では単刀直入に。なぜここを立ち退いていただけないのか？　その理由を教えて欲しいのです」

そんな枕言葉を告げると、続けてことの経緯を簡単に説明した。建ててから相当の年月が経っており、耐震基準を考えても危険であること。大家さんも先代からの言いつけがあって強くは言わないけれど困っていること。世話になっている不動産屋が、仲介を受け持つことになっているのだが遅々として進まず悩んでいることなど。

「地震があっても、大して揺れたりしないけど。そんなに危ないのかね？　ここ」

黙ってお弁当を食べながら聞いていた祖母が店内を見回した。

「佐東社長……、今回の仲介を受け持つことになっている不動産屋の社長さんですが、彼は使える建物を無駄に潰《つぶ》すような人ではありません。もちろん不動産屋としては、更地にしてまとめた方が儲《もう》けは大きいでしょうけど。僕の知る限りでは、古い建物でもリノベーションなどで生まれ変わらせて活《い》かそうとする人です。その佐東社長が構造的に問題があると言っているのであれば、実際に危ないと思います」

「私も佐東さんには何度か会ったから、言わんとしていることは分からなくはないわ」

「なら、そんなに意固地にならないでよ」

私が口を挟む。祖母は「ふん」と軽く鼻先であしらうように笑った。

「一年ぐらい前だったかしら、百花に相談したのは。あの時も言ったと思うけど、お客さんの何人かに話したら、みんな困るって言うのよね。まあ、半分以上はお愛想だろうけど……。でも、ある人に言われたの、『お千代さんが店を閉めてしまったら、相談相手が居なくなって本当に困る』って」

「誰なの？　それは」

ちょっと詰問しているような口調になってしまった。

「うん、この近くに大きな大学病院があるんだけど、そこの看護師さん」

「看護師さん……。でもお祖母ちゃんに相談って、どんなことなの？」

「あの病院は本当に大きなところで、色んな患者さんが色んな理由で大勢入院してる。もちろん、ほとんどの人は治る病気や怪我での入院だから、短ければ数日、長くても数週間で退院していく。けど……、中にはずっと病院から出られない人もいるのよ」

祖母の視線は私たちを素通りして、通りの方を眺めているようだった。少しぼんやりとした表情で、お弁当箱に残っていた紅生姜《べにしょうが》を口に放り込むと話を続けた。

「私とあんまり年恰好《としかっこう》の変わらない人から、まだ幼稚園児や小学生といった小さな子どもまで、長いこと病院で過ごしている人が何人もいるそうよ。そういう人たちにとっては、自分の病室と看護師さんのいるナースステーション、それに面会談話室ぐらいが世界のすべてなの。会える人はお医者さんと看護師さん、同じ病棟の患者さん、それに家族だけ……。体の具合も悪いから、散髪に出かけることもできない。けれど、人間だものお洒落《しゃれ》もしたいし、女性ならお化粧もしたい。男性だって髪型や髭《ひげ》の手入れが気にならない人なんていないわ」

こういう重たい話の時に、どのような相槌《あいづち》を打てば良いのか、私には分からない。美容室でも、時々身の上話をするお客さんがいるけれど、私は仕事をしながら頷いたり、「はい」や「ええ」と呟《つぶや》くぐらいだ。多分、お客さんも誰かに聞いてもらいたいのだろうが、かと言って意見を求めている訳でもない。ただ、適度な頻度で相槌を打ってあげさえすれば満足してもらえる。

そんなことを頭の片隅で思いながら祖母の話を黙って聞いた。ちらっと曜君を見やると、ちゃんと視線を向け、とはいえじっと見つめる訳でもなく、柔らかな眼差《まなざ》しで祖母を包んでいた。きっと、スナックにくるお客さんの相手をしているうちに、このようなことをするのに慣れたのだろう。

「その長期入院病棟でね、毎月一回イベントがあるのよ。何だか分かる？　合同お誕生日会。その月に誕生日を迎える人のお祝いをみんなでするんだって。病室から出て来れる人は面会談話室に集まって、みんなでハッピーバースデーを歌ってお茶を飲むそうよ。たったそれだけのことと言えばそれまでなんだけど、みんなにとっては大きなイベントなんですって。でね、その時に、やっぱり少しでもお洒落がしたいって患者さんは思うらしいの。そりゃあ、そうよね。で、手の空いた時間をやりくりして看護師さんがお化粧してあげたり、髪を整えてあげたりするそうよ。その相談を、そのお客さんは何時も私にしてた訳」

「……そう」

もうちょっとマシな相槌がないだろうかと思ったけれど、何にも浮かばなかった。もし、一人で相手をしていたら、曜君は何と言っただろう。

「病室から出られない患者さんの多くが、一日中何をしているかっていうと、ほとんどの人がテレビを観て過ごしてるそうよ。でね、情報番組とかコマーシャルでしょっちゅうやってるのが食べ物と飲み物。これが食事制限されてたりお酒が好きだった人にとって辛《つら》いんだって。で、その次がファッション。もちろん洋服とかもあるんだけど、ヘアケアとかお化粧品とか。やっぱり女性の患者さんの目には留まるのね……。特に季節の変わり目で口紅やアイシャドウの新色がでた時なんかに、大量にコマーシャルを流したり、情報番組で扱われたりする時期があるでしょう？　そんな時に『あの口紅を買って来てほしい』って頼まれるんだって。でも、色んな種類があるでしょう？　最近は私の店のような専門店だけでなく、コンビニやドラッグストア専用のブランドがあったりして。ああ、あと韓流《はんりゅう》って言うの？　韓国コスメもたくさん入ってくる。その辺を患者さんから聴き取ったメモを頼りに探すのよ」

　不意に曜君が大きな溜《た》め息を零し、顎《あご》に手をあてた。

「それは……、ちょっと大変そうですね。ブランドや商品が特定できても、色の種類とかもあるでしょうから」

「まあね。でも、患者さんの話を教えてもらえる範囲で聞き出して、それで似合いそうな色とかもアドバイスするのよ。で、うちの店で正規に取り扱ってる商品だったりする場合は、色見本を渡してあげたりね。メーカーとも古い付き合いだから、試供品なんかも多めにもらえたりするしね。それに卸店の営業とかに、あれこれ相談すると、だいたい患者さんに納得してもらえる程度のことはできるのよ」

　曜君は聞いた話を反芻《はんすう》するように考え込んでいる。その顔を見て祖母が噴き出した。

「ごめんなさいね、面倒なことに巻き込んでしまって。首を突っ込んで後悔してるでしょう？」

「いえ、そんなことはありませんが……。あの、どこか近くに別な場所を見つけて営業すれば、お客さんに迷惑かけないで済むと思うんですけど」

「そうね。実際に佐東さんがいくつか候補になりそうな物件を教えてくれたけど。わざわざ引っ越しまでしたところで、何時まで元気にやれるか分からないし。私も数年前に卒寿を迎えて、もう何年もしないうちにお迎えが来ると思うの。だから、それまで、もうしばらく居座らせてもらおうと思って」

「そうですか……」

「ごめんなさいね。まあ、そういうことなのよ」

祖母は私をちらっと見やった。

「……まあ、一応、お祖母《ばあ》ちゃんの言い分は理解した」

「納得してないって顔ね、あんたは昔から頑固なところがあるから」

不意に応接用のローテーブルに置いてあった曜君の名刺を手に取った。

「話題を変えてもいいかしら？　さっきも聞いたけど、曜君の仕事は古物商よね？」

「ええ、そうです」

「なら、仕事の伝手《つて》で調べてもらいたいものがあるんだけど。立ち退きの相談を断わっておきながら虫のいいお願いだけど、ちょっと頼めない？　もちろん少しだけど手間賃は払うから」

曜君の返事を待たずに、祖母はガラス障子がはめられた引き戸をあけて奥へと引っ込んだ。開け放たれた戸の先には四畳半ほどのダイニングがあり、さらに奥には小さな台所がある。私が小学生ぐらいのころまでは、よく遊びに来て、ご飯を食べさせてもらったりした懐かしい場所だ。

しばらく待っていると、祖母は一冊のアルバムを手に戻ってきた。

「終活って言うの？　あれを一生懸命にやったのよ。百花は私が何も考えてないと思ってるでしょうけど、死んだ後にあんたの母さんや百花に面倒かけないように、毎日の暮らしに必要な物だけに絞って、家のものをほとんど処分したの。でね、片付けをする中で、一番大変だったのは何だと思う？」

祖母は弁当箱をよけるとアルバムを広げた。

「何ですかね。普通に考えたら、重たい物とか、かさ張る物なんでしょうけど。こちらには男手がありませんしね。ああ、これから力仕事とか高いところの作業などで困ったら僕を呼んでください。こうやって知り合いになれたのも何かの縁ですから。何時でも手伝いに来ますよ」

祖母は「あら、嬉《うれ》しい」と微笑んだ。

「でもね、残念ながら力仕事ではないのよ。えーとね、曜君は若いから分からないかな？　百花にも難しいかな？　答えはね『思い出の詰まったもの』よ。もらった手紙とか年賀状、それに卒業文集とか寄せ書きの色紙なんかも、なかなか捨てられなかった。もう、その思い出を一緒に懐かしむ相手もいないのに。なんでだろうね」

「それは僕も一緒です。部屋の整理をしているはずなのに、そういう物がでてくると、どうしても手が止まってしまう」

「まあね。その最たるものが写真！　もうね、心を無にして取り掛からないと全く進まないの、終わるまでに結構な日数がかかったな。似たようなものが何枚もあったんだけど、そういうのは捨てて、あとで子どもや孫が見ても分かりそうなものだけを残すようにして。で、まあ、私の一生を無理矢理このアルバム一冊に収めたのよ」

それは考えただけでも大変そうだ。私なんてスマホで撮った写真は全く整理していないし、する気にもなれない。無限に増えても大丈夫なクラウドに放りっぱなしだ。

「でもね、私が生まれたころは写真は貴重で、とてもスナップなんて撮ってもらえるような家じゃなかったし、学校でもらったものなんかもどこかへ行ってしまって。一番古いのはこれ」

それはモノクロ写真だった。真っ白な襟と袖《そで》のついたワンピースの制服に身を包んだ祖母が緊張した表情で接客している様子だった。

「綺麗《きれい》ですね……」

思わずといった様子で曜君が呟いた。確かに、孫の私から見ても写真の祖母は綺麗だった。

「あら、ありがとう。男前な曜君に褒めてもらえて悪い気はしないわね。これはね、百貨店の化粧品売り場で働いてたころよ。広報の人が社内報に載せたいからって撮ってくれたの。結局は使われなかったんだけど。この時に化粧の基礎や接客の基本を学んだのよ。ああ、ごめんなさい脱線して。本題のページはね、少し先なの」

祖母はパラパラとアルバムをめくると中程で手を止めた。

「ああ、あった、これ」

指し示された写真は開店の準備中だろうか、慌ただしい様子を撮った一枚だった。

「三年ほど勤めたんだけど結婚を機に百貨店は辞めたの。割とすぐに妊娠したこともあって二度と働くつもりはなかったんだけど……。娘が一歳になってすぐに主人が亡くなって。一方的なもらい事故だったこともあって、当時としては珍しく、補償としてまとまったお金が入ったの。最初は途方に暮れてたんだけど、この子を立派に育てなきゃって思ったら、急に責任感みたいなものが湧いてきて。そうこうしているうちに、アパートの大家さんがこの店で何か商売を始めたらどうかって勧めてくれたの。当時は子どもを預けて働けるような所はあんまりなかったから。でも、ここなら店番をしながら子どもの面倒が見られるだろうって」

他のページがあっさりとしているのに比べて、お店をオープンさせる経緯を撮ったものは少し数が多かった。きっと祖母にとって大切な思い出なのだろう。

「でね、その時に大家さんが開店祝いにって、指物職人さんを連れてきてくれて、私の注文に合わせて三面鏡を誂《あつら》えてくれたの」

祖母はアルバムから顔をあげた。その視線の先には、ショーケースの上に載せられた三面鏡があった。

曜君はソファから立ち上がると、三面鏡に近づいた。

「これですね、写真に写ってるのは」

祖母は黙って頷《うなず》いた。曜君はしげしげと三面鏡を眺めると、ゆっくりとした足取りで私たちの側へと戻ってきた。

「江戸指物ですね。良い作りだと思います」

「腕利きの指物師さんを大家さんが連れてきてくれたの。それが彼女なの」

アルバムの写真には、ショーケースの天板に指金をあて、祖母に話しかけている女性が写っていた。髪は短く、額に巻いた手拭《てぬぐ》いには鉛筆が差してある。あまり化粧をしているようには見えないけど、目鼻立ちがハッキリとした美しい人だった。

「それにしても、この時期の写真は随分とたくさんあるんですね。失礼ですが、どなたが撮られたのですか？」

「これでもほとんど処分したのよ。実はね、大家さんがカメラマニアで開店前後にしょっちゅう顔をだしてはパチリとやって、翌日には焼き付けてくれたの」

「つくづく面倒見の良い大家さんね。お祖母ちゃんに気があったんじゃないの？」

「馬鹿なことを。でね、その三面鏡を作ってくれた指物職人さんには、随分と世話になったのよ。でき上った品物を納めたあとも、近くに寄ったからとか言って毎週のように様子を見に来てくれて。と言っても、少しばかり世間話をすると帰っていくんだけど……。いつも子どもが喜ぶようなものや、季節の果物なんかをお土産に持って来てくれた。きっと、母一人子一人の家庭を不憫《ふびん》に思ってくれてたんだろうけど。私より十歳ぐらい年上だったと思うから、もう鬼籍に入ってしまっているかもしれない。だとしたらお墓参りぐらいしておきたいなって。お店の中のものは大半が入れ替わってしまったけど、あの三面鏡だけは、ずっと大切に使い続けているの。なんか、あの鏡が私とお店を見守ってくれてるような気がして。あらためてアルバムを整理していて、あの人にちゃんとお礼を言えてなかったなって。それが心残りなの」

「何時ごろからお店には見えられなくなったのですか？」

「娘が小学校に上がるぐらいかな。春から小学生ですって話をしたら、ランドセルを贈ってくださって。高価な物だから受け取れないと断ったんだけど、もう用意してしまったからって置いて帰った。それが最後」

納品の際の記念写真だろうか、三面鏡を間に置いて撮影した職人さんとのツーショットが収められたページを祖母はじっと見つめていた。

「ねえ、曜君。あなたの専門じゃないとは思うけど、あの三面鏡を作ってくれた職人さんを捜してもらえない？」

「分かりました。建具や指物を専門に扱う知り合いがいますから、聞いてみます」

曜君は祖母に断りを入れると、アルバムの写真を何枚かスマホで撮影した。続けてもう一度ショーケースの上に置かれた三面鏡の前に立った。

私も曜君の後に続き、久しぶりに三面鏡をしげしげと見つめた。三面鏡は観音開きになっており、土台と背を折り畳むと俎板《まないた》ほどの大きさに収納することができる。

曜君は慎重な手つきで土台の裏面や背の隅などを調べ、広げたり畳んだりしながら様々な角度から三面鏡の写真を撮った。さらに留め金や畳んだ際の持ち運びに使うであろう持ち手などの金具類、特徴的な木目などをアップで撮影し、最後に、ポケットから取り出した小さなメジャーで寸法を測った。

「見た目よりも軽いですね」

「最初はもっと大きな物にしようかと思ったんだけど、『重くなるわよ』って言われて。基本的にショーケースの上に置いて使うことが多いんだけど、場合によっては、奥のソファの近くに動かしたり、店頭に出したりすることもあるから。指物師さんのアドバイスを素直に聞いて、私でも動かせる大きさにしておいて正解だったわ」

曜君は元にあった場所に三面鏡を戻した。

「納品された時に何か伝票のようなものはありませんでしたか？」

「うん、何にも。だって支払いは大家さんがしてくれたから」

「そうですか……。あの、指物師の方のお名前って分かりませんか？」

「前田《まえだ》さん、前田みすゞさんって方よ」

「えっ？　あっ、お店の名前と一緒ですね」

祖母は小さく微笑みながら頷いた。

「最初は普通に『千川化粧品店』にしようと思ってたの。でも、みすゞさんには色々とお世話になって、あれこれと教えてもらったの。それに働く女性のお手本みたいなところもあって。私が泣き言を零《こぼ》したりすると、叱ってくれたりしたの。それでね、彼女にあやかろうと思って屋号に使わせてもらったの」

「お祖母《ばあ》ちゃんを叱れる人がいるだなんて想像もつかないけど」

「失礼しちゃうわね。私だって昔から面の皮の厚い老婆だった訳じゃないのよ。うら若き乙女だった日もあるし、女手一つで子どもを育てながら小さな化粧品店を経営しなきゃならなくて、泣いてばかりだったころもあるのよ。そんな泣き言ばかりの私を、みすゞさんは叱ってくれたの」

祖母は言葉を切ると、じっとアルバムを見つめた。

「けどね、みすゞさんは叱るだけじゃなかった。慰めたり、励ましたりしてくれた。私が涙を零すと『目が腫《は》れちゃうわよ。それに暗い顔をした店主から、誰が美しく見せるための化粧品なんて買うって言うの？　もっと明るく、自信に満ちあふれた顔をしないと』って。その時にね、ある呪文《じゅもん》を教えてくれたの」

「呪文？」

私と曜君の声が重なった。

「うん、『鏡よ鏡、この世でもっとも美しいのは誰？』よ」

きっと私たちは訝《いぶか》しげな表情をしていたに違いない、祖母が噴き出した。

「あはは……、ごめんね。頭のおかしな婆さんに捕まったって思ったでしょう？」

祖母はお腹を抱えてしばらく笑っていた。

「もう、ちゃんと教えてよ」

「ごめんごめん。みすゞさんは、『私が作ってあげた三面鏡で、毎日顔を見ながら呪文を唱えてごらんなさい』って。最初は馬鹿らしいなって思いながらやってたんだけど、続けていたら色々と良いことが重なって……。やっぱり自己暗示だろうが何だろうが、自信をもつのって大事だと思ったのよ」

「そうだったんだ……」

小さなころから祖母とは随分と話をしていたつもりだったけれど、それは初めて聞く話だった。

「なるほど……、分かりました。どこまで調べられるかは約束できませんが、やれるだけのことはやってみます」

曜君は深く頷きながら請け負った。

「ごめんね、面倒なお願いをしちゃって」

私は詫《わ》びの言葉を口にした。

「とんでもない。こう見えて調べ物は得意なんです。コツは『知りませんか？』とか『教えてくださいよ』って図々《ずうずう》しくお願いすることなんですけどね。意外とみんな親切に教えてくれます。やっぱり誰かに何かを尋ねられるのは嬉《うれ》しいんでしょうね」

「確かに。じゃあ、よろしくね」

成り行きを見ていたが、私は少しばかり口を挟むことにした。

「ねえ、お祖母ちゃん。曜君に調べ物を頼むのはいいけれど、結果次第では、少しは曜君や不動産屋さんの頼み事も真剣に考えてあげてよ」

祖母は眉根《まゆね》をよせた。機嫌が悪くなる前兆だ。けれど、ちらっと曜君の顔を見やると俯《うつむ》いて少しばかり考え込んだ。

「いいわ、分かった。面倒ばかりかけるのも考え物だものね。それに、何か機会がないと深く考えることもないだろうから」

「本当に？　約束してよね」

「うん、分かった」

「いいんですか？　そんな無理なお願いをして」

曜君が困ったような声をだした。

「えっ？　だって当たり前じゃない。ギブアンドテイクなんだから」

「考え直してもらえるのは、もちろん嬉しいですけど……。無理強いはちょっと」

「そんな……」

不意に祖母が大きな声で笑いだした。

「あなたたちは本当に何をやってるんだか。とにかく曜君、よろしくね。もちろん忙しいだろうから、無理はしないで。私は特に急ぐ訳でもないから」

結局、宿題が出されただけで、骨折り損のくたびれ儲《もう》けになってしまった。祖母に見送られながら駅に向かった。

「なんだかごめんね。あっ、そうだお弁当代を払うね。いくらだった？」

「いいえ、結構です。だって僕が勝手にしたことですから。気にしないでください」

「え？　ダメよ、そんな……」

「本当に大丈夫です。普段の食事はほとんど独りぼっちなんです。もちろん、好きな時に好きなように食べられるので、気楽でいいんですけど。時々、誰かと話をしながら食べたいなって思うんです。だから、今日は楽しかったです」

「そう？　なら、良かったけど」

きっと私に気を遣わせないために、そう言ってくれたのだろう。

「で、どうするの？」

「どうするって、みすゞさんを捜す件ですか？　とりあえず、その分野に詳しい同業者にあたってみます。見る人が見れば、何か分かるかもしれません」

「ごめんね、面倒かけて」

「なんか、さっきから謝ってばかりですね。こういう謎解きみたいな調べ物は大好きですから本当に心配しないでください」

やさしい声で応《こた》えると曜君はふり返った。釣られてふり返ると、店先に祖母が佇《たたず》んでいた。曜君が手を振ると、嬉しそうに手を振り返してくれた。祖母はあんなにも無邪気に手を振る人だっただろうか？　その様子に、ふと、そんなことを思った。

曜君と祖母の店を訪ねてから数日が経った。昼休みにスマホを見てみると、曜君からLINEが届いていた。

【すみません、少し間が空いてしまいましたが、例の件、進展がありました。状況をご

報告しますので、良かったら電話をもらえませんか？】

時計に目をやると、午後二時を回ったところだった。

【ありがとう。ちょうど、これから休憩なの。今からでも大丈夫？】

【はい、もちろん。かけますね】

メッセージを読み終わると同時に呼び出し音が鳴った。

「もしもし？　百花さん」

「ああ、はい、ありがとう」

「すみません、お待たせしてしまって。例の件ですけど、捜していた指物師の方、見つかりましたよ」

「えっ！　本当」

「はい。実は割と早い段階で、この人だろうという目途は付きました。とはいえ、ちゃんと確認が取れないと報告はできないと思って、今日になってしまいました」

「そう、なんだ……」

「和箪笥《わだんす》とか建具などを専門に扱う知り合いに相談しましたら、指物に詳しい人を紹介してくれたんです。で、その方に色々と伺いました。なんでも、お祖母様が開店されたころは、まだ女性の指物師が珍しくて、数人しかいなかったそうです。昭和三十年代の終わりごろですから、無理もありません。そう言う訳で、そもそも人数が絞られている上に使われている金具や作風などから浅草《あさくさ》の方に工房を構えていた人じゃないかと見当をつけてくれました。ちょっと写真を送りますね」

届いた画像は浅草に訪ねたという工房の外観だった。よく見れば引き戸に小さく『前田木工』と掲げられている。

「看板が出てるから工房だって分かるけど、パッと見た感じは普通の家ね」

「浅草でも賑《にぎ》わっているところから少し離れていて、静かな住宅街でした。お会いしたのはみすゞさんの従弟《いとこ》の方で、かなり耳が遠かったのですが、口調はしっかりとしていて、事情を説明すると丁寧に色々と教えてくれました」

それからしばらく、私は曜君が語ってくれた物語の世界に浸った。


みすゞさんには歳の離れた妹がいて、その子をとても可愛がっていた。地元では美人姉妹で有名だったそうで、特に妹は映画女優か歌手になるに違いないと周囲の期待が高かった。けれど、彼女は蚤《のみ》の心臓で、いざ本番となると緊張のあまり声が出ない。そんな妹のために、指物師のみすゞさんは鏡台を作り、そして「鏡よ鏡」の呪文を教えた。その甲斐《かい》もあって緊張を克服した妹さんは銀幕の世界へと飛び込み、そろそろ準主演の話が来るかというところまで成長を果たした。

けれど、そんな二人を戦争が襲った。みすゞさんが以前に納めた飾り棚の修理へと泊まり込みで横浜方面へと出かけた日、東京は大空襲に見舞われた。被災した妹さんは辛うじて一命を取り留めたものの、大やけどを負ってしまった。

救護所で全身に包帯を巻かれた妹を見つけたみすゞさんだったが、あの愛らしい姿は見る影もない。妹は焼けただれた皮膚の痛みに涙を流しながら『ねえ、姉さん、私の鏡台は？　あの鏡台は無事？』と尋ねるが、もちろん焼き尽くされて跡形もない。

『また作ってあげるから。早く元気になって』

『じゃあ、じゃあ、姉さん、あの呪文《じゅもん》を聞かせて。私は、私は世界で一番きれい？』

そう言い残すと妹さんは息を引き取った。

戦争が終わり、東京オリンピックに向けて町中が活気づいているころ、みすゞさんは一つの注文をもらい、梅屋敷へと赴いた。そこで千代さんに巡り合った。その時の衝撃をみすゞさんは忘れられないと周囲に話したそうだ。注文品の三面鏡を納める先の女主人が、妹の生き写しかと思うほどにそっくりだったと。

もう一度作ってあげるという妹との約束を果たすつもりで懸命に作った三面鏡は、みすゞさんにとっても会心の出来だった。本来なら納品したものに不具合でもない限り、納め先に行くことはないそうだが、どうしても千代さんに会いたくて足が梅屋敷へと向いてしまう。

そんなある日、化粧品店に入ると千代さんが泣いていた。商売の難しさ、仕事をしながら子育てに追われる辛《つら》さを嘆く姿に、みすゞさんは一緒になって涙を流したそうだ。そして妹に聞かせた「鏡よ鏡」の呪文を教えてあげた。それから、ほどなくして店は軌道に乗り、千代さんが涙を見せることはなくなったということだ。

「そっくりな容姿の人が、自分を含めて三人いるという話を聞いたことがあるけど。よほど似てたんだね、みすゞさんの妹さんとお祖母ちゃん」

「実際のところは分かりません。辛い体験を経て記憶が歪《ゆが》んでしまっているのかもしれませんし。でも、お祖母様に接することで、みすゞさんも癒《いや》されたのだと思います」

「そうね……。でも、どうしてランドセルを贈ってからは姿を見せなくなったの？」

「急逝されたんです、心臓に持病があったそうで。朝、工房に家族が顔を出したら、でき上った品物を抱えるようにして亡くなられていたそうです」

「品物？　何か急ぎの注文でもあって、無理して徹夜仕事でもしたのかしら？　腕の良い職人さんだったみたいだから、忙しかったのかな」

「まあ、その辺のことの報告もしたいので、よろしければお祖母様と『ＹＯＵ』にいらっしゃいませんか？」

思ってもみなかった提案だった。祖母とは母などを交えて食事をしたことは何度もあるけれど、二人で飲みになんて行ったことはない。

「うーん、私はいいけどお祖母ちゃんが何て言うかな？　まあ、聞いてみる」

「ぜひ、そうしてください」

「うん、じゃあ行く日が決まったらＬＩＮＥする」

こうして電話を切った。

大井町駅の東口近くでタクシーを降りると、祖母は「なんだか、懐かしい雰囲気ね」と口にした。その視線の先には、『東小路飲食店街』と書かれた小さな門があり、その奥には様々な店が軒を連ねる路地がある。

「昔は方々にこんな感じの飲み屋街があったのよ」

「お祖母ちゃんが、赤提灯《あかちょうちん》や縄暖簾《なわのれん》に馴染《なじ》みがあったとは知らなかったな」

「私だって会社勤めをしてたころがあるんですからね。一通りの社会経験ぐらいしてるのよ。……といっても、半世紀以上も前のことだけどね」

そんなことを話しながら路地を進むと『ＹＯＵ』のオレンジ色の扉が見えてきた。

「ここよ」

「へぇ……、ザ・スナックって感じの店構えね」

「昭和レトロな雰囲気のスナックにしたいんだって。でも、置いてるお酒とか、出てくるおつまみなんかは本格派のバーみたいなんだけど」

私は祖母のためにガラス扉を引いた。

「いらっしゃいませ」

すぐに曜君が顔を見せた。

「あら、この前、うちに来てくれた時のスーツも素敵だったけど、ボウタイとベストも似合うわね」

笑顔の祖母に曜君は「上手ですね。さすがは接客業の大先輩。今日は気を引き締めていかないとダメですね」と笑った。

勧められるがままに私たちはカウンターの中ほどに腰を下ろした。

「へえー、なんか懐かしいもので一杯ね」

スツールを回して店内をぐるっと見回しながら祖母が零《こぼ》した。

「程度の良いものを集めるのは、意外と大変なんです。どんなに貴重な品だとしても、汚れがひどくてはお客様に失礼ですからね。それに、美術品ではありませんから実際に使えるものしか置かないようにしてます」

「じゃあ、あのカラオケとかジュークボックスなんかも使えるの？」

「はい、もちろん。あそこの赤電話も十円玉を放り込んでもらえれば、ちゃんとかけることができます」

入り口近くの会計カウンターには赤い公衆電話が置いてあった。

そんな話をしながら曜君は熱々のおしぼりを出してくれた。

「中途半端に温《ぬる》いおしぼりとくらべて清潔感が違うのね。ちょっとしたことかもしれないけど、曜君の美意識が表れているような気がするわ」

「恐縮です」

祖母の言葉に曜君は慇懃《いんぎん》に頭をさげた。

「さて、わざわざ足をお運びいただきましたので、一杯目はご馳走《ちそう》します。何でもおっしゃってください。大概の酒は置いてるつもりです」

祖母は私の顔をちらっと見やると口を開いた。

「お酒をいただく前に話を聞いておきたいんだけど。百花から、みすゞさんについていくつか分かったことがあるってことだけは教えてもらったんだけど、それ以上のことは聞いてないのよ」

ちらっと私に視線を送った曜君に私は頷《うなず》いた。

「そうですか……。では」

曜君は背後の戸棚の下の方から風呂敷《ふろしき》包みを取り出すとカウンターにそっと置いた。解かれた風呂敷包みからは、四十センチ四方ほどの木箱と二冊のノートがでてきた。

「みすゞさんがお作りになった化粧品入れです」

「……まぁ」

そう呟《つぶや》いたっきり、祖母はしばらく黙って化粧品入れを眺めていた。少しすると、そっと蓋《ふた》の部分を撫《な》でた。

「みすゞさんが作ったものということは、見つかったのね？」

「はい、残念ながら、もうお亡くなりになっていますが……。みすゞさんは生涯独身だったそうで、こちらの化粧品入れを引き取る方もいらっしゃらなかったようです。素晴らしい細工だったこともあって、工房の方で塗師《ぬし》に出し、それからはずっと大切に保管していたそうです。お千代さんにお渡しすることを、みすゞさんも希望してただろうからと、預かって来ました」

「ありがとう。木目が綺麗《きれい》で見惚《みと》れてしまうわ。それに上蓋にしっかりとした持ち手がついて、引き出しも留め金があるから手に提げて持ち歩けそうね。三面鏡もそうだけど、畳んで持ち運びできることを、みすゞさんは大事にする方だった」

「戦災を経験されたからでしょう。持ち出せる、手で提げて運べるという機能性に富んだ細工に、こだわりを持った職人さんだったようです」

曜君の言葉に頷きながら、祖母は傍らに置かれたノートに手を伸ばした。灰色の表紙には筆書きで『日記』と題され、その下には使い始めた年と、その十年後である終わりの年が書いてあった。

「そちらも預かってきました、今で言う『十年日記』ですね。分厚いノートに工夫をされて付けられていたようです」

「これも私に？」

「ええ」

それから、みすゞさんと妹さん、そして祖母にまつわる物語を曜君は話してくれた。その内容の大枠は私に電話で知らせてくれたものと同じだったけれど、まるで読み聞かせでもするような優しい語り口調に、祖母は何度もハンカチで目元を押さえていた。一度聞いた話なのに、途中から私まで涙をこらえることができなくなった。

どれぐらい経っただろうか、最後に曜君は化粧品入れの横に置かれた日記を手にとると祖母に差し出した。

「僕には、これを読む勇気がありません。そもそも読む資格もないでしょうけど」

祖母はノートを抱きしめると、「みすゞさん」と呟いた。私は祖母の背中をそっと擦《さす》った。よく考えてみれば、祖母が泣いている姿を初めて見たような気がする。

ほんの数分ほどだと思うけれど、祖母が落ち着きを取り戻すと、曜君は改めて新しいおしぼりを出してくれた。そして化粧品入れを風呂敷に包み直した。

「ノートはお持ち帰りください。この化粧品入れは、軽く作ってあるとはいえ、お二人に持って帰っていただくのは忍びないので、後日あらためて僕が届けに行きます」

「そんな、いいのよ気を遣わなくて」

私の言葉にずっと静かに控えていた真央さんが首を振った。

「ぜひ、曜君の提案を受け入れてあげてください。どうせ昼間は『タイムマシーン!』の買い付けで、あちこちに出かけてるはずですから」

「もう、それは僕が言うセリフなのに、取らないでよ!」

二人の掛け合いに、思わず私たちは笑ってしまった。

「では、そろそろスナック『YOU』を開店させていただいてもいいでしょうか?」

「えっ?　まだ開店してなかったの?」

思わず私が突っ込むと曜君は肩を竦《すく》めた。

「だって、まだ、おしぼりしか出してませんよ?　お酒を出さないスナックなんて、聞いたことがないでしょう？　さて、何になさいますか。ビールやワイン、焼酎《しょうちゅう》に日本酒、それに当店には名バーテンダーもおりますから、カクテルなどもお薦めですよ」

曜君が手のひらで指し示すと、真央さんが深々と頭をさげた。

「じゃあ、せっかくだからカクテルとやらをいただこうかしら？　私、そんな恰好《かっこう》の良いものを飲んだことがないから、ちょっと憧《あこが》れてたのよね。だって、何時もは生ビールかレモンサワー、それにグラスワインぐらいだから」

涙が乾いた祖母が笑顔を見せた。ちょっとはしゃいだ感じは可愛らしい。

「何を飲むの？」

「うーん？　何がいいんだろう。名前を知ってるものと言えば『ピンク・レディ』ぐらいかしら」

「ピンク・レディ？」

「うん。飲んだことはもちろん、写真も見たことがないわ。昔、ミーちゃんとケイちゃんっていう女の子二人組がいたんだけど、そのデュオの名前がカクテルに因《ちな》んでるって聞いたことがあるぐらい」

曜君は深く頷くと、カウンターから出てきて奥のジュークボックスに百円玉を落とし、ボタンを押した。流れたきたのは『ペッパー警部』だった。

「これは彼女たちのデビュー曲です。ちなみにカクテルの『ピンク・レディ』に対して、彼女たちは『ピンク・レディー』と伸ばす表記になっています。名付け親は作曲家の都《と》倉俊一で、都会的で大人が楽しめる音楽を発信するデュオに相応しい名前をということでカクテルから選んだようです。なので二人組なのに『ピンク・レディーズ』にしなかったんだそうです」

「へぇ、そんなエピソード、曜君が生まれる前の話でしょう？　よく知ってるわね。じゃあ、私は『ピンク・レディ』をお願いするわ」

「かしこまりました」

　真央さんが軽く一礼すると、私を見やった。

「じゃあ、せっかくだから私も同じ物を」

「はい」

　真央さんはシェーカーを取り出すと、冷蔵庫から取り出したボトルの中身をメジャーカップで測りながら注ぎ入れた。

「ピンク・レディのベースとなるお酒はジンです。当店ではお客様から銘柄の指定がなければゴードンを使っています」

　曜君が解説している間に真央さんはちょっと変わった瓶を戸棚から取り出し、先ほどと同じようにカップでキッチリと測った。

「今のはグレナデンシロップです。グレナデンとは柘榴《ざくろ》のことなのですがメーカーによっては柘榴だけではなく、ほかのフルーツエキスなどを加えているものもあるようです。当店ではダルボというオーストリアのメーカーが柘榴果汁と砂糖、それにクエン酸だけで作ったシロップを用いるようにしています」

きっと何度も説明をしているのだろう。曜君の言葉は淀《よど》みない。その間に真央さんはレモンを半分にカットすると、ハンドジューサーで搾り、続けて卵を割ると、黄身と白身とを分けた。

「Mサイズの卵は黄身が二十グラム、白身が三十グラムほどあります。普通、一杯のピンク・レディには卵白を十グラムから十五グラム使用しますので、お二人分ですと、ちょうど一個分の卵白でよいかと」

レモン果汁と卵白をシェーカーに入れると、真央さんはカクテルスプーンで混ぜた。

「この後に氷を入れてシェイクしますが、卵白は混ざり難《にく》いのでこうやってスプーンで切るように混ぜておくのです」

曜君の解説どおり、真央さんはシェーカーに氷を満たすと、小気味の良いリズムで手早くシェイクを始めた。その間に曜君は逆三角形のボウルに細いステムのついたカクテルグラスを二つカウンターに出し、クラッシュアイスをボウルに満たした。

真央さんがシェーカーを振るスピードが徐々にゆっくりになると、曜君はグラスの氷を取り除き、真っ白なクロスで拭《ふ》き清めた。用意されたグラスに均等に注ぎ分けると、真央さんは祖母に、曜君は私にそれぞれグラスを出してくれた。

「お待たせしました、ピンク・レディです」

真央さんが静かに告げた。

「へぇ、綺麗」

祖母はすぐにステムに手をかけると、ひと口ほど飲み、そっと目を瞑《つぶ》った。

「おいしい……。卵白が入ってるからかしら、まろやかな口当たりだわ。ベースになっているお酒はジンって言ってたでしょう？　もっと辛いのかと思ったけど、柘榴シロップの甘味とレモンの爽《さわ》やかさ、それを卵白が包んでいるような。優しさ、柔らかさを感じるわ」

私もひと口飲んでみた。なるほど、祖母の言う通りだ。

「偶然なんでしょうけど、まさに、みすゞさんとの思い出にぴったりな一杯をお選びになったと思います」

曜君の言葉に私と祖母は顔を見合わせた。

「ぴったりな一杯？」

シェーカーやメジャーカップを洗い終えた真央さんが深く頷《うなず》いた。

「花に花言葉があるように、カクテルにもそれぞれ意味があるんです。ピンク・レディは『いつも美しく』です」

「いつも美しく……、そうね、みすゞさんに捧《ささ》げるのに相応しい一杯だわ」

祖母は残っていたカクテルに口をつけた。

「真央ちゃんの言ったように『いつも美しく』が有名ですが、別な意味もあるんです」

「別な意味？」

「ええ、それは『幸福』です。きっと、みすゞさんは千代さんに幸せになってもらいたかったんだと思います。早くに亡くなられた妹さんの分まで」

「ああ……、みすゞさん」

祖母は涙を零《こぼ》しながら、残っていたカクテルを飲み干した。


祖母と一緒に『YOU』を訪れてから半月ほど経ったころ、祖母から電話があった。

「珍しいわね、お祖母《ばあ》ちゃんから電話だなんて。どうしたの？」

「うん……、立ち退きの件だけど、了承したって曜君を通じて不動産屋さんに伝えてくれる？」

「えっ！　急にどうしたの」

「だって……、曜君は私の頼みを解決してくれたんだもの、私もちゃんとしなきゃって思ったの」

その答えを知らせに私は「スナック『YOU』」へと向かった。

「百花さん、いらっしゃい」

曜君がいつものように出迎えてくれた。カウンターを覗《のぞ》いてみると、今回は先客が一人。それはタイミングの良いことに佐東社長だった。

「こんばんは、ここ、いいですか？」

「もちろん、美人が隣に座ってくれるのを拒否する男性なんていているんですか？」

「はい、それ、アウト！　ですよ。まあ、私の前で言ってる分には構いませんけど、会社や取引先では気を付けてください。佐東社長に失脚されたら、うちのお店はすぐに潰《つぶ》れてしまいます」

真央さんの言葉に佐東社長は「えーっ、そうかぁ？」と首を捻《ひね》った。

「揶揄《やゆ》するような発言ではないよね？　褒めててもダメなのかい」

「はい、容姿に触れること自体がもはやアウトです。内容は何であれルッキズムとしてバッサリ斬られる恐れがあります」

曜君が合いの手を入れる。

「えっ！　曜までそんなことを言うの？　マジか……。なんて世知辛い世の中だか」

「私は嫌じゃありませんからセクハラではありません」

「ああ、やっぱり美人ってさ、心根も優しいよね。ありがとうございます」

佐東社長が「お礼に一杯おごっちゃいます」と軽い調子で応《こた》えてくれた。

「社長、一杯で済むのか、それとも二杯目以降も奢《おご》らなきゃならないのかは、百花さんがこれから知らせてくれる内容次第だと思いますけど？」

「うん？　どういうこと」

訝《いぶか》しげな表情の佐東社長に微笑むと、曜君が私を促した。

「ところで、お祖母様は何て？」

「出て行くことにしたとのことです。片付けなどに多少の時間が欲しいとは言ってましたけれど、遅くとも来月末までには退去するそうです」

「だ、そうです」

「えっ？　ほっ、本当に？」

　私は佐東社長に向き直ると「散々お待たせしておいて何ですけど、祖母の引っ越し先を見つけなければなりません。化粧品店は廃業するそうですが、やはり住み慣れた梅屋敷周辺で次の部屋を探したいと言ってますが、大丈夫でしょうか？」

「それはもう、当社が総力をあげて満足いただける物件をご用意します」

　佐東社長はスツールを下りると深々と頭をさげた。慌てて「よしてください。決めたのは祖母ですし、その祖母を納得させたのは曜君です。私は何もしてません」と首を振った。

「よし、じゃあみんなでお祝いをしましょう。真央ちゃん、何か適当なシャンパンを用意してよ。そうだな、曜への礼を兼ねてちょっと豪勢に行こう。ドンペリかクリュッグって在庫はあるかい？」

「はい、もちろん。すぐにご用意します」

　真央さんが足早に裏へと引っ込んだ。その背中を見送ると、立ったままの佐東社長が曜君に向き直った。

「改めて礼を言う、ありがとう。これは曜のお陰だ」

　曜君は照れたような表情だった。

「よしてください。本当に大したことはしてません」

「私からもお礼を言うわ。お祖母ちゃん、みすゞさんの日記を丁寧に読んだって言ってた。一冊目が戦争が始まる前年からの十年間、二冊目がその後ってつながりらしいんだけど。途中、何度も涙が止まらなくなったって言ってた。きっと、日記に刺激されて色んなことを思い出したんだと思うわ」

「かえって辛《つら》い思いをさせてしまったかもしれませんね」

「でも、お陰でみすゞさんのことを深く知ることができたし、工房に連絡を取って、お墓参りもすることができたそうよ。喉《のど》に痞《つか》えていた物が取れたような気分だって言ってた。それで『せっかく命拾いをしたんだもの、みすゞさん姉妹の分も長生きしなきゃあ。潰れた建物の下敷きになんて、なってたまるものですか！』って。だから、やはり立ち退きを決めたのは曜君のお陰よ」

「そうですか。じゃあ、良かったです。それにしても、先ほども佐東社長がああ言ってくれましたから、廃業でなく移転にすれば良いと思いますけど？」

「はい、いくらでも探しますよ。今までと同じような店舗兼住居のような物件はもちろん、徒歩で通える範囲で店舗とお住まいを別々に探すことも可能です」

佐東社長が口を挟んだ。

「ありがとうございます。でも、祖母は新しいことを始めるつもりみたい。で、それに協力して欲しいって私に相談がありました」

「へぇ、何を始めるんですか？　お祖母様」

曜君は驚いたような声をあげた。

「それが……、お化粧についてあれこれとアドバイスするような出張サービスの仕事なの。何時の間にか色んなＳＮＳに公式アカウントを開いたり、問い合わせ受付のために必要だからってホームページも作ってるのよ。しかも、最近はＹｏｕＴｕｂｅまで始めちゃって。商店街の近くに小さなスタジオがあって、最近は、夜になるとそこに籠《こも》ってるの」

私は祖母が化粧品の成分ラベルの読み方を解説している動画をスマホで呼び出すと、曜君たちに差し出した。

「うわ、登録者数が三十万人を超えてるじゃないですか！　へーえ、すご……。うーん、撮影も上手だし編集も的確ですね、テロップも読みやすいし……。これ、撮影とか編集とか色々と大変だと思うんですけど、それを全部ひとりでやってらっしゃるんですか？あっ、もしかしてプロを雇ってます？」

曜君は私に断りを入れるとスマホを佐東社長に手渡した。

「みすゞ化粧品店のお客さんの中に、その辺に詳しい人が何人かいるらしいの。お祖母ちゃんが頼んだら、付きっ切りで使い方を教えてくれてるそうよ。一度、様子を覗きに行ったことがあるんだけど、その時は三人来てたかな、みんな二十代のイケメン。あんなに若い男性の知り合いがいるだなんてちょっと驚いた。意外とモテるみたいね。そのうち私よりも年下の男性と再婚するとか言い出さなきゃあいいんだけど」

曜君と佐東社長が顔を見合わせた。その表情はなかなか面白かった。

「まあ、この辺はおまけみたいなものなの。最近はもっぱら店仕舞いの片付け物をしながら、空いた時間は近所の大学病院に通ってます」

「えっ？　病院に通ってるって、どこか悪いんですか」

曜君が心配そうな顔をした。動画を手伝ってくれている若い男性陣といい曜君といい、不思議なことに祖母は若い男性に人気があるようだ。

「心配しなくてもピンピンしてるわ。そうじゃなくて長期入院中の人とか、あと退院前の人にお化粧をしに行ってるのよ。電動アシスト付きの三輪車を買って、それに三面鏡と化粧品入れを載せてね。重たい荷物でもこれなら運べるからって」

「そうですか」

「最近は私も引っ張り込まれちゃって。何と言っても祖母は鋏《はさみ》を持つことはできないけど、私なら男性でも女性でもカットできますからね。だから最近は勤め先が休みの日も仕事みたいなもので、年中無休って感じ」

「面倒に巻き込まれたと唇が尖《とが》ってますけど、満更でもないって表情ですね」

佐東社長が私にスマホを返しながら言い添えた。これに曜君が言葉を足した。

「素敵なお仕事じゃないですか」

「ええ、私たちが病室に顔を出すと、みなさんパッと顔が明るくなって。待ってましたとばかりに雑誌の切り抜きなんかを出してきて『こんな感じは似合うかしら？』って相談されるんです。その辺は美容室に来られるお客さんとまったく一緒。病棟を預かってらっしゃる看護師長さんから聞いたんですけど、かなり体調が思わしくなかった患者さんも『明後日《あさって》には、お千代さんと百花ちゃんが来るわよ』と知らせると頑張ってくれるっておっしゃってました。色々と辛いことばかりだろうに、私たちが来ることを、そんなに楽しみにしてくれてるだなんて……、幸せなことだと思います」

そこまで話していたら、不意に思い出し笑いをしてしまった。

「お祖母ちゃんったら、病棟中の人みんなに『鏡よ鏡』を教えるのよ。なんでも院長先生まで最近はトイレの鏡の前で呪文《じゅもん》を唱えてるんですって。その様子を見ちゃった看護師さんが、妖怪《ようかい》に出くわしたかのように話してたのが可笑《おか》しくて可笑しくて」

「『鏡よ鏡』か、俺もじっくりと自分の顔なんてものを久しく拝んでないな。『四十を過ぎたら顔に責任を持て』ってな言葉があるけど……。果たして俺は自分の顔に責任が持てるだろうか」

佐東社長が掌《てのひら》で頰をぺちぺちと叩《たた》いた。

「顔なんて、生まれつきですから責任なんて持ちようがないと思いますけど」

「いや、そうとも言えん。子どものうちは親や周囲の大人たちに影響されるから仕方がない。けれど、社会に出てからのことは全て自分の責任だ。どんな判断をしたか、辛い出来事に出会った時に、どのような処し方をしてきたか。そういったことが、すべて顔に刻まれるんだ。よく逮捕された人間の写真とかを見ると、いかにも人相が悪そうに見えるだろう？　あれは悪事を重ねた業が顔に表れてるんだ。だから、人相が悪い人間ってのは、やはりどこか卑屈だったりするもんだよ。俺もじっくりと鏡を見て、己をふり返る時間を持たないとダメだな」

「難しいんですね……」

佐東社長と曜君が顔を見合わせた。そこへ真央さんが臙脂《えんじ》の箱を手に戻ってきた。曜君がその箱を受け取ると蓋《ふた》を開け、ボトルを佐東社長に見せた。

「『クリュッグ　グランド・キュヴェ　170エディション』です」

曜君はメモに何かを書き付けると佐東社長に渡した。多分値段だろう。ワイン専門店で買ったとしてクリュッグなら四万円は下らない。お店で飲んだら十万円は請求されるに違いない。ここは本当にスナックだろうか？　バーと呼んだ方が良いような気がしてきた。

「うん、いいよ、OKだ」

その返事に曜君は恭しく頷《うなず》くとボトルを真央さんに手渡した。真央さんは手早くワインクーラーに氷と水を張り、クロスで拭《ぬぐ》ったボトルを挿した。

「実はドンペリと迷ったんです。どちらも在庫があったのですが、やはり佐東社長には帝王の異名の付いたクリュッグの方が相応《ふさわ》しいと思いまして。なので悩んでたら少し時間がかかってしまいました」

「はは、帝王？　俺がか。う～ん、帝王って言われるとVシネマを思い出しちゃうな。ちょっと派手なチョークストライプのスーツでも誂《あつら》えないと」

「Vシネマ？　チョークストライプ？　バブルのころの地上げ屋ですね」

そう応《こた》える曜君に佐東社長が首を振った。

「お前さんは地上げ屋を勘違いしてる。本当の地上げ屋ってのは、地主はもちろん、そこに住んでいた人や買い受ける人の三者それぞれが幸せになる方法を考えるのが仕事だ。無理矢理立ち退かせたり買い叩いたり、法外な値段で売りつけたりってのは、結局のところ禍根を残す。いわくや因縁のついた土地や建物は誰も幸せにしないから」

「そんな三方良しに丸く収められる地上げ屋なんて、いたんですか？」

佐東社長は片方の眉《まゆ》をピーンとあげた。

「お前の師匠が、まさに、そんな地上げ屋だったよ。誰も泣くことなく納得ずくでの立ち退きや売買を数多く手がけたもんさ。ゴローが仕切る物件に厄介ごとなしってね」

「……昔、地上げ屋をやっていたと聞いたことがあります。けれど、そのころの師匠はすでに体調が優れなくて、どこまでが本当の話なのかと思っていました」

佐東社長は、ふと気が付いたといった様子でしげしげと曜君の顔を見つめた。

「そう言えば、今回の一件は、まるでゴローみたいだ。納得した住人から立ち退きを申し出てくるところなんかがな」

「そうですか……」

曖昧《あいまい》な返事の曜君に軽く咳《せき》ばらいをすると、真央さんが口を開いた。

「冷やし過ぎては繊細な味わいが楽しめませんので、ほどほどにしておきます」

クロスでコルクを押さえると、そっと抜いた。その間に曜君がシャンパングラスをカウンターにならべると、豆皿に抜栓したコルクを置いた。

真央さんは佐東社長がコルクの香りを確かめて頷くと、少しばかりグラスに注いだ。

「うん、いいね。さあ、みんなも一緒に飲んで」

「ありがとうございます」

曜君はカウンター奥の棚からグラスを追加し、これに真央さんが絹糸のような繊細な泡をたてる黄金色の液体を注ぐ。佐東社長がステムに手をかけて私たちの顔を見た。

「まず百花さん。私の知らないところで色々と御迷惑をおかけしたと思います。これからお祖母《ばあ》様のご新居探しなど、何かと接点が増えると思いますが何卒《なにとぞ》よろしくお願いします。次に曜、随分と心配をかけてしまったけど目途がつきそうだ。これも偏《ひとえ》にお前さんのお陰だな。ここのところ忙しくてあんまり売上に貢献できてなかった分を今夜は挽《ばん》回《かい》するよ。最後に真央ちゃん、いつも美味《おい》しいお酒をありがとう。では乾杯」

「乾杯」

初めて飲んだクリュッグは繊細なのに奥行きが深く、爽《さわ》やかなのに濃厚で、どうにも矛盾する要素を軽々と超えてしまうような器の大きさを感じさせた。

「おいしい……」

考える前に言葉が漏れてしまった。真央さんがゆっくりと頷く。

「ですね。あれこれと装飾するような形容詞をつけようにも、あまりに完成した味わいで、どう表現したら良いか。下手なことを言うと味が分かってないと思われそうで怖いですものね」

「確かに」

ふと左右を見回すと佐東社長も曜君も、もう一杯目を飲み干してしまった。

「あー、うめぇい」

「本当に美味しいですね」

真央さんが露骨に溜《た》め息を零《こぼ》す。

「もう、二人とも、もったいないな」

そう言いながら真央さんはすぐさま佐東社長のグラスにお代わりを注いだ。

「じゃあ、この味に負けないつまみを用意しますね」

曜君は冷蔵庫から数種類の生ハムとチーズを出すと、適当にカットしてカウンターにならべた。続けて、銀色にマットなグレーの印刷が施され筆書きのような書体で品名が記された缶詰を取り出した。蓋を開けると二つの小鉢に取り分け、割り箸《ばし》を添えて私たちの前に出した。

「井上《いのうえ》海産物店の『牡蠣《かき》の燻製《くんせい》油漬け』です」

佐東社長がすぐに箸をつけた。私もこれに倣う。

「へぇ、缶詰かぁ……って思ったけど美味《うま》いな。ちゃんと牡蠣の旨味《うまみ》を残しながら燻製にすることによって臭みが消えてる。この漬け込んでる油もいいね。うん、シャンパンによく合うよ」

その的確なコメントにただただ私は黙って頷くだけで良かった。

「缶に残った油を使ってペペロンチーノを作っても美味いですよ」

そんな話を聞きながら滅多に味わうことのない高級シャンパンに、早くも私は酔い始めていた。

「あの、話が変わってしまうのですが……、祖母の転居先は、できたら二人で暮らせるところを探してもらえませんか？」

「二人で？　お祖母様と同居される方がいらっしゃるのですか？」

二杯目を飲み干した佐東社長がグラスを置いた。真央さんがボトルを傾けかけると

「俺は二杯もらったから十分だよ、あとはみんなでどうぞ。代りに手が空いたらジントニックのお代わりを頼む」と断わった。私なら卑しく少しでも多く飲もうとするだろうに、余裕のある大人はやはり恰好《かっこう》良いなと思った。

「私です、私が同居しようかと」

「えっ？　百花さんがですか。でも、また、なんで」

曜君が驚いたような声をあげた。

「うん、ちょっと考えがあって。独り暮らしをやめようかなと。私、寂しがり屋なんで

す。誰かに寄り掛かってないとダメな人間と言ってもいいかもしれません。実家暮らしのころは、独り暮らしがしたい、自由になりたいって思ってたんだけど、いざ独りになってみると寂しくて……」

「あぶないタイプですね、悪い男に騙《だま》されないようにしないと」

真央さんが落ち着いた声で合いの手を入れてくれた。

「ええ……、なので、お祖母ちゃんと一緒に暮らすのもいいかなって。ついでにメイクについて色々と教えてもらって、将来的にはお祖母ちゃんが手掛けているような病院周りの仕事を引き継ぐのもいいかなって」

真央さんがボトルに残っていたクリュッグを私のグラスに注いでくれた。

「でも、楽しそう。親との同居はあれこれ干渉されそうで嫌ですけど、お祖母様だと、ちょっと歳も離れてますし、意外とお互いに冷静に対処できそうですもんね」

「そうですね。歳の差が半世紀近くも開いてるルームメイトですから上手《うま》くいくかどうか分かりませんけど。家賃や水道光熱費は折半ってところまで決めてあります。本当はがっちり貯め込んでいる上に年金まであるお祖母ちゃんに多めに出してもらいたいんですけど……。まあ、その分、食費とかを出してもらうかなって思ってます」

「なるほど、梅屋敷周辺でいくつか物件に心当たりがあります。何かこだわりはありますか？　お風呂《ふろ》が広い方が良いとか、キッチンのコンロは二口以上が良いとか」

佐東社長が急に不動産業者の顔になった。

「一度、祖母と佐東社長のオフィスにお邪魔します。私よりも彼女の方がこだわりが強そうだし。それに『スタジオのレンタル料もバカにならないから、新居はその辺も兼ねられるような部屋がいいわ』なんてワガママを言い出してますし」

「なるほど、それはやり甲斐《がい》がありそうです」


『YOU』をでたのは午後十一時を回ったころだ。結局、私と佐東社長以外のお客さんは来なかった。けれど曜君曰《いわ》く「過去最高の売上を記録しました」とのことだった。

無理もない、クリュッグの後に、それぞれ数万円はするであろう白と赤を一本ずつ空け、途中で山崎のハイボールやカクテルを飲み、最後にドンペリを追加したのだ。聞けば佐東社長はあのお店の大家でもあるそうだ。こんなにも店子《たなこ》の売上に貢献する大家さんも珍しいだろう。

途中、お腹が減ったと言い出した佐東社長は、近所のお寿司《すし》屋さんからたっぷりと出前を取ってくれた。それを平らげながらの鯨飲で、恐れ入るとしか言い様がない。今回、祖母が立ち退くことで、どの程度の利益が佐東社長の懐に入るのか知らないが、事業が軌道に乗った経営者の儲《もう》けは大きいのだろう。私も何時かはオーナー美容師を目指そうと強く思った。

「今日はもう看板にします。どうせ十二時までしか営業できませんから」

曜君は片付けを真央さんに頼むと私と佐東社長を見送りに出てきた。

「満月か……、久しぶりに見たけれど、東京が何時までも綺麗《きれい》に月が見える街であって欲しいものだな」

「ロマンチストなんですね」

「意外に思うかもしれませんが、不動産や建築に従事する人はロマンチストが多いんですよ。何と言っても目の前にないものをイメージして土地の開発やビル建設をする訳ですからね。想像力が大切なんです」

しっかりとした口調だった。あれだけ飲んだのに口調はもちろん足取りもしっかりしていて、乱れた様子は微塵《みじん》もない。

大通りでタクシーを停めると佐東社長は私に車を譲ろうとした。

「車代は私が持ちますから、どうぞ乗ってください」

「いえ、ご馳走《ちそう》になった上に、そこまでしていただいては申し訳ないので。それに、こんな贅沢《ぜいたく》を覚えてしまったら、これからが大変です」

佐東社長はちらっと曜君を見やると「では、無理強いはよしましょう、お先に失礼。曜は駅までお送りするんだぞ」と言い残して去って行った。

「恰好いいですね」

「なかなか、あんなキザなセリフが嫌味にならない人も珍しいでしょう。憧《あこが》れはしますが、真似なんてしたら怪我をするだけです」

ＪＲ大井町駅が見えてきた。

「今日は色々とありがとう」

「とんでもない、こちらこそ。今日のすごい売上は百花さんのお陰です」

「それを言うならお祖母《ばあ》ちゃんのお陰かな。そう言えば、また『YOU』に行きたいって言ってた。真央さんのカクテルが気に入ったみたい。それに古いカラオケで歌ってみたいって。そう言えば、あの店で誰かが歌ってるの、見たことがないけど？」

「今でも現役で使える8トラのカラオケなんて、滅多にないんですけどね……。どうにも不人気でマイクを握りたいって人は滅多に現れません。なので、歌ってみたいという方は大歓迎です」

「お祖母ちゃんに伝えておくね。意外と最近の曲にもくわしいのよ。店内で有線放送をかけてるからだと思うけど」

　曜君はふと思い出したといった感じで小さく笑った。

「『鏡よ鏡』ってフレーズの出てくる曲って、意外と多いんですよね。どの曲をリクエストされても『はい、こちらですね～』って8トラでかけたらウケますよね」

「えっ？　でもあんな古いカラオケって、最近の曲はないでしょう？」

「その辺を最新の技術で何とかできる人が世の中にはいるんですよ」

「へぇー、そうなんだ」

「『鏡よ鏡』かぁ……、グリム童話に出てくる王妃みたいに、鏡の答えに依存するようになったらお仕舞ですね。自分自身への問いかけに留《とど》めなければ」

「そもそも鏡に映し出された姿は本当の姿ではないから」

「え？」

「だって鏡に映った姿は左右が反対じゃない？」

「なるほど……。あれ、でも、なんで左右は逆になるのに、上下は逆にならないんでしょうね？　鏡って」

「えっ？　そんな難しいこと私に聞かないでよ。それこそ鏡に聞いて欲しいわ」

「確かに」

「じゃあ、またね」

私は手を振って曜君と別れた。

終電まではまだ少し余裕があるはずなのに、車内は混雑していた。なんとかしてドア付近の隅に立つと、小さな溜《た》め息が零《こぼ》れた。

ゆっくりと電車がホームを離れると、窓ガラスに私の顔が映り込んだ。楽しい時間を過ごして満ち足りたのか、柔和な表情だった。思わず心のなかで呟《つぶや》いた「鏡よ鏡」と。答えは聞かずに、そっと目を閉じた。

最高のめぐり逢い

～キール

この坂道をタウンエースでよく登れたものだなと感心しながらエンジンを切った。昭和五十三年型の愛車は大きな溜め息でも零すように車体を揺するとエンジンを止めた。大谷石の立派な門柱の隣には、丸いライトが特徴的なランクルが止まっている。

「よう、早かったな」

少し離れたところから声がかかった。開け放たれた玄関から佐東社長が顔を出している。普段はきっちりとネクタイを締め、隙のないスーツスタイルを崩すことはないが、今日はダウンジャケットにカーゴパンツとラフな恰好《かっこう》だ。そもそも、自分でハンドルを握ることさえ珍しいに違いない。

「こんな60系統のランクルを持ってたんですね。程度の良いものは少ないから、高かったでしょう？」

「まさか、曜じゃあるまいし、わざわざ古い車を好んで買ったりしないさ。学生時代に中古で買ってから、ずーっと乗ってるだけだよ。何度も買い替えようと思ったんだけど、後ろが観音開きで、三リットル超のディーゼルを積んだマニュアル車で他にピンと来るって転がしてるんだ」

さも面倒臭そうな口調だが、車体やフェンダーミラー、それにドアハンドルのメッキは、どれもこれもピカピカだ。多分、何度か全塗装に出しているのだろう。

「とりあえず、こっちだ。電気は通ってないから、懐中電灯を持ってきた方がいい」

佐東社長はダウンジャケットのポケットからペンライトを取り出した。慌ててタウンエースに戻り、後ろのラゲッジスペースからヘッドランプを取り出すと頭に着けた。

「随分と本格的だな」

呆《あき》れ顔の社長に続いて玄関をくぐった。

ここは池上《いけがみ》にある古い屋敷だ。と言っても人が住めるものではないので、元屋敷と言うべきだろう。本門寺《ほんもんじ》に近く、サッカー場ほどの敷地がある。道路からは急な坂道を登らなければならず、立派な石垣に守られていて、ちょっとした城のようだ。

元々は明治《めいじ》に繊維会社を起こした富豪の別宅だったそうだが、戦後は何度か持ち主が代わり、昭和四十年代に精密機器会社を起業した社長に買われた。その際に古い家屋をすべて建て替え、主人が暮らす母屋と、使用人らが暮らすアパート棟が作られた。

しかし、バブルが弾《はじ》けるのと前後して主人が逝去。相続争いをしている間に地価が大幅に下落し、不動産不況と呼ばれる時代に突入した。長らく大手銀行の管理下に置かれていたが、このほどやっと新しい主《あるじ》に引き渡されることになったという。仲介には佐東社長をはじめとする地元の不動産業者が複数関与しており、その兼ね合いで、取り壊す前に建屋内部を検《あらた》めさせてもらえることになったのだ。

「そもそも、池上周辺は本門寺をはじめとするお寺さんが地主であることが多くて、売り物件が出ることが珍しい。でも、まあ借地権付きの住宅ってのは、俺はあんまり薦めないんだが、お寺さんが地主の場合は別だ。余程に筋が悪いところでないかぎり、無理を言わないからね。安心して住んでいられる」

母屋は平屋の日本家屋で、玄関は高い上がり框《がまち》に立派な沓脱石《くつぬぎいし》が置いてあった。

「この沓脱石は、丁寧に取り除けばそれなりの値段で売れると思いますよ」

「今どき沓脱石を置くような家もあまりないだろう？　まあ、解体業者が目を付けたら駄賃代わりに持って帰ってもらったらいいよ」

もったいないと思ったけれど黙っておいた。僕がもらっても、売り捌《さば》く自信はない。

「よく下を見て、なるべく端を歩いたほうがいい。雨漏りで床板のほとんどが腐ってる。踏み抜いた挙句に大怪我して、正月を病院で過ごすなんてのは、曜も嫌だろう？」

ヘッドライトを頼りに、奥へと進み、庭に面しているであろう縁側に位置するところまでたどり着いた。木製の雨戸をむりやり外すと、日の光が差し込んだ。元々は枯山水だったようだが、一面に雑草が生い茂り立派な庭石も隠れてしまっている。手入れをされていない庭木はうっそうとし、落ち葉がたっぷりと積み重なっている。

僕たちは庭に出ると、縁側の雨戸をすべて取り払った。外側から覗《のぞ》き込む限り、母屋は荒れ果てて、畳という畳が腐り、襖《ふすま》のあちこちにカビのような黒い染みが点々と模様を描いている。鴨居の上には欄間があったが、こちらもあちこち腐っていた。

「見事な欄間ですけど……。あれほど傷んでしまっては、修復のしようがありません。襖も障子もダメでしょうね。辛うじて引手金具ぐらいですか、救出できそうなのは」

「だから言ったろ？　使えそうな物はほとんどないって」

佐東社長はさっきからずっと呆れ顔のままだ。

「あっちに見えるのが使用人が使っていたアパートですかね」

庭の向こうに二階建ての木造家屋の影が見えた。

「うん、どの部屋も鍵《かぎ》はかかってないよ。あっちも相当に古いから気をつけてな。基礎のコンクリートや鉄製の外階段は大丈夫だけど、天井や床は危ないってさ」

「分かりました」

佐東社長は僕に五桁《けた》のダイアルが付いた南京錠を差し出した。

「門扉を閉じたら鎖を巻き付けてそいつをかけておいてくれ。ああ、間違って閉じてしまった時のために番号を教えておくけど、５５５９５だ」

僕はスマホにメモをした。

「なんで５５５９５なんですか？」

「もし当てずっぽうで開けようと思ったら、普通は００００から一つずつ増やしていくだろう？　もしくは９９９９９から一つずつ減らすか。どっちからやられても、まあまあ手間がかかるようにしてあるのさ」

「なるほど……」

ランクルまで見送りに行くついでに僕は作業用の荷物と、今晩の泊まりのために用意したテント類をタウンエースから取り出した。

「ゆっくりと作業するために、年末年始のまとまった休日を使うってのは分かるけど、本当にここに泊まるのかい？」

「ええ、落ち葉や枯れ枝が随分ありますし、廃材なんかもでますから、薪《まき》には困らないと思います。一応、焚《た》き火をする届出を大森《おおもり》消防署に出してあります」

「ふーん、まあ、くれぐれも火の用心で頼む。立水栓は活《い》きてるらしいけど、しばらく使ってないから、飲み水にするならよく確認してからにしてくれ。それと、門の近くの仮設トイレは、手配した建設会社から許可を取ってるから自由に使っていいよ」

「ありがとうございます」

僕らの車の近くには、産業廃棄物などを積むコンテナが二つ置いてあった。

「右側の赤い方が可燃物、青が埋め立て処分場に持ち込むもの。無理に片付ける必要はないけど、邪魔なものがあったら放り込んでおいてもらえるとありがたい」

「分かりました」

「じゃあ、良いお年を」

そう言い置いて佐東社長は帰って行った。ゆっくりと急な坂道を下って行く60系統のランクルは、なかなか絵になった。

『YOU』の年末営業は三十日までで、仕事始めは成人の日の翌日からと決めている。普段、なかなかまとまったお休みをあげられない真央ちゃんに親子でゆっくりしてもらうことが目的のひとつだったりする。

「本当は大晦日《おおみそか》も営業したいんだろうけど……。気を遣ってくれてありがとう」

「ううん、別に。どうせ一号許可をとってる兼ね合いで、二十四時までしか営業できないから、年越しカウントダウンみたいなイベントもできないし。僕もゆっくりするから気にしないで」

「とか言いながら、池上の古い屋敷跡に発掘に行くらしいじゃない。佐東社長から聞いたわよ、物好きね……。まあ、一緒に初詣《はつもうで》に行く相手もいないだろうから、好きにしたらいいけど」

「発掘って……、むしろ救出って呼んでもらいたいな」

「救出ね、そう言えばゴローさんも、そんな呼び方をしてたっけ」

「うん。家そのものが古くたって、建具なんかは充分に使えるものが残ってたりするんだ。特に今回のところは金持ちの屋敷だった訳で、丁寧な細工の物が結構あるかも」

真央ちゃんは眉《まゆ》を顰《ひそ》めた。

「でも、佐東社長が『三十年以上人が住んでない、今にも崩れそうなあばら屋だ』って言ってたわよ。建具って木製でしょう？　腐っちゃってるんじゃないの」

「まあ、そうなんだけど……。でも、引手の金具なんかは金属製のものもあるし。それに今回の一番の目当てはガラスなんだ」

「ガラス？　ガラスって、サッシとか窓ガラスのガラス？」

「うん」

僕はスマホの画像を見せた。

「ああ、こういうやつか……。なんかちょっと懐かしい」

「『型板ガラス』とか『プレスガラス』って呼ばれるものなんだけど。昭和三十年代から四十年代にかけて住宅の建設ラッシュだったころに大流行したんだ。で、まあ最近は「昭和ガラス」なんて呼ばれたりしてる」

真央ちゃんは僕のスマホをしげしげと眺めた。

「そう言えば、ゴローさんが初めてこの店に曜ちゃんを連れて来た時も、昭和ガラスがどうのこうのって話をしてたような気がする」

「うん、そうだったね」

「もう、何年前なんだろう。お互いに歳を取ったものね」

僕は真央ちゃんと一緒になって店内をぐるっと見回した。この店には随分と手を入れてしまったので、最初のころの寂れた雰囲気は跡形もない。

「そう言えば、その時も思ったんだけど、そんな古いガラス、何に使うの？　今のサッシとは規格とか合わないだろうし」

「色々と使い道はあるんだよ。ランプシェードやスタンドの傘にしたり、食器に生まれ変わらせたりっていう再生作家さんが何人か活動していて、程度の良い昭和ガラスを買い取ってもらえるんだ」

「ふーん。まあ、骨折り損のくたびれ儲《もう》けにならないようにね」

僕は颯太に渡して欲しいと、お年玉を真央ちゃんに託した。

「気を遣ってくれなくていいのに」

「いやいや、これは投資だから。颯太はきっと有名なサッカー選手になると踏んでる。今のうちに恩を売っておいて、将来、ユニフォームやボールにじゃんじゃんサインしてもらえるようにしておくの」

「負債になっても責任とらないわよ」

憎まれ口を叩《たた》きながらも、颯太を褒められた真央ちゃんは嬉《うれ》しそうだった。やっぱり母親なんだなと思った。


ちょっと照れ臭そうな真央ちゃんの顔を思い出して笑ってしまった。時計の針を見れば、もう午前十時。まずは面倒になる前に寝る場所を確保することにした。

テントなどを担いで庭に戻ると、開けている場所の一番奥にテントを張った。ドーム型の四人用だから、かなり広い。フライをかけ、グランドシートの上にウレタンとアル

ミを張り合わせたパッドを敷き詰め、その上に古い毛布を広げる。米軍払い下げの折り
畳みベッドの上に寝袋を広げた。これで疲れたら倒れ込めば良いだけになった。
　その後、タウンエースと庭とを数回往復し、焚き火台やキャンピングチェア、クーラ
ーバッグ、ランタンなどをテント脇に運び終えると十一時になっていた。
　少しばかり汗をかくほどにまで体が温まったので、まずは母屋をざっと見て回ること
にした。靴底に鉄板が入った安全靴にヘルメットという完全防備で挑んだが、生憎《あいにく》とい
くつかの引き戸の金具とドアノブぐらいしか持ち出せそうな物はなかった。その金具で
さえ、錆《さ》びや腐食が激しく、使い物になりそうなものは少なかった。母屋のガラスは建
設当時は珍しかったであろう金属サッシで多分輸入品だろう。透明なガラスの多くには
罅《ひび》や曇りが散見された。
　結局、一時間とかからずに母屋は見切りをつけた。やはり焼き物の瓦《かわら》と土壁は手入れ
を怠らなければ長持ちするが、人が住まなくなると傷むのが早い。もっと前に入ること
が許されていたら、障子や襖《ふすま》といった取り外しが利く建具はもちろん、床柱や欄間など
も救出することができたかもしれない。
　少ない戦利品に肩を落としながらテント脇に戻ると、キャンピングチェアに腰を下ろ
した。やはり甘かったかとうな垂れながら、とりあえず昼食を摂《と》ることにした。
　道具箱から薬缶《やかん》と石鹸《せっけん》を取り出すと、佐東社長に教えてもらった立水栓を探す。ほど
なくして母屋とアパート棟とをつなぐ飛び石の途中に、研ぎ出しの流し台がついた立水

栓が見つかった。

　随分と長い間、誰も使っていなかったにもかかわらずハンドルはスムーズに回り、ゴボゴボと咳《せ》き込むような音を立てて赤茶けた水を蛇口から吐き出した。しばらく流しっぱなしにすると徐々に透明できれいな水になった。

　この後、度々使うだろうからと、蜜柑《みかん》ネットにレモン石鹸を入れて蛇口にぶら下げると、ザブザブと汚れた手を洗った。大晦日だから当たり前と言えば当たり前だが、水はキンキンに冷たかった。薬缶に水を満たすと、それを提げてテント脇へと戻る。

　少しばかり火を起こそうかと思ったが、午後はアパート棟を見に行くことを考えて止めておいた。道具箱から固形燃料の缶を取り出すと、蓋《ふた》を開けて五徳をセットし、ライターで火を点《つ》けて薬缶をかけた。炎が落ち着いたことを確認すると、キャンピングチェアの上で伸びをする。雲ひとつない真っ青な空が広がり清々《すがすが》しい。良い天気なのはありがたいが、放射冷却で明日の朝は相当に冷えるかもしれない。

　ぼんやりしているうちにお湯が沸いた。カップ麺《めん》で一足早い年越し蕎麦《そば》を済ませ、ティーバッグのほうじ茶で口を漱《すす》ぐと、アパート棟に向かった。

　アパートは一階に三つ、二階にも三つ部屋があり、それぞれ三畳の台所兼食堂、それに四畳半と六畳の二間続きになっている。台所の脇には水洗トイレと狭いながらも風呂《ふろ》がある。使用人を大事にしていたから福利厚生の一環で宿舎を整えたのか、それとも二十四時間・三百六十五日、何時でも使いたい時に使うために必要だから用意したのかは分からないが、建てられた時代を考えると、なかなか立派なアパートだ。

玄関のドアには用心窓や覗《のぞ》き穴の類《たぐい》はなく、上半分に昭和ガラスがはめられていた。ドアの横にははめ込み式の表札があって、『鈴木《すずき》』というものが残っていた。隣の部屋には『斉藤《さいとう》』とあり、一番奥には何もかかっていなかった。

昭和ガラスは一部屋ごとに模様が異なり、鈴木さん家《ち》のそれは「いしがき」で、斉藤さん家のものは「石目」だった。そして一番奥は「銀モール」。どれも一九五〇年代から六〇年代の古い型板を用いたもので万人に好まれ飽きにくい柄だ。

ざっと見たところ罅や欠けはなく、上手《うま》く外すことができれば七十センチ四方は取れる。やはり無駄足にはならずに済みそうだ。

そのまま奥の部屋のドアを開け、ヘッドランプを灯《とも》して中へと入る。家具はすべて運び出されているようで、ガランとしていた。天井にライトを当てると、薄《う》っすらと染みができている。二階は雨漏りがひどくて室内に入れないかもしれない。

台所兼食堂と隣の四畳半の間には、昭和ガラスが用いられ障子のような桟のついた引き戸が二枚あった。こちらも意外と保存状態は良いようだ。柄は小さな紙片が敷き詰められたような「しきし」だった。木枠は古い標準通りの寸法で縦六尺、幅三尺。こちらも丁寧に作業をすれば大きな一枚板のガラスが取れそうだ。少し動かしてみたが、戸車が壊れているからか鈍い。鴨居から引き戸ごと取り外すと、壁などにぶつけないように気を付けながら、外へと運び出した。

他には浴室のドアに四十センチ四方ほどのガラスが用いられていた。こちらは一インチ幅の縦じま模様の「モール」だった。時間が許せばこちらも取り出したいところだが、手間の割に大した大きさは取れないだろう。

奥の六畳までたどり着き、手探りで雨戸をあける。手前には磨《す》りガラスがはめられていて、こちらはかなり傷がついている。やはり普段開け閉めすることが多く、洗濯物などがぶつかったりすると傷むのだろうか。

同じ要領で他の二部屋も検《あらた》めた。どちらも微妙に間取りは異なるが、概《おおむ》ね同じような造りで、引き戸のガラスは綺麗《きれい》な状態だった。真中の部屋のものは「ダイヤ」、手前の部屋は「ソフトペーン」。主張が少なくどのようなインテリアとも調和する柄だ。

時計を見れば、もう一時間が経過している。ざっと見て回っただけのはずなのだが、お宝を発見するたびにしげしげと見つめてしまっているからだろうか。

外に運び出した引き戸を一枚ずつ慎重に立水栓の側まで運ぶ。途中、手が滑りそうになると、一旦《いったん》地面に下ろし、しっかりとつかみ直し、そっと持ち上げた。

持ち上げた瞬間、ギシッと引き戸が鳴った。その音を聞いて、ふと初めて昭和ガラスを救出したときのことを思い出した。そして、僕に『ＹＯＵ』と『タイムマシーン！』を託し、逝ってしまった人のことも。

あれはもう十年も前のことだ。俳優に憧《あこが》れて東京に出てきたのは良いけれど、結局アルバイト三昧《ざんまい》で、たまに撮影に呼ばれたと思ったらエキストラだったりで、活動らしい活動はできていなかった。

そのころ、昼から夜にかけては喫茶店で調理の仕事をし、深夜は新宿《しんじゅく》のボーイズバーでウェイターとして働いていた。建前上は接客できない「バー」という営業形態なのでカウンターの外に出ることはなかったが、客の話し相手になり酒を減らすために飲まなければならないので実際はホストとあまり変わりはない。

客の大半はキャバクラなどの夜の店で働いている人たちで、ほとんどがかなりでき上った状態で来店するので、お世辞にも上品とは言い難い。それでも、それなりの金額を落としてくれる訳で、粗末にはできない。

テキーラやウォッカをショットで呷《あお》り、ビールや酎《ちゅう》ハイをチェイサー代わりにするような飲み方をする人もいて、これに付き合う羽目になると翌日の体調は最悪だ。だから大切なオーディションが控えている前日などは、なるべく早めにあがるようにしていた。けれど、そういう日に限って面倒な客に絡まれたりもする。

「曜君、ウォッカ出して」

「加奈《かな》さん、もう止めておきましょうよ」

僕は客にお冷のグラスをだした。来店するなりシャンパンを開け、さらにバーボンをロックで三杯ほど飲んだところだった。少し前から目が据わり、カウンター越しに僕の腕に手を伸ばし始めていた。マネージャーがやんわりと仲裁に入ったが無視された。

「いいから、ほら。さっさと出しなよ」

僕は客から見えないように溜《た》め息を零《こぼ》し、ウォッカを取り出した。記憶があるのは、そこまでだった。

気が付いたら朝の十時を回っていた。結局、安いウォッカを三本も開け、その大半を僕が飲んだ。すでにどこかで盛大に戻していたようで、吐き気はあまりしなかった。

体を起こすと、どうやらここは公園のようで近くを電車が通り過ぎる音がする。ぼんやりとした視界が少しずつ定まってくると、西武《せいぶ》新宿駅と高田馬場《たかだのばば》駅の中ほどにある西《に》戸《と》山《やま》公園であることに気付いた。これまでにも何度か来たことがある。

スマホを取り出すと朝八時ごろから何件も留守電が入っていた。それは受けに行く予定だったオーディションをアレンジしてくれた事務所の担当者からのものだった。最初のうちは心配するような口調だったが、最後には罵詈雑言《ばりぞうごん》を叫ぶ声で終わっていた。無理もない、本来なら何の実績もない僕には受験資格のないオーディションだったのだ。それを担当者が一生懸命に調整して、なんとか受けさせてもらえるようにしてくれた。やはり、昨日は無理を言ってでもバイトを休むべきだった。

そっと立ち上がってみると、少しばかりだが眩暈《めまい》がした。しばらくじっとして落ち着くのを待つ。幸いなことに酷《ひど》い頭痛が今日はしない。そろそろとした足取りで水飲み場にたどり着くと、軽く口をすすぎ顔を洗う。タオルはもちろんハンカチもないので、シャツはびちょびちょだ。

蛇口を閉めると、後ろに空のペットボトルをもった男性が立っていた。

「すみません……」

僕は慌てて場所を譲った。

「いえいえ、こちらこそ急《せ》かしたみたいですみませんね」

六十歳ぐらいだろうか？　いや、随分と日に焼けて皺《しわ》が目立つけれど、五十代かもしれない。モスグリーンのカーゴパンツに長袖《ながそで》のポロシャツを羽織り、頭には見たこともないマークのついたキャップを被《かぶ》っていた。五百ミリのペットボトルを軽くすすぐと水を満たした。

僕の顔をちらっと見やると「大丈夫ですか？」と心配そうな顔をした。

「……ええ。そんなに酷い顔をしてますか？」

「はい、明らかに二日酔いって感じだし、そのうえ、何かとんでもないことをしでかしたって顔ですね。本当に大丈夫ですか？」

そう改まって確認されると、自信がなくなってしまう。立ち尽くしてうな垂れていると、男性は「時間があるんなら、ちょっと付き合ってください」と微笑んだ。

「え？」

最初は何を言われているのか分からなかった。

「なに、そんなに大層なことじゃありません。すぐそこのベンチで珈琲《コーヒー》でも一緒にどうかな？　って。ただ、それだけです」

指差した先には荷物が広げられたベンチがあった。誘われるがままに腰を下ろすと、ベンチの前にはコールマンのロゴが付いたクーラーボックスがあり、その上にはキャンプ用品だろうか、小さなガスコンロが置いてあった。

「焚《た》き火は禁止されてるんですけど、こんな小さなコンロならセーフかなと思いまして。もっとも、管理人に見つかったら注意されるでしょうから、気を付けないとね」

男性はライターでガスに火を点《つ》けると水を満たした薬缶《やかん》をかけた。続けて、琺瑯《ほうろう》のマグカップを二つ取り出すと、インスタントコーヒーの粉を入れた。

「ブラック？　それともミルクや砂糖もいります？」

「じゃあミルクをお願いします」

黙って頷《うなず》くと粉ミルクを両方のマグに追加し、さらに片方にはスティックシュガーを二本も入れた。

ぼんやりと眺めているうちにお湯が沸き、マグカップに注がれた。ありきたりのインスタントコーヒーのはずなのに、美味《おい》しそうだ。

「さあ、召し上がれ」

差し出されたマグを受け取ると、息を吹きかけて一口飲んだ。角のない柔らかな味が僕を優しく包んでくれた。無意識に溜め息が漏れた。

「何を溜め息なんかついてるんですか？　何があったのか知りませんけど、若いんだから、どんなことがあっても、これからいくらでも挽回《ばんかい》できますよ」

「はぁ……」

本来の僕は人見知りだ。ボーイズバーのアルバイトだって、仕事だと思うから割り切ってやってるだけで、見ず知らずの人に珈琲をご馳走《ちそう》になるだなんて考えられない。けど、この人には不思議と抗《あらが》いがたい雰囲気がある。いや、抗いがたいという表現は正しくないだろう。何と言っても無理強いされた訳ではないのだ。

男性はクーラーボックスからコンロを下ろすと蓋《ふた》を開け、中から紙袋を取り出した。

「どうやら見た目ほど酷くはなさそうですね。本格的に胃がやられてたら珈琲をひと口飲んだだけで戻してしまう。よかったらこれも食べてください」

紙袋の中からはアルミホイルの包みが出てきた。

「ブランチにしようと思って多めに作ったんです。なので遠慮せずに食べてください」

渡されたアルミホイルを開くと、トーストされたパンのサンドイッチが入っていた。僕が開いた包みをちらっと見やるとニッコリと笑った。

「おっ、そいつはアタリです。コールドビーフと玉ねぎのサンドイッチ。そのコールドビーフは自家製でね、それをほぐしてマヨネーズとあえたものです」

僕は慌てて包みを差し出した。

「僕がアタリを引いてしまうだなんて……、そっちの包みと交換しましょうか？」

嬉《うれ》しそうな笑みを浮かべると男性は小さく首を振った。

「いや、これはハムとチーズとキュウリのサンドイッチだけど、これはこれでアタリ。

心配しなくてもハズレなんて一つもありません。それにしても、君は人がいいんですね。アタリと言われたからといって、それを人に譲ってしまおうとするだなんて。きっと人一倍優しいんですね。それが君の長所でしょうから大切にするといいですよ」

僕は言葉に詰まった。お人よしで優柔不断なのは、短所だとずっと思っていた。もっと毅然《きぜん》とした態度で、人にも自分にも厳しくできていれば、今日のような失敗はしていないはずだ。

何時の間にか頬を涙が伝っていた。きっと気付いているはずなのに、男性は黙ったままサンドイッチを食べていた。僕は手の甲で涙を拭《ぬぐ》うとコールドビーフのサンドイッチをひと口かじった。たっぷりと挟んである具からは肉の旨味《うまみ》があふれ出し、それを玉ねぎとマヨネーズが包むように調和してくれる。軽くトーストされたパンには芥子《からし》バターが塗ってあるようで、それが隠し味として効いている。

五分ぐらいだろうか、二人で黙ってサンドイッチを平らげた。

「……美味しかったです、ご馳走さまでした」

僕は珈琲で口の中を整えると頭をさげた。

「どういたしまして。でも、ちゃんと食べてくれて、ちょっと安心しました。最初に見つけた時は幽霊かと思うぐらい、青白い顔をしてましたからね」

「……すみません」

僕は小さく呟《つぶや》くと残っていた珈琲を飲み干した。

「さて、食べさせてから言うのも何なんですが、このあとちょっとばかり手伝ってもらえると助かるんですけど」

「はい？」

僕の怪訝《けげん》な顔が余程可笑《おか》しかったのか噴き出した。

「いや、本当に申し訳ない。食べさせるだけ食べさせておいて、それから用事を頼むだなんて順番を間違ってますよね？　ああ、別に恩着せがましく言うつもりはないんで。それに多少ですけどバイト代は出します、まあまあな労働ですからね。でも……、当て推量だけど、この後、特に予定はないでしょう？」

オーディションは二次、三次と選考に残れば一日拘束される可能性もあったので、今日は丸々空けておいた。なので男性が見透かした通り何の予定もない。

「ええ、まあ……」

「よし決まり。じゃあ、行きましょう」

男性はペットボトルに残っていた水でマグカップをすすぐとクーラーボックスの脇に置いてあったトートバッグに放り込み、それら荷物一式を手に提げると「こっちですよ」と、先に立って歩きだした。

「あっ、あの……、どこへ行くんですか？」

流されやすい性格そのままに、僕は会ったばかりの人に付いて行こうとしている。何が起こるのかも分からないのに。

「大丈夫ですよ。変な所に連れて行く訳ではありませんし、危ないこともしません。あっ、いや、慎重に作業をしないと怪我ぐらいはしちゃうかもしれませんね。まあ、私が教えた通りに作業をしてもらえれば心配ありませんよ」

「はぁ……」

そのニコニコと笑う顔は、なぜか人を安心させる温かさがあった。

「あ、そうだ。まだ名前をお聞きしてませんでしたね？　ああ、私も名乗ってませんでした。ははは、よっぽど腹が減ってたんですかね。えーっ、私はホテイゴローと申します。布袋《ほてい》様の布袋に、ゴローは野口五郎《のぐちごろう》の五郎。みんなからはゴローちゃんとかゴローさんって呼ばれてます。なので君もゴローさんでお願いします」

ゴローさんはじっと僕を見た。さすがに名乗らない訳にはいかなくなった。

「阿川です、阿川曜です」

「えっ？」

ゴローさんは驚いた顔をした。

「いま、ヨウって言いましたか？　下の名前」

「ええ、はい……」

「そっ、その、ヨウは、どんな字ですか？」

「えっ？　曜日の曜ですけど」

「曜日の曜……、そうですか……」

ゴローさんは残念そうに俯《うつむ》いたが、小さく首を振ると「だよね、そんな偶然がある訳がない」と呟くと、先ほどまでと同じような柔和な顔に戻った。

「いや、失礼しました。曜君ですか。いかにも美形な君にぴったりな名前で恰好《かっこう》いいなぁ。やっぱりシュッとしたルックスの人には、シュッとした名前が付くようになってるんですね」

「あの……、ヨウという名前に何か心当たりでもあるんですか？」

「いや、なに、ちょっとね。ああ、急に変なことを言い出して申し訳ない。気にしないでください。さあ、行きましょう」

公園を出ると片側一車線ながら、ゆったりとした道路があり、その向こうにはJRと西武線の線路が幾条も見えた。路肩には休憩中と思《おぼ》しきタクシーや、営業車が止まっており、その中に軽のワンボックス車があった。ゴローさんは車に荷物を載せると助手席のドアを開けた。

「さあ、どうぞ」

あの時、車に乗らなかったら僕の人生はどうなっていただろう。


立水栓の蛇口にシャワーノズルの付いた延長ホースをつなげ、水圧で外れないようにワイヤーで軽く固定した。アパートから持ち出した引き戸の一枚をそっと草の上に倒すと、ざっと傷み具合を確かめた。木枠は腐食していて再生することは難しそうだ。

左右の竪桟《たてざん》と上桟の間にバールを差し込み、ぐっと力をいれると鈍い音を立てて外れた。一か所外してしまうと、中桟や腰板、組子などはバラバラになり、ガラスを簡単に取り出すことができた。同じ要領で持ち出した全ての引き戸や玄関のドアを解体し、ガラスを取り出した。

アパートで見つけた時は良い状態だと思ったが、桟や組子を外してみると、その跡がくっきりと分かるほど汚れている。無理もない、昭和の男性は、そのほとんどが煙草を嗜《たしな》んだ。ヤニで汚れていても不思議はない。

バラバラになった桟や組子などは夜になったら薪《まき》に使うので一旦《いったん》テントサイトへと移す。ついでに道具箱から住居用洗剤とスポンジを取り出すと、滑り止めと防寒を兼ねた厚手のゴム手袋をはめた。立水栓に戻ると、庭木にガラスを立て掛け、ホースでザッと水をかける。続けて泡状の洗剤を吹き付けると、スポンジでやさしく撫《な》でた。

スプレー容器から飛び出したばかりの洗剤は真っ白だったが、少しばかりスポンジで撫でただけで茶色く汚れた。時々、洗剤を足しながら丁寧に撫で洗いをし、最後に水で洗い流す。雑巾《ぞうきん》で軽く拭うと、洗ったばかりのガラスは師走《しわす》の澄んだ光を浴びてきらきらと輝いていた。

改めて九枚のガラスを確認したが、やはり大きな傷や罅《ひび》は見当たらない。本格的な洗浄は買い取り先の手に委《ゆだ》ねるとして、これならば自信をもって売ることができる。とりあえず昭和ガラスを何枚か救出することができて、ちょっと安心した。

「おお、これは随分と別嬪《べっぴん》さんを見つけたものですね」

ゴローさんが見たら、きっとそんな言葉をかけてくれるに違いない。

公園脇の道路から乗り込んだ車は、普通は運転席の前にあるはずのメーター類が中央に設《しつら》えられており、グローブボックスがあるべき場所は、フラットな棚状で、ちょっとした机のようだった。

運転席で姿勢を正すとゴローさんはエンジンをかけ、高田馬場方面に向けてハンドルを切った。クラッチを切ったりつないだりしながら二速にあげると、少し引っ張ってから三速にあげた。

「この車のエンジンは排気量が356ccしかないです。そんな訳でパワーが足りない分は運転する側の技術で補わなければなりません。でも、それが楽しいんです」

一瞬聞き間違えかと思った、オートバイのエンジンでも中型だったら四百ccはあり、軽自動車のエンジンなら普通は660ccだ。そもそも改めて車内を見回してみても、カーナビが見当たらない。あるのはラジオだけだ。

「あの、これって何時ごろの車なんですか？」

「これはですね昭和四十七年、西暦だと一九七二年に作られたものです。名前は『ライフ・ステップバン』、ホンダの車です」

なんでこんな古い車に乗っているんだろう？　不思議そうな顔をしている僕をちらっ

と見やるとゴローさんは楽しげに笑った。

「この車、昔からずっと気になってたんですけど、最近になって状態の良いのを見つけましてね。かなり悩んだんですけど、思い切って買いました。それでも部分的に塗装が剝《は》げていたり内装が傷んでいたりというのをコツコツと直しましてね。こう見えてかなり手間がかかってるんですよ」

大人を二人も乗せているからか、エンジンは相当頑張っているらしく、まあまあな音が車内に響いた。

「最近の車の方が便利じゃないですか?」

思わず本音が零《こぼ》れてしまった。ゴローさんは小さく首を振りながらバックミラーの角度を少し直した。

「面倒だから面白いんです」

そのころの僕は、ゴローさんが言っていることが理解できず、お金がないから古い車を直して乗っていると思っていた。普段使いできるほどに状態の良い個体など数台しか残っていない貴重な車に乗せてもらっているというのに。

「あの……、どこへ行くんですか?」

ナビがあれば何となく見当が付くのだが、そういった類《たぐい》のものがないのでゴローさんに尋ねるより他にない。

「申し訳ない、言いそびれてました。この先に古い家があるんです。そこにね、助けてやらなきゃならない物が残ってる可能性がありましてね」

「はぁ……」

そこで赤信号に引っかかり車が停まった。ゴローさんは財布を取り出すと、名刺を僕に差し出した。

「レトロショップ　タイムマシーン！」

僕が店名を読み上げると、ゴローさんは嬉《うれ》しそうに頷《うなず》いた。

「いかがですか？　最近、個人のお客さん向けに新しく作った会社なんです。実は布袋商店という古物商の会社が別にあるんですが、少し古臭いと思いまして新しく作ったんです」

『タイムマシーン！』も微妙なネーミングだと思ったが、口にはしなかった。そうこうしている間に新宿区を抜けて中野区に入った。いくつかの角を曲がると細い路地の先に、古い木造家屋が密集する地域があった。さらに奥へ入っていくと、ほどなくして門を構えた屋敷の前でゴローさんは車を停めた。

「ここです」

そこは昭和のころに建てられたような木造モルタル造りのアパートだった。すぐ隣には大家さんの住まいだろうか、立派な二階建ての家がある。そのせいで、ほとんど日が当たっていない。

「明後日《あさって》には解体が始まっちゃうので、今日と明日《あした》しか時間がないんです」

ゴローさんは少し寂しそうな顔でアパートを見上げた。

「さっき言ってた助けてやらなきゃならないものって、このアパートのことですか？」

「はい。本当は状態が良いのなら建物そのものを残す方法も考えてあげられるんだけど……。でもまあ、豊かになった日本人に内風呂《うちぶろ》のないアパート暮らしは無理でしょうしね。なので建て替えは避けられないでしょう。であれば、せめて建具や金具、それにガラスなんかは取り外して再利用する方が良いと思いましてね」

ゴローさんは車の後部から工具箱を取り出すと、続けて安全靴のようなものを二足取り出した。

「足は何センチですか？」

「二十六です」

「なら、履けますね。これは二十七なので大きいでしょうけど、紐《ひも》をぎゅっと結べば大丈夫だと思います。こういった古い建屋は腐った床を踏み抜いて釘《くぎ》を踏んじゃうことが時々あるんです。ああ、あと埃《ほこり》だらけになってしまうから、上衣《うわぎ》も脱いだ方がいいですね。シャツの上にこれを羽織ってください。それとヘルメットと軍手も」

なんだか大袈裟《おおげさ》なことになってきたなと思いながら、靴を履き替え作業着を羽織り、ヘルメットを被《かぶ》って同じような恰好《かっこう》をしたゴローさんを先頭に門の中へと入った。

驚いたことにその建物は、僕が知っているような各戸それぞれに玄関があり、外階段で行き来するようなアパートではなく、集合玄関に大きな下足箱が置かれた合宿所のような造りになっていた。

「靴のままあがってください。くれぐれも足下に気を付けて」

玄関の先には長い廊下があり、窓に面してトタン製だろうか、小学校の水飲み場を思わせるような蛇口が五つもならんだ大きな洗面台があった。ゴローさんはシンクにメジャーをあててサイズを測っていたが「この大きさは、さすがにもらい先がないだろうな」と残念そうに呟《つぶや》いた。

廊下の反対側には障子のような建具にガラスがはめられた引き戸が数面あり、内側には大きな机がいくつもならんでいた。戸口には袖《そで》看板で「食堂」と表示されている。

「ここは地方から出てきた学生のための寮だったんですよ。こういった学生寮の多くは県人会とか大学生協といったところが経営してるんですけど、個人で細々とやってるようなものも昔は結構あったんです。でも、子どもが減り、集団生活を敬遠する人が増えてますでしょう？　だもんで、数年前に廃業したんです。本来なら、もっと早くに解体されててもおかしくないんですけど、色々と複雑な事情があったみたいで最近まで塩漬けになってたんです」

そんな説明をしながらゴローさんは引き戸を軽く持ち上げて鴨居から外すと、横に倒して廊下に置いた。

「ああ、やっぱり。木枠はダメだなこりゃ。でも、まあ、とりあえずガラスは大丈夫そうだから、良しとするか」

そう独り言を漏らすと、僕をふり返った。

「曜君、早速で悪いんですけど、引き戸を外に運び出すのを手伝ってください。この廊下の突き当りの左手に庭に通じる勝手口があります。そこから外に運び出して、庭を挟んで向かい側にある物置の壁に立て掛けておいてください」

「分かりました。でも、これを運び出してどうするんですか？」

「桟はダメになってますけどガラスは使えそうですから。明るいところで傷みや汚れの状態を確認して、問題がなければ取り出そうと思いまして」

よく見ればガラスには凸凹《でこぼこ》とした細かな文様が刻まれている。

「こんな古いガラスを欲しがる人がいるんですか？」

「はい、これは昭和三十年代から四十年代にかけてたくさん使われた『昭和ガラス』というものなんです。ガラスの表面に刻まれている模様は専用の型で付けるんですが、その型がもう残ってないんです。なので、欲しい人は古い建物から回収できた状態の良い物を再利用するしかないんです。古い汚れただけのガラスに見えるでしょうけど、欲しい人にとっては貴重な物なんですよ」

「へぇ……、こんなものが」

僕の呟きにゴローさんは深々と頷いた。

「はい、こんな物が、です。例えば、このガラスの模様は『いわも』と名付けられています。水の表面を『水面《みなも》』と申しますが、これは岩肌をイメージしているようでして、それで『いわも』と名付けられたのではと。もっとも、当時の資料があまり残ってませんから、誰が名付けたのかはもちろん、デザインをした人の名前も不明なものが多いんです。でもね、誰かにとって、このガラスのざらざらとした手触りや、お日様を反射した光の加減なんかが記憶に残ってると思うんですよ」

ゴローさんは一枚の引き戸を持つと先に立って廊下を進んでいった。慌てて僕も引き戸を持つと後を追いかけた。大きなガラスを支えなければならないからか、引き戸は意外と重く、途中で一度下ろして持ち直さなければならないほどだった。

廊下の突き当りの左側に勝手口があり、そこから庭に出た。庭には今後の解体作業に向けて準備でもしているのか、一面にコンパネが敷き詰めてあり、その隙間から踏み倒された雑草がいくつか顔を出していた。

ゴローさんが言った通り、建物に向かい合うようにして庭の端に物置があった。どれぐらいの入寮者がいたのか分からないが相当に大きな物置で、倉庫と呼んだ方が良さそうだ。戸口は開け放ってあり、中は空っぽだった。

「はい、この辺で結構です。適当に立て掛けておいてください」

ゴローさんが立て掛けた隣に僕は持ってきたものをならべた。

「じゃあ、同じ要領で先ほどの場所から全て運んでください」

「はい……」

言われた通りに作業を続けている僕の傍らで、ゴローさんは食堂に設《しつら》えられた棚などの中を検《あらた》めていた。

「おっ！　良かった……。いや、危うく見過ごすところでした」

子猫でも見つけたのかと思って、僕は引き戸を廊下に立て掛けると、食堂に入った。

「何かいたんですか？」

ゴローさんは蜜柑《みかん》箱ほどの段ボールを抱えて奥から出てきた。

「いえね、『アデリア』の未使用品を見つけたんです」

そっと箱をテーブルに置くと、軍手を外して蓋《ふた》を開けた。中からはビニール袋に包まれた食器が色々と出てきた。一番数が多いのは麦茶でも飲むのにちょうど良さそうな大きさのコップだった。他には少しばかり背が高くて台座が付いたグラス、調味料入れだろうか、持ち手のついた金属製のホルダーに三つの蓋付容器がならんだものなどがあった。どれもガラス部分にオレンジや黄色で花柄が描かれている。

「あの、アデリアって何ですか？」

ゴローさんは状態を確かめるように一つひとつを手に取りながら教えてくれた。

「愛知県に本社がある石塚硝子《いしづかガラス》って会社が作ってる食器のブランドです。石塚硝子は創業二百年を超える歴史のある会社です。ほら、梅酒を漬けるための口の広い瓶があるでしょう？　あれを最初に作った会社なんです。その会社が昭和三十年代に家庭用の食器を手掛けるようになりまして、その時に作ったブランドが『アデリア』なんです。昭和四十年代の後半ごろからは、草花をモチーフにした明るいデザインの柄を多用した食器が大ヒットしましてね。模倣する会社が随分とあったんです」

「そうなんですか……」

柄の形そのものも、色使いも、最近の物とはちょっと違って新鮮だ。昭和レトロとでも言うのだろうか。好きな人にはたまらないかもしれない。

ゴローさんは愛《いと》おしそうに両手でコップを持つと、じっと見つめていた。ふと、僕の視線に気が付いたのか、照れ臭そうな笑みを浮かべると「すみません、ついね」と口にしながら丁寧に箱に入れ直した。

「どうにも、この『アデリア』を見ていたら祖母の家で飲んだ麦茶を思い出しまして。アルマイトの大きな薬缶《やかん》でぐらぐらと煮だしたものを、盥《たらい》に汲《く》んだ井戸水でじっくりと冷やしたものなんですけど。あれは美味《おい》しかったな……。縁側に腰かけてごくごく飲んでる私の坊主頭を祖母がタオルでごしごし拭《ふ》いてくれて、真っ青な空にぐんぐんと入道雲が伸びて、蟬の声がうるさくて……。ほんの一瞬ですけど、私は『アデリア』というタイムマシーンで、あのころを旅してたんですね」

「タイムマシーン？」

「はい。でも、このタイムマシーンは過去にしか行けませんけどね」

段ボール箱の蓋を丁寧に閉じると、ゴローさんは両手で抱えた。

「すみませんが作業を続けてください。とりあえず、これは大切なので先に車に積んできます」

ゴローさんは「さあ、行くよ。けど、本当に良かったね。こんなことがあるから、戸棚や押し入れも一つずつ確かめないと。さて、君は誰のところへ行くといいだろうね。やっぱりアデリアに詳しい岸本《きしもと》さんかな」と呟いた。その後ろ姿は偶然見つけた迷子をあやしているように見えた。

大晦日《おおみそか》の東京の日の入りは、午後四時四十分ぐらいだ。天気に恵まれたので作業ははかどったが、これ以上は安全を考えると諦《あきら》めざるを得なかった。

乾かしたガラスを一枚ずつ車まで運び、ウレタンを間に挟みながら大きなプラスチックケースに重ね、ハッチバックをそっと閉める。思わずほっとして溜《た》め息が零《こぼ》れた。思っていたよりも状態の良い昭和ガラスを手に入れることができて良かった。

立水栓の周りに広げていた道具類を片付けると、手と顔をよく洗い、何度も往復しなくても済むように、五リットルのポリタンクに水を詰めてテントサイトに戻る。キャンピングチェアに腰を下ろすと、道具箱からデイツのハリケーンランタンを取り出して火を点《つ》けた。九キャンドルパワーと少しばかり物足りない明るさではあるが蠟燭《ろうそく》と同様に静かだ。

ガソリンやガスのランタンは明るいけれど燃焼音がどうしても気になって、僕はあまり好きになれない。最近は発電機を持ち込んで街中さながらの明るさでキャンプをする人もいるというが、僕には信じられない。そんなことをしてしまったら、薪《まき》が燃える音が聞こえなくなってしまう。風の音や、木々の揺れる音、鳥たちの囀《さえず》りなども。それに暗いからこそ焚《た》き火の揺らめきが映える訳で、煌々《こうこう》とした照明の下では味も素っ気もない。もちろん、好みは人それぞれだけど。

手早く焚き火台を組み立てて、テント設営の際に毟《むし》っておいた枯草や落ち葉、枯れ枝などを着火剤代わりにして火を起こした。割り箸《ばし》ほどの太さの枯れ枝は乾いているから、すぐに大きな炎を上げ、引き戸を解体した際に出た組子はもちろん竪桟《たてざん》にも火を行き渡らせるのに充分だった。

クーラーボックスから缶ビールを取り出すと、本門寺の鐘が鳴った。除夜の鐘には早いから夕刻の知らせに違いない。朝の五時、夕方の六時の一日二回、必ず鐘は鳴らされる。時計がなかったころ、この鐘の音が池上の人々にとって時を知る唯一の手掛かりだったに違いない。

タブを開けると「一年間、お疲れ様でした」と独り言《ご》ち、缶を掲げた。缶の先には下弦に向けて痩《や》せつつある月が煌々と輝いていた。クーラーボックスに入れっぱなしにしておいたからか、ビールは少し温《ぬる》いぐらいだった。水でも張ったバケツに放り込んで日陰に置いておいた方が冷えただろうか。とはいえ、かなり寒さが厳しい十二月の野外なのだ、これぐらいが調度良いのかもしれない。

料理をするには、もう少し火が落ち着いて炭火になるのを待たなければならない。柿の種の小袋を開くと、それをつまみにぼんやりと焚き火を眺めた。ゆらゆらと踊る炎を黙って見ていると、いつも時が経つのを忘れてしまう。ただ、薪を足し、火加減を調整し、料理に使えそうな熾火《おきび》を作ることに専念している自分がいる。

パチパチと時々爆《は》ぜながらも、薪は静かに燃え続けている。思わず小さな溜め息が零れた。何に対する溜め息なのだろうか。きっと隣にゴローさんがいてくれないことに対してなのだろう。

「お疲れ様、そろそろ終わりにしましょう」

腕時計を見ると午後三時だった。

「まだ三時ですけど、もういいんですか？」

「うん、ちょっと事情がありましてね。これから大井町まで戻らないとダメなんです。なので名残惜しいですが、残りは明日《あした》ということで今日はお仕舞です」

持ち出した引き戸や家具、それに蛇口やスイッチパネルなどは、種類別に仕分けられ、小さなものは車に積み、大きなものは物置に仕舞った。物置の入口に南京錠をかけると、ゴローさんは僕に向き直った。

「いや、すっかりお手伝いをいただいて助かりました。ありがとうございます」

改まって頭を下げられて面喰《めんくら》った。バイト先でも僕に礼を口にする人なんて滅多にいない。せいぜい文句を言われなければＯＫぐらいなものだ。

「いえ、とんでもない」

「とりあえず、今日の謝礼です。忘れないうちに渡しておきます。少なくて申し訳ないんですけど」

　ゴローさんは五千円札を一枚差し出した。

「いえ、いいです。公園で食事をいただきましたから」

「そう言わずに。とっておいて邪魔になるものでもないでしょう？」

　僕の手を取ると、無理矢理握らせた。

「すみません……」

「何を言ってるんですか。ちゃんと働いたんです、堂々と受け取ってください」

　僕の肩をポンと叩《たた》くと「よし、じゃあ、もう少しだけ付き合ってください。私のお店に案内します。少ないバイト代の補塡《ほてん》として奢《おご》りますから何か飲んでください」

「えっ、お店、ですか？」

「はい、とりあえず行きましょう」

　ステップバンに乗り込むと、ゴローさんは細い路地をいくつか曲がり、数分ほどで幹線道路へと出た。この辺はまったく土地勘がないので、どこを走っているのか分からない。少しするとゴローさんはラジオのスイッチを入れた。ちょうど中継車からのレポートが始まったところのようだ。

「ラジオって、いいですよね」

　僕はラジオなんて、ほとんど聴いたことがない。中学や高校のころに、深夜放送にはまる奴もいたけれど、僕は興味が持てなかった。

黙っている僕をちらっと見やると、ゴローさんは小さく笑った。

「すみません、意見を押し付けるようなことを言ってしまって」

「……いえ、そういう訳じゃあ。ただ、あんまり聴いたことがないから」

「でしょうね、テレビがあればテレビを見てしまうでしょうし、今どきはネットでいくらでも暇が潰《つぶ》れますから。便利になったものです」

発言だけを聞いていたら明治か大正生まれの人かと思う。

「でもね、不便かもしれませんけど、ラジオって聴く人によって、伝わる内容が変わるような気がするんです」

「はぁ……」

「もちろん全く同じ内容がスピーカーからは流れてますよ。でも、聴く人が働かせる想像力によって、伝わることは変わるような気がするんです。まあ、その辺は本と一緒ですね。読む側が主人公になりきって読むか、字面を追ってるだけなのかによって、本の世界に入って行けるか行けないかが変わるのと同じようにね」

どうやらラジオの中継車はどこかの門前横丁にある飴屋《あめや》さんを訪問しているらしい。包丁で俎板《まないた》を叩く音だろうか、なんだかウキウキしてくるような陽気なリズムがさっきから聞こえてくる。レポーターができ立ての一粒を口に含んだようで「ほー、これは何と言ったらいいんでしょうね。柔らかい味と言いますか、ほど良い甘さがしっとりと口いっぱいに広がると言いますか……」というようなことを口にした。

ゴローさんは煩《うるさ》い車内にもかかわらず、こちらに伝わってくるほど大きな音でゴクリと生唾《なまつば》を飲んだ。

「普段、飴なんかまったく舐《な》めないのに、こうやって聴くと舐めたくなりますね。本当に昔ながらの素朴な作り方をしている飴の場合、レポーターの人が言ってたみたいに、口に含んだ瞬間に分かるようなハッキリとした味じゃあないんですよ。ちょっと『うん？』って思うような。でも、じわじわと美味《おい》しいんです。不思議ですよね」

「そう、ですか……。僕は食べたことがありません」

「申し訳ないです。そうですよね、曜君みたいに若い方は、食べたことありませんよね。では、そのうちになりますが川崎《かわさき》の方に行きましたら大師様の近くに飴屋さんがありますので買ってきますね」

「いえ、そんな、いいですよ、もったいない」

「何をおっしゃいますやら」

ゴローさんはさも愉快そうに笑った。

どれぐらい走っただろうか、時間帯が良かったのか渋滞らしい渋滞にも引っかからず、車はスイスイと都内の道を進んだ。

「はい、お待たせしました。ここで降りてください」

着いたところは線路脇にある駐車場だった。車から降りて辺りを見渡す。

「どこですか？　ここ」

「大井町です。少し歩いたところに私の店舗兼住居があります」

先に立って歩くゴローさんの後をついて行くと、ほどなくして『東小路飲食店街』というゲートが出てきた。狭い路地に肩をよせ合うようにして間口の狭い店が建ちならんでいる。すでに何軒かの店は暖簾《のれん》を出し、ちらほらと客の姿も見えた。

何回か角を曲がるとゴローさんが足を止めた。

「ここです」

看板には「スナック『YOU』」と書いてあった。

少しずつ調理に使えそうな熾火ができてきた。まずは鍋《なべ》代わりのコッフェルに半分ほど水を張る。熾火に渡した調理台が安定していることを確認すると鍋を置き、小枝や落ち葉を熾火の上に注ぎ足すと、すぐに火力があがり、あっと言う間に湯が沸いた。自宅で洗って刻み、保存容器に入れて持ってきた白菜や長ネギ、ニンジン、椎茸《しいたけ》などを投入する。続けて出汁《だし》をとるべく鶏肉《とりにく》も少し。

蓋《ふた》をしてもう一度煮立つのを待つ間にトランジスタラジオを取り出した。NHKラジオ第1放送に合わせるとニュースを伝えていた。これが終われば紅白歌合戦が始まるはずだ。あまり最近の曲は知らないけれど、紅白は僕が知っているようなものも必ず何曲かはかかる。きっとゴローさんがいれば、あれこれと解説してくれるに違いないのになと思いながら、鍋の蓋がくつくつと美味しそうな音を立てるのを静かに待った。

ビールを六本も持ってきたけれど、寒くて飲む気になれない。薬缶《やかん》に水を注いで鍋の隣に置き、こちらも枯れ葉などで一時的に火力を強めて湯を沸かした。スキットルに詰めてきたジョニーウォーカーのグリーンラベルをマグカップに注ぎ、お湯割りを作った。

ひと口ほど啜《すす》ると、ちょうど鍋が煮えたところだった。シェラカップを取り鉢がわりに白菜や長ネギなどをよそう。塩と胡椒《こしょう》を軽く振り、レモンを搾った。軽く煮ただけなのに、鶏肉と野菜の出汁でじんわりと美味《うま》かった。半分ほど食べてスペースを空けると、クーラーボックスからしゃぶしゃぶ用の豚肉を取り出した。火力をもう一度上げるべく小枝を足し、出汁の温度があがったのを確認し豚肉を数枚投入する。すぐに灰汁《あく》が浮いてきたが気にせず火の通った豚肉をシェラカップに取り、ポン酢で食べる。脂の甘味が口一杯に広がり、さっきまで小さく震えていた体がぽかぽかしてきた。

残しておいた野菜を足し、豚肉を適当なタイミングで補充しながら食べ進めていると紅白歌合戦は始まった。

キャンピング・チェアに体を預け、ゆらゆらと燃える焚《た》き火を眺めながらラジオから流れる紅白に耳を傾け、手元にはホットウィスキーが満たされたマグがある。これで向い側にあの人がいてくれれば最高なのにな。そう思いながら目を瞑《つぶ》った。

ゴローさんがドアを開けると、奥から女性が顔を出した。三十歳ぐらいだろうか、大人の女性といった綺麗《きれい》な人だった。真っ白なシャツに黒のパンツを合わせ、ローヒールのパンプスを履いていた。

「お帰りなさい」

「はい、ただいま」

僕はゴローさんの脇で頭を下げた。

「いらっしゃいませ……」

女性は少し困ったような顔でゴローさんを見やった。

「ああ、彼はお客さんではないから心配しないで。いや、お客さんと言えばお客さんかな？　礼をしたくて連れてきたんだ。なに、気にせず開店の準備をしてもらっていいよ。タオルと着替えを用意したら彼と『松の湯』で汗を流してくる。五時には間に合うと思うけど、遅れるようなら店を開けてもらって構わない」

「分かりました」

「ああ、紹介しておきます。彼女は真央ちゃん、うちのチーフ・バーテンダー。チーフを付けてますけど、バーテンダーは彼女しかいないんですけどね」

「武田真央です」

「こちらは曜君。『タイムマシーン！』の仕事を手伝ってもらったんだ」

「阿川曜です」

潔癖なまでに真っ白なシャツ姿の彼女に比べると、僕は貸してもらった作業着を羽織っていたとはいえ、シャツもズボンも埃《ほこり》まみれで恥ずかしかった。

「着替えとタオルを持ってくるから、少しここで待っててください」

ゴローさんはそう言い置くと店の奥へと進みカーテンの向こうへと消えてしまった。

改めて店内を見回してみる。ごくありふれたスナックといった造りだろうか。右手にはカウンターがあり、左手にはボックス席が三つほど。奥には最新ではないが比較的新しい型のカラオケがある。

壁紙はクリーム色のようだが、ところどころ四角く白い跡がある。色紙かポスターでも貼ってあった跡だろうか。床のカーペットは擦り切れて、お世辞にも綺麗な店とは言い難い。紹介された真央さんはバーテンダーだそうだが、焼酎《しょうちゅう》か安いウィスキーの水割りを出す程度の店にしか見えない。

「あの、良かったら座ってください。すぐに戻ってくるとは思いますけど」

「ええ……」

僕はスツールに腰を下ろした。カウンターの中に入った真央さんは、手をよく洗うと真っ白なコースターに載せてコップをだした。そのコップはよく磨いてあり、曇り一つない。続けて冷蔵庫から取り出した瓶の王冠を外すと、目の前のコップにゆっくりと注いだ。

「何がお好きか分からないので、とりあえずお水です」

その水は、疲れた体にしみじみと美味かった。けれど、くたびれ果てた店の雰囲気とは、どうにも合わないような気がした。

「はい、お待たせしました。行きましょう」

ゴローさんは大きなトートバッグを提げて奥のカーテンから出てきた。

「じゃあ、頼んだよ」

「はい、行ってらっしゃい」

真央さんは戸口まで見送りに来た。

「綺麗な方ですね」

「掃き溜《だ》めに鶴って感じでしょう？　いかんいかん、自分のホームグラウンドになんてことを言うのでしょう。良くないですね。あっ、先に申しておきますが彼女とは変な関係ではありませんので」

そんなことは勘ぐらなかったけれど、年恰好《としかっこう》からして親子かもしれないとは思った。でも、どうやら違うようだ。

「別に誤解なんてしてませんよ」

「なら、いいのですが。そもそも、あの店のオーナーになったのは先月ですし、真央ちゃんに来てもらうようになったのも、今月からなんです。ちょっと事情がありましてね、腐れ縁の不動産屋に頼まれて、引き受けざるを得なくなったんです」

「不動産屋？」

「はい、実は昔、不動産関係の仕事をしてまして。そのころに色々な案件を一緒に手がけた相手なのです。佐東という男なんですがね。まだ小さな会社ですが、なかなかのやり手ですから、きっと大きくなるでしょう。その彼がひょんなことで手に入れた物件を使って欲しいと持ち込んできたんです」

「……それが、あのスナックですか」

「ええ、くわしいことは知りませんが、夜逃げされたようです。随分と損をしているみたいですが、事情があって手放せないようです」

そうこうしているうちに銭湯についた。そこは今どき珍しいことに番台があった。

ゴローさんが「二人分ね」とお札を差し出した。そのまま脱衣所に進むとゴローさんはロッカーではなく籐《とう》を編んだ籠《かご》に脱いだものを放り込み、「これ、中で使う手拭《てぬぐ》い代わりのフェイスタオルです。では、お先に」とさっさと洗い場に進んでしまった。実はサウナやスーパー銭湯は東京に出てきてから何度か行ったことがあるのだが、こういった昔ながらの街中の銭湯は初めてだった。しかも、かなりの年配とはいえ番台には女性が座っている。もちろん僕のことなんて見ているはずもないのだが、気になってしまった。

何とか裸になりタオルを手に洗い場に進むと、ゴローさんはもう湯舟に浸《つ》かっていた。僕は湯舟に近い場所のカランに空きを見つけると腰を下ろした。

「遅かったですけど大丈夫ですか？　ああ。右のピンクのボトルがシャンプーで、左の緑がボディソープです」

シャワーを頭から浴びると、驚いたことに茶色いお湯が流れてきた。どうやら本当に埃まみれになっていたようだ。

「人が住んでなかった古い家は細かな埃が充満してますからね、意外と汚れるんです。ましてや今日はあれこれと建具を運び出したりしましたから。お風呂《ふろ》からでましたらティッシュで鼻の孔《あな》も拭ったほうがいいですよ。きっと真っ黒ですから」

そんなゴローさんの話を聞きながら僕は頭と体を洗った。ごしごしと泡だらけになりながら、何度も何度も体を擦《こす》った。これまで、こんなに丁寧に体を洗ったことなどないのに。けれど、なぜだか手が止まらなかった。

やっとの思いで洗い終えると、ゴローさんの待つ湯舟へと足をつけた。湯船の温度計は四十二度を示している。腰を下ろすと思わず声が漏れた。

「何時も思うのですが、やはり大きな湯船というのは、いいですよね」

「……ええ」

僕の返事に満足そうに頷《うなず》くと、ゴローさんはゆっくりと天井を見上げた。釣られて見上げると、天井部分は所々明り取りを兼ねてガラス張りになっており、徐々に暗くなりつつある空に薄《う》っすらと月が出ていた。

「湯に浸かりながらの月見もいいものですね」

確かに綺麗な月だった。

湯舟に浸かったり併設されているサウナに入ったり、結局、一時間ぐらい銭湯にいただろうか。脱衣所にあがってからもしばらく椅子に座ってぼんやりと鏡をみていた。

銭湯には三百五十円のブリーフと五百円のトランクスを売っていたが、ボクサーパンツはなかった。仕方なくトランクスを穿《は》いて体重計に乗ってみた。一年ぶりに量った体重は僕が記憶しているそれよりも十キロも少なかった。針を眺めながらゴローさんが「その身長でその体重は痩《や》せ過ぎですね。ちゃんと食べてます？」と首を傾げた。

「はぁ……」

喫茶店のバイトがある日は賄いとして店にある材料を使って好きな物を作って食べることができる。週一日の休みは昼まで寝ていて、起きてからもゴロゴロしているので喉《のど》が渇いたら水道水を飲んで、後は我慢している。そもそも、夜のバイトに出れば昼間食べた物の大半を戻しているから、栄養は摂《と》れていないのかもしれない。

「これ、良かったら着てください」

渡されたのは浴衣《ゆかた》だった。

「帯って締められます？」

「ええ、多分」

演技を学ぶワークショップで日舞の際に浴衣を着た。そこで『貝の口』という結び方を講師に教えてもらった。

「では、店に戻りましょう」

下足場に出ると、驚いたことにゴローさんは下駄《げた》を用意しておいてくれた。

「何から何まで……、すみません」

「いえいえ、どういたしまして」

銭湯からの帰り道、僕が鳴らす下駄の音をゴローさんは楽しそうに聞いていた。

「カラコロと音が鳴るのが下駄の良いところですよね。私はどうにも上手に歩けなくて苦手ですけど、曜君は履きこなしてますから、それ、よかったら差し上げます」

「えっ、いや……」

「はは、そうですよね、下駄なんてもらっても困りますよね。はい、もちろん、無理は申しませんからご安心を」

『ＹＯＵ』に戻ると、店内には抑えた音量で音楽がかかっていた。どうやら有線放送のようで、僕が生まれる前に流行《はや》ったような昭和の歌謡曲が流れている。

出迎えた真央さんは、シャツのボタンとカフスとしっかりと留め、黒いベストとボウタイを締めている。薄らと化粧を施し、凛《りん》とした空気を纏《まと》っていた。

「お帰りなさい」

ゴローさんに向けられた言葉だろうけれど、とても心地の良い響きだった。最後に誰かから「お帰りなさい」と言われたのは、どれぐらい前だろう。

「はい、ただいま。じゃあ、曜君はカウンターに座って、好きな物を真央ちゃんに注文してください。私も身繕いをしたら、すぐに参ります。あっ、その荷物、預かっておきますよ」

僕の手からビニール袋と靴を受け取るとカーテンの向こうへと消えて行った。

「どうぞ」

真央さんに促されるままにカウンターの真ん中に座った。すぐにおしぼりが出された。冷蔵庫で冷やしておいたもののようで、長々と湯船に浸かって温まった体に心地よい冷たさだった。

「何がよろしいですか？」

周りを見渡したが特にメニューのようなものはない。

「あの、僕、あまりお金がありません。さっき、ゴローさんに五千円もらったんですけど、それぐらいしか」

もう少し財布にはあるとは思うけれど、そうそう散財もできない。それに、大井町からアパートまでの交通費も残しておかなければ、歩いて帰る羽目になる。

「そうですか。でも、ゴローさんはご馳走《ちそう》するつもりだと思いますよ。でなければ、連れて帰って来ないと思いますから」

「はぁ……。なら、なおさらゴローさんが戻ってくるのを待ってます。いくら僕が世間知らずでも、勝手に飲み始めるのは気が引けます」

真央さんは「意外と真面目なんですね」と漏らしてクスッと笑った。

「私もゴローさんと働き始めて一ヶ月も経たないんですけど、誰かを連れて帰ってきたのは、あなたが初めてです。いつも昼間の仕事からは疲れ果てて帰ってくるのですが、今日は様子が違いました。きっと良いことがあったんだなと思いました。その理由のひとつは、多分ですけどあなたに出会ったことだと思います」

「正解！」

店の奥からゴローさんが顔を出した。先ほどまではラフな恰好《かっこう》だったのに、着替えをしたようで、真央さんと似たようなシャツにベスト、それにボウタイを締めていた。

「今日は昭和ガラスも何枚か見つけたし、『アデリア』のコップや調味料入れも救うことができました。そのうえ曜君にも出会えた。正に大収穫です」

数日後には解体されるという古い学生寮から救出されたのは、建具やガラス、昭和レトロな食器ではなく、僕なのかもしれない。

「さて、乾杯をしましょう。本当はお客さんと一緒になって飲んでしまうようではスナックの経営者としては失格なのでしょうけど。何がいいですか？」

「あの、メニューとかってないんですか？」

「はい、ほとんど居抜きに近い形で店を引き継いだんですけど、どうせなら一から作り直したいなって思いまして。なので、ちょっと殺風景でしょう？　まずは壁紙や床を貼り直して、傷んだところをきれいにしてから、懐かしい雰囲気にあふれた店にしたいなって思ってるんです。で、まあ、お酒やおつまみなんかも、ゼロから真央ちゃんと考えようと思って、まだ、何も決めてないんです」

「そうですか……」

ゴローさんは真央さんを見やった。

「真央ちゃんのカクテルは本格派ですよ。本当ならホテルや銀座あたりのバーでシェーカーを振ってるような人なのです。それを無理矢理スカウトしてきたんですから」

真央さんは僕の顔を見て激しく首を振った。

「それは嘘です。路頭に迷ってる私を助けてくれたというのに……。もし、ゴローさんが手を差し伸べてくれてなかったら、今ごろ颯太とどうなっていたことか」

「どうもこうも、縁次第ですよ。人との出会いはね」

俯《うつむ》く真央さんにニッコリとほほ笑むと「うーん、じゃあ私が見繕いましょうかね」と呟《つぶや》くと顎《あご》に手をやり考え込んだ。

「では『キール』をお願いしましょうかね。せっかくだから三杯お願いします。みんなで乾杯しましょう」

「私もいただいてしまって良いのですか？」

「一杯だけ付き合ってください」

「かしこまりました」

真央さんは慇懃《いんぎん》に頭をさげると足下に設《しつら》えてあるらしい冷蔵庫からワインボトルを取り出した。

「冷やしてある白ワインがこれしかありません。本当は『ウィリアム　フェーブル　シャブリ』を使いたいのですが」

「『モンスーン ソーヴィニヨンブラン&シャルドネ』ね。私たち三人の固めの杯《さかずき》には十分だと思います。曜君もいいですよね」

「ええ、はい」

　ボーイズバーでバイトしているとはいえ、お酒のことは何も知らない。知っているのはせいぜい値段ぐらいなものだ。

「カシス・リキュールは『ルジェ クレーム ド カシス』にします。ちょうど今日、配達してもらいましたから」

「うん、いいね」

　真央さんはワイングラスを三つならべるとワインとリキュールを注いだ。でき上がったグラスのひとつをゴローさんが僕の前にそっと置いた。

「では、乾杯をしましょう。ちなみにカクテルには一つひとつ意味があります。そう、花に花言葉があるように。『キール』のカクテル言葉は何だと思いますか？」

「……さぁ、まったく分かりません」

　僕の返事にゴローさんは真央さんを見やった。

「私の記憶に誤りがなければ『最高のめぐり逢《あ》い』だったかと」

「うん、そう。曜君、私はね出会った人、一人ひとりとの縁を大切にしたいんです。もちろん、それが相手の方の負担にならない程度にね。今日、あの公園で君に出会って、何となくですが感じたんです。この人は私にとって大切な人になるってね」

ゴローさんは隣に立つ真央さんを見やると言葉を続けた。

「それは真央ちゃんも一緒です。雨宿りをしていた私に傘を貸そうとしてくれた。あんな土砂降りのなか、普通なら他の人の姿など目に入らないはずです。その時に思ったのです、この出会いを放してなるものかと」

「……ありがとうございます」

僕と真央さんの声が重なった。

「こちらこそ、ありがとう。では、乾杯」

「乾杯……」

その時に飲んだキールの味を僕は何時までも忘れることはないだろう。


いくつか聞きなれない曲が続いたので、ラジオを紅白歌合戦からFM放送へと切り替えた。こちらも恒例だと思うけれど、どこかのコンサートホールからの第九を中継していた。第九というと第四楽章が有名だが、第一から第三までの楽章も興味深く、本来は通して聴くに限る。ラジオから流れる音はティンパニの存在感が強く、第二楽章であることが分かる。最初から最後まで通しで聴くと七十分という大作は、やはり年末に相応《ふさわ》しいのかもしれない。

僕はウィスキーのお湯割りを作り直すと、ぼんやりとラジオに耳を傾けながら、焚《た》き火台にいくつかの薪《まき》を足し、よく乾いた松ぼっくりも投げ入れた。パチパチと爆ぜながら燃える薪の音は、なぜだかゴローさんの声を思い出させた。

「曜君ね、第九の第四楽章はシラーという人の『歓喜に寄す』という詩を歌ったものなんだよ。日本語に訳されたものを、いくつか読んだことがあるけれど、ちょっとどうにも私には難し過ぎて分からなかったよ。でもね、いつも第九の合唱の中継があると見てしまうんだ。なぜって？　だって、合唱に参加している人たちが、みんな活《い》き活きとしているじゃない。目を輝かせて、頰を赤くして、目一杯に歌っている。あの姿を見てね、ああ、ベートーベンって凄《すご》い人だなって思うんだ。歌う人、そして聴く人のそれぞれに、生きてるという実感を与えてる訳だからね。私も『タイムマシーン！』や『ＹＯＵ』で、一人でもいいから生きてるってことを実感してもらえるような感動を産み出したいものだな」

　キールで乾杯し、それから白ワインやハイボールなどをどれぐらい飲んだだろうか。不思議なことに、僕に付き合って同じだけの量を飲んでいるはずなのに、ゴローさんはまったく酔ったように見えない。真央さんに飲み物のオーダーをしつつ、自分は小さなキッチンで玉子焼きや温野菜のサラダ、ペペロンチーノを作ってくれた。

　僕の他には誰一人お客さんは訪れず、貸し切りの状態が続いていた。そもそも、僕はお客さんではないので、飲めば飲むほどお店は赤字のはずなのに、ゴローさんは楽しそうだった。

「自分の店を持って良かった！　って思うのはお客さんとゆっくりと話ができることですかね。まあ、意外と大切なことは話せないんですけどね。今年のタイガースがどうしたとか、芸能人の不倫がこうしたとか……。本当は、もっと話さなければならないことがあるはずなのに。なぜですかね」

　ゴローさんが言ってることはよく分かった。ボーイズバーに来るお客さんも、酔っているとはいえ大したことは話さない。せいぜいお店の上司や同僚キャストの愚痴や、面倒くさい客の悪口ぐらいだ。

「簡単に話せないから大切な話なんじゃあないですか？」

「曜君は老成してますね。お酒を飲ませておいて何ですけど、君って何歳？」

「二十歳です」

「二十歳……、あの、良かったら生年月日を教えてもらえないかな」

　僕が答えると、それまで陽気だったゴローさんが押し黙ってしまった。その様子には真央さんも驚いたようで、困惑した表情で僕を見やった。

「……曜君、立ち入ったことを尋ねるけど、ご両親は元気にしてるのかい？」

「父は僕が生まれる前に亡くなったと母から聞かされています。その母も、僕が高校を卒業する年に亡くなりました。兄弟もいませんから、天涯孤独といったところです」

「……そう」

しばらく考え込んでいたゴローさんだったが、ふと我に返ったといった様子で顔をあげた。

「いや、すまなかったね、急に変なことを聞いて」

「あの、昼間、公園で名乗ったときも少しばかりですが、驚かれてましたよね？」

気になっていたので、単刀直入に尋ねてみた。

「え？　あはは、そうだっけ？　いや、なに、ちょっと知り合いに似た名前の人がいたもんだからさ。偶然だなぁって思って。あれ？　もうグラスが空いてるじゃないですか。真央ちゃん、お代わりお願い」

「はい」

真央さんは新しいグラスを出すと、ハイボールを作り直した。客が使っているグラスに継ぎ足さず、毎回新しいグラスに作るところに、彼女がしっかりとした店で修業してきたことを窺《うかが》わせた。

真央さんが作り直したハイボールのグラスを手にすると、黙って半分ほどを一気に飲んだ。ふと、僕も気になったことを尋ねてみた。

「ゴローさん」

「はい」

「なんで、こんなに優しいんですか？」

ゴローさんは真央さんから受け取ったばかりのグラスを手にしたまま考え込んだ。

「なぜでしょうね、自分でもよく分かりません。強いて言うなら、私に似てるような気がするからでしょうね」

「似てる？」

余程に怪訝《けげん》な表情を浮かべていたのか、ゴローさんは僕の顔を見て笑った。釣られて真央さんまで笑みを零《こぼ》した。

「似ても似つかないだろう！って顔に描いてありますよ。まあね、見栄えはそりゃあ、まったくの別ものですけど。うーん、なんて言うんでしょう、夢を追いかけている割に、何時もつかみ損ねてきたって感じがするんですよね。違いますか？」

夢をつかみ損ねているという言葉が心に突き刺さった。

「いいですよ無理に応《こた》えなくて。きっと優しい人なんだと思います曜君は。でなければ私の誘いに乗って一緒に珈琲《コーヒー》を飲んでくれたり、廃屋で埃《ほこり》まみれになってガラスの救出を手伝ったりしないと思うんです」

優しいなんてことを誉め言葉で使われたのは初めてだった。以前に付き合っていた女性からは別れる時に「曜は優しいだけね」と言われたことがあるぐらいだ。

僕は手元で炭酸が弾《はじ》けるハイボールを口に含んだ。何杯作っても味わいが変わらないところに真央さんの技術の高さを感じさせる。

「僕が質問したことに、ちゃんと答えてもらってないような気がします。もう少しゴローさんの話も聞かせてください。何で古物商をやってるんですか？」

「あの、本当に聞きたいですか？　こんなおじさんのことを」

「ええ。今日、アデリアの食器を見つけた時に言ってましたよね？『古い物はタイムマシーンみたいなものだ』と。あの辺のことと何か関係があるんですか？」

　ゴローさんは少し困ったような顔をした。

「……、つまらない話ですが構いませんか？　この店の経営を引き受けた経緯を銭湯に行く途中に話しましたよね？　その時にもお伝えしたように、私は不動産関係の仕事をしていました。バブルのころなどは、かなりの金額の物件を手がけるなど、羽振りの良かった時期もあったのですが……。動かす金額が大きいということは、関係する人間も多いってことで、色々と大変だったんです。

　だいたいがいい加減な人間なのに、大勢の人の調整に奔走するだなんて土台無理な話なんですが……。まあ、無理が祟《たた》って体を壊してしまいました。仕方がなく、その業界の仕事からは足を洗ったのですが、さて何をやるかと考えてしまって。

　あれこれと手を出したんですけど、最終的にたどり着いたのが廃品回収の仕事だったんです。とにかく人に気を遣わなくても良い仕事がしたかったのでね。ただ、ゆっくりとカセットテープに吹き込んだ文句を流しながらのんびりと車を走らせるだけの仕事ですからね」

　ゴローさんはハイボールを軽く飲んで喉《のど》を整えると話を続けた。

「引き取る品は様々なんですけど、山の手の方のマンションや団地なんかですと、少し磨いてやれば中古品として売れる物が結構手に入ったんです。それが古物商を始めた切っ掛けですかね。意外と十把《じっぱ》一絡《ひとから》げの鉄くずとして売るよりも、儲《もう》かりました。最初のころは買い取りは一般の人からして、売り先はもっぱら専門業者でした。その方が早く現金になりましたからね。でも、ある時、買い取ったばかりの品をすぐその場で買いたいって人が現れたんです」

「たまたま目に留まったんですかね?」

「ええ、多分そうだと思います。大きな団地だったんですけど、一軒家に引っ越しをするから電子ピアノを引き取って欲しいという依頼でした。取りに行くと大学生ぐらいのお姉さんが長年使ったピアノを愛《いと》おしそうに撫《な》でてまして、『できたら、大切にしてくれそうな人に買ってもらってください』って。電子ピアノだからヘッドホンをつなげば音漏れしないんですが、そのヘッドホンのイヤーピースがボロボロになったんでしょうね。手縫いのカバーが付けてありました。紺の地に黄色の星が鏤《ちりば》められた布を使って。それに、鍵盤《けんばん》には「ド」とか「レ」とかってマジックで描いてある。きっと、最初はどれがどれだか分からなくて描いたんだと思います。随分と薄くなっていたけれど、長年経ってしまってるからシンナーなどで拭《ふ》いても綺麗《きれい》に落とせないかな、なんて思ってました。で、台車に載せて車に運んでる途中、小さな女の子と、その母親みたいな人が追いかけてくるんです。『ちょっと、ちょっと待って』と」

僕は急に喉が渇いたような気がしてハイボールを飲み干した。

「慌てて止まると、『そのピアノ、どうするんですか？』って。『買い取りましたので、清掃をしてどこかに売りに出します』と答えると、『なら、私が買います。おいくらですか？』って。そう言われたら断れなくて。で、来た道を二人と一緒に戻ると、さっき買い取った家と同じフロアにある別な一室に住んでる親子でした。女の子は、ピアノを売ったお姉さんに可愛がってもらっていたようで、時々遊びに行ってはピアノを教えてもらってたそうです。そのお姉さんが引っ越しの挨拶《あいさつ》にきて、ピアノはさっき売ってしまったと聞いたようで。それで血相を変えて追いかけてきたみたいです。据え付けて、電源を入れてちゃんと音が出ることを確認してもらうと、サービスで鍵盤の文字を消しましょうかって言ったんです。すると女の子が『消しちゃダメ！』って。引っ越しちゃうお姉さんとの思い出だからと。まあ、そんな話を聞いちゃったもんで、買い取った値段に千円だけ載せて売りました。骨折り損のくたびれ儲けなのかもしれませんけど、あの嬉《うれ》しそうにドレミファがマジックで書いてある鍵盤に触れている女の子の顔を見ていたら、なんだか満足しちゃいましてね」

「……そうですか」

「あのピアノは女の子にとって、優しいお姉さんと過ごした楽しい時間に戻れるタイムマシーンなんだなと思いました。きっと新品だって買うことはできそうな家庭でしたけど、あの子が欲しかったのは、あのピアノだったんですよ。

それから、細々とですが個人向けの商いをしつつ、閉店する小売店の在庫整理の中から古い品を集めたり、今日みたいな解体前の建物から建具やガラス、金具類を取り出しては売るような仕事を続けてるんです。大して儲かりませんけど、私が探し出した物を手にとると、みんな表情が変わるんです。その瞬間、みなさん旅をしてるんですよ、私が見つけてきたタイムマシーンでね」

「素敵な仕事ですね」

「そうですね。けど、どんな仕事も素敵な仕事だと思います。素敵でない仕事なんて一つもありません。もちろん、法に触れるようなものは別ですけど」

「そう、ですね……」

自分の浅はかさに少し呆《あき》れた。

「でもね、同じ品物を渡したとしても、タイムトラベルができる人と、できない人がいるんです」

「えっ、どうしてですか？」

「分かりやすく言うと、心が荒《すさ》んだ人はタイムトラベルができないんですよ」

「なるほど……、じゃあ、今の僕には無理かもしれませんね」

「どうでしょう？　そんなことはないと思いますよ。だって、曜君は今日一日、私に寄り添ってくれたじゃないですか。人を想う気持ちが強い人、そして想像力が豊かな人は時間旅行ができると私は思うんですけどね」

その優しい言葉に、僕はすっかりと酔ってしまった。

次の朝も目が覚めたら、どこにいるのか分からなかった。ただ、今日は布団にくるまっていた。枕元にはお盆がひとつ置いてあり、麦茶のペットボトルとラップにくるまれたおにぎりが二つ載せてあった。それと一通の封筒が。お盆の隣には、ビニール袋に突っ込んでおいたはずの汚れものが綺麗に洗濯されて畳まれていた。

封筒を開けると、中には青いボールペンで書かれた便箋《びんせん》が入っていた。

《おはようございます。お目覚めはいかがでしょう？

申し訳ありませんが、例の現場へ行くので先に出掛けます。

浴衣《ゆかた》は布団の上にでも置いておいてください。

お盆の上のおにぎりは、今朝にぎったものです。

具は梅干しと塩昆布、曜君の好みに合えば良いけれど。

外へは内階段で一階に下り、店内を通って出てください。

カウンターに鍵《かぎ》を置いておきますので、

かけたら郵便受けに放り込んでおいてください。

さて、これからも曜君が夢を追い続けるのか、

区切りをつけるのかは分かりませんが、

人生は、その人にとって良い方向へ転がって行くものです。
なので、何でも好きなようにやれば良いと想います。
けれど、体を壊してしまうような無理は止めてください。
そんなことをしていたら、きっと心まで壊れてしまいます。
できたら、また仕事を手伝ってください。連絡を待ってます。

布袋　五郎》

ＡＭに戻すと歌合戦は結果発表で、今年は紅組の勝利だった。ラジオを消し、熾火《おきび》をブリキのバケツに移すとポリタンクに残しておいた水を注いだ。焚《た》き火台の上から完全に火の気がなくなったことを確認すると、ランタンの火も消し、テントに引き揚げた。入口のファスナーをすべて閉め、羽織っていた物を一枚ずつ脱ぎ、アンダーウェアの上下だけになると、寝袋に入った。

うつらうつらしていると、遠くから除夜の鐘が聞こえてきた。ふと、ゴローさんと本門寺を参詣《さんけい》した三年前のクリスマスイブを思い出した。

その日、見舞いに行くとゴローさんは珍しく外出をしたいと言い出した。普通は数日前には申請して外出許可をもらわなければならないのだが、担当医師は少し考えたのちに「いいでしょう。でも、くれぐれも無理はしないように」と許してくれた。

「悪いですね、年末の忙しい時期に、わがままを言って」

「何を言ってるんです、気分転換になっていいです。それに、ゴローさんと一緒に出かけるのも久しぶりだし」

「そうですね、もう一年近くも『タイムマシーン！』や『ＹＯＵ』のことは君や真央ちゃんに任せっぱなしだもんね」

「本当ですよ。この前も八十年代のデジタル時計のデッドストックを見つけたのはいいけれど、買い取り価格を決めるのに随分と悩みました。ゴローさんがいてくれたら、簡単に決まるのになって」

「はは、それでいいんですよ。汗をかいた分だけ成長するというものです」

池上会館のエレベーターで屋上まであがると、五重塔を右手に見ながら墓地の通路を本堂目指して車椅子を押した。仁王門の前まで来ると「少し向こうの方を見せてくれませんか」と左側を指差した。

車椅子を此経難持坂《しきょうなんじざか》の方に向けてブレーキをかける。

「ああ、いい眺めですね」

ゴローさんは少しでも遠くを見ようとするかのように背筋を伸ばした。

「曜君、私はもう長くありません」

「何を言ってるんです。新しい治療に切り替えたばかりなのに。きっと治りますよ」

僕の声にゴローさんは、「相変わらずやさしいですね曜君は」と笑った。

「昨日、司法書士の先生に来てもらって、私が亡くなったら曜君に全てを引き継いでもらえるようにお願いしました。本当は『タイムマシーン！』は曜君に、『YOU』は真央ちゃんにと分けることを考えたんですけど……、真央ちゃんにはやんわりと断わられてしまいました。なので、曜君にまで辞退されては大変なので、相談もせずに手続きを進めてしまいました。クリスマスプレゼントだと思って受け取ってください」

「そんな……、僕にゴローさんの代わりなんて無理です」

「何を言ってるんですか、私の一番弟子でしょう。まあ、後にも先にも弟子は曜君しかいませんけどね」

「……、僕に『YOU』や『タイムマシーン！』の経営が務まるとは思えません」

そんな泣き言には返事をせず、ゴローさんは遠くを見つめていた。仕方がないので僕も黙ってゴローさんの隣に立ち、同じ方角を眺めていた。

「曜君」

「はい」

「最後に頼みがあります」

「最後だなんて……。でも、何ですか？」

「申し訳ないけど、〝くん〟を付けずに呼び捨てにさせてもらえませんか？」

「……もちろん、構いませんけど。でも、どうしたんですか、急に？」

僕は膝《ひざ》を折ってゴローさんの顔を覗《のぞ》き込んだ。ゴローさんの頬は涙で濡《ぬ》れていた。

「よう……」

「ごっ、ゴローさん？」

「すまない……、すまなかった」

そのままゴローさんは少しのあいだ涙を流していた。

僕はハンカチでゴローさんの頰を拭《ふ》いてあげた。しばらくするとゴローさんは落ち着きを取り戻した。

「悪かったね……、驚きましたか」

「なんだか、謝ってばっかりですね、今日のゴローさんは。どうしたんですか？」

ゴローさんは大きな溜《た》め息をつくと、「醜態を晒《さら》してしまった訳だから、隠しても仕方がないよね」と呟《つぶや》くと話をはじめた。

「曜君、僕にはね、君と同い年の息子がいたんです。生年月日がまるっきり同じで、しかも名前まで君と同じ〝よう〟。違うのは字だけ。彼は太陽の陽でした」

「息子さんって……、結婚してたんですか？」

「はい、短い結婚生活だったけど幸せでした。妻は小さなスナックの店員で可愛らしい子でした。私の一目惚《ぼ》れでね、出会って一週間で付き合って欲しいと告白し、一ヶ月後にはプロポーズ。そのころは仕事の方も順調で、まさに順風満帆を絵に描いたような毎日でした。熱海への新婚旅行で子どもを授かって、さあ、これから、もう一段上を目指すぞ！　ってところだったんですが……。そのころの私は不動産ブローカーをしていました。平たく言うと地上げ屋です。土地というものは、色々と権利関係が複雑なことが多くて、その辺の整理をする仕事です。権利を整理するには色んな方法があるのですが、私のやり方は売り手と買い手の双方が納得できる条件が見つかるまで、何度も話し合うというものでした。対して、手荒な方法を使ってでも強引にことを進める同業者もいました。時代はバブルが弾《はじ》けて少し経ったころで、金融機関からの貸し渋りなどが始まって、質《たち》の悪い連中が仕事からあぶれだし、優勝劣敗が鮮明になって同業他社の廃業が珍しくないころでした。そんな中にあっても私は好調でした」

そこまで話をすると、ゴローさんは苦しそうにぜいぜいと息をした。慌てて「話の続きは、また今度にしましょう」と声を掛けると、これを手で制し口を開いた。

「きっと私もどこか思い上がっていたんでしょうね。ビジネスなんだ、甘いことなんて言ってられない。そもそも、あいつらはあこぎなやり方をしてきたんだ、立ち行かなくなっても、それは自業自得だろうと。でも、禍根を残してはダメなんです」

ゴローさんは、溜め息と一緒に涙を零《こぼ》した。

「あれは、十二月の終わりでした。もう数日もすればお正月だというのに、私は新しい物件を見に横浜へ出かけて家を空けていました。そのころ、私と家族は事務所を兼ねた小さな家に住んでいたのですが、そこに大型トラックが突っ込む事故がありました。いや、事故ではありません。なにせ車は盗難車で、運転手は逃げてしまって行方不明なのですから。建物は全壊、もちろん家にいた妻と子は即死でした」

ゴローさんの双眸《そうぼう》から大粒の涙が零れた。聞いている僕まで辛《つら》くなり、気が付けば一緒になって泣いていた。

「多分、やったのは私を逆恨みした同業者だと思います。もちろん、警察も一生懸命に調べてくれましたが、結局、犯人は捕まりませんでした」

「ゴローさん……」

何かを言ってあげたいけれど、何も言うべき言葉が思いつかなかった。

「自暴自棄になった私は、浴びるようにお酒を飲んで体を壊し、業界から足を洗って古物商を始めました。その後の話は曜君も知っての通りです」

僕は黙って頷《うなず》くのが精一杯だった。

「時々思うんです、もっと清濁併せ呑《の》むような対応ができていればと。強引でいけ好かない奴らだとしても同じ業界にいるのです、一緒に進められる方法はなかったのかと。いや、それよりも、もっと早くに地上げに見切りをつけて、別の仕事を始めていたらと。そうしたら妻も陽も死なずに済んだのではないかと……。そんなことばかりを考えて、それからの人生を送って来ました」

ゴローさんは大きく深呼吸をすると僕に向き直った。

「そして、あの日、曜君に出会うことができました。きっと、神様が妻と子を亡くしてからの私を憐《あわ》れんで巡り合わせてくれたのでしょう。あの日、君が名前を教えてくれた時に私がどれほど驚いたことか」

ふっと笑みを漏らしたゴローさんの目に力はなく、遠くをぼんやりと眺めるように焦点があっていなかった。僕は慌てて手を取り「ゴローさん、ゴローさん、大丈夫ですか？」と声を掛けた。

「よう……、ごめんな、ごめん」

「ゴローさん」

「私は……、父さんは……、何時でもお前を見守ってるよ」

そう言ったきり、ゴローさんはうな垂れた。慌てて僕は病院に電話をし、続けて救急車を呼んだ。それからのことは、あまりにも色んなことがありすぎて、正直なところ覚えていない。

一週間ほど意識不明の状態が続いたのち、ゴローさんは初日の出に合わせるようにして逝ってしまった。

ゴローさんの葬儀には、僕と真央ちゃん、颯太、それに佐東社長の四人だけが参列した。驚いたことにゴローさんの病室には颯太に宛てたお年玉が用意されており、ちょっとビックリするぐらいの額が封筒に詰めてあった。一筆箋《いっぴっせん》には、力のない字で『颯太君へ　君が成人するまでのお年玉をまとめて渡しておきます。お母さんと相談して使ってください。　五郎』と認《したた》めてあった。

火葬場から『YOU』に戻ってくると、颯太は「サッカーの中継を見たいから」と三階にある真央ちゃんと暮らす部屋へと引き揚げてしまった。仕方なく残された大人三人でカウンターを囲んだ。

「献杯でもするか？」

佐東社長に問いかけに、僕は頷いた。

「何にします？」

カウンターの内側に回った真央ちゃんが酒棚を見やった。

「それは、新しいオーナーである曜が決めるんだな」

僕はカウンターの端に置いたお骨と遺影をじっと見つめた。考えるまでもなく答えは決まっていた。

「キールを作ってくれないかな」

「はい」

真央ちゃんは慣れた手つきで白ワインとカシス・リキュールをグラスに注ぎ分け、ものの数秒で三杯のキールを作った。

「お待たせしました、キールです」

私たちは、それぞれにグラスを手にすると、遺影に軽く掲げて一気に飲み干した。不思議なことに、そのキールは少しばかりしょっぱかった。

朝日が眩《まぶ》しくて目が覚めた。テントのファスナーを開けると、空は雲ひとつなく晴れ渡り、絵に描いたような日本晴れ。それはまるでゴローさんが亡くなった朝のような美しいまでの青空だった。

「明けましておめでとうございます、ゴローさん」

僕は空に向かって声をかけた。太陽はゴローさんの笑顔のように輝いていた。

本書は書き下ろしです。

レトロスナック「YOU《ユー》」

上田健次《うえだけんじ》

令和6年 12月25日　初版発行

発行者●山下直久

発行●株式会社KADOKAWA
〒102-8177　東京都千代田区富士見2-13-3
電話　0570-002-301（ナビダイヤル）

角川文庫 24451

印刷所●株式会社暁印刷
製本所●本間製本株式会社

表紙画●和田三造

●お問い合わせ
https://www.kadokawa.co.jp/（「お問い合わせ」へお進みください）
※内容によっては、お答えできない場合があります。
※サポートは日本国内のみとさせていただきます。
※Japanese text only

ISBN 978-4-04-114506-7　C0193

◇◇◇

角川文庫発刊に際して

角　川　源　義

第二次世界大戦の敗北は、軍事力の敗北であった以上に、私たちの若い文化力の敗退であった。私たちの文化が戦争に対して如何に無力であり、単なるあだ花に過ぎなかったかを、私たちは身を以て体験し痛感した。西洋近代文化の摂取にとって、明治以後八十年の歳月は決して短かすぎたとは言えない。にもかかわらず、近代文化の伝統を確立し、自由な批判と柔軟な良識に富む文化層として自らを形成することに私たちは失敗して来た。そしてこれは、各層への文化の普及滲透を任務とする出版人の責任でもあった。

一九四五年以来、私たちは再び振出しに戻り、第一歩から踏み出すことを余儀なくされた。これは大きな不幸ではあるが、反面、これまでの混沌・未熟・歪曲の中にあった我が国の文化に秩序と確たる基礎を齎らすためには絶好の機会でもある。角川書店は、このような祖国の文化的危機にあたり、微力をも顧みず再建の礎石たるべき抱負と決意とをもって出発したが、ここに創立以来の念願を果すべく角川文庫を発刊する。これまで刊行されたあらゆる全集叢書文庫類の長所と短所とを検討し、古今東西の不朽の典籍を、良心的編集のもとに、廉価に、そして書架にふさわしい美本として、多くのひとびとに提供しようとする。しかし私たちは徒らに百科全書的な知識のジレッタントを作ることを目的とせず、あくまで祖国の文化に秩序と再建への道を示し、この文庫を角川書店の栄ある事業として、今後永久に継続発展せしめ、学芸と教養との殿堂として大成せんことを期したい。多くの読書子の愛情ある忠言と支持とによって、この希望と抱負とを完遂せしめられんことを願う。

一九四九年五月三日

角川文庫ベストセラー

ひとり旅日和

秋川滝美

人見知りの日和は、仕事場でも怒られてばかり。社長から気晴らしに旅へ出ることを勧められる。最初は尻込みしていたが、先輩の後押しもあり、日帰りができる熱海へ。そこから旅の魅力にはまっていき……。

ひとり旅日和 縁結び！

秋川滝美

プライベートが充実してくると、仕事への影響も、周りの目も少しずつ変わってくる。さらに、憧れの人・蓮斗との関係にも変化が起こり……!? 今回のひとり旅の舞台は、函館、房総、大阪、出雲、姫路！

ひとり旅日和 運開き！

秋川滝美

世の中は自粛モードだけど、リフレッシュのために訪れた旅先のパワースポットで厄払い！ さらに、旅の先輩である憧れの蓮斗との関係にも変化が起こり……舞台は、宇都宮、和歌山、奥入瀬、秋田、沖縄！

おいしい旅 想い出編

秋川滝美、大崎 梢、柴田よしき、新津きよみ、福田和代、光原百合、矢崎存美 編／アミの会

昔住んでいた街、懐かしい友人、大切な料理。温かな記憶をめぐる「想い出」の旅を描いた書き下ろし7作品を収録。読めば優しい気持ちに満たされる、実力派作家7名による文庫オリジナルアンソロジー。

おいしい旅 初めて編

近藤史恵、坂木 司、篠田真由美、図子 慧、永嶋恵美、松尾由美、松村比呂美 編／アミの会

訪れたことのない場所、見たことのない景色、その土地ならではの絶品グルメ。様々な「初めて」の旅を描いた7作品を収録。読めば思わず出かけたくなる、実力派作家7名による文庫オリジナルアンソロジー。

角川文庫ベストセラー

てふてふ荘へようこそ　乾　ルカ

敷金礼金なし、家賃はわずか月一万三千円、最初の1ヶ月は家賃をいただきません。破格の条件に隠された理由とは……特異な事情を抱えた住人たちが出会った奇跡。切なくもあったかい、おんぼろアパート物語。

明日の僕に風が吹く　乾　ルカ

中学時代のトラウマで引きこもり生活を続けていた有人は、憧れの叔父の勧めで離島の高校へ入学する。東京とは全てが違う環境の中、4人の級友に出会い……。一歩を踏み出す勇気をもらえる、感動の青春小説！

金魚姫　荻原　浩

金なし、休みなし、彼女なし。うつ気味の僕のもとにやってきたのは、金魚の化身のわけあり美女⁉　突然現れたおかしな同居人に、僕の人生は振り回されっぱなし！

それでも空は青い　荻原　浩

「うん」「いや」「ああ」しか言わない夫に、ある疑いを抱く妻。7歳年上バツイチの恋人との間にそびえる壁をどうにか飛び越えようと奮闘するバーテンダー……人づきあいに疲れた心に沁みる7つの物語。

潮風キッチン　喜多嶋　隆

突然小さな料理店を経営することになった海果だが、奮闘むなしく店は閑古鳥。そんなある日、ちょっぴり生意気そうな女の子に出会う。「人生の戦力外通告」をされた人々の再生を、温かなまなざしで描く物語。

角川文庫ベストセラー

ファミレス（上）　重松　清

妻が隠し持っていた署名入りの離婚届を発見してしまった中学校教師の宮本陽平。料理を通じた友人である、一博と康文もそれぞれ家庭の事情があって……50歳前後のオヤジ3人を待っていた運命とは？

ファミレス（下）　重松　清

妻が隠し持っていた離婚届、教え子の複雑な家庭事情、妻不在中の居候母子の出産……オヤジたちの奮闘の行方は？「メシをつくって食べること」を横軸に描く、夫婦、家族、友情。人生の滋味が詰まった物語。

めぐり逢いサンドイッチ　谷　瑞恵

靭公園前にある『ピクニック・バスケット』は、笹子と蕗子の姉妹が営むサンドイッチ専門店。お店を訪れるのはちょっとした悩みを抱えた個性的なお客さんたち。読むと心がほっこり温まる、腹ペコ必至の物語！

語らいサンドイッチ　谷　瑞恵

大阪でサンドイッチ店『ピクニック・バスケット』を営む仲良し姉妹・笹子と蕗子。笹子のつくるサンドイッチは、胸の内で大事にしている味に寄り添ってくれる。今日もお店には悩みを抱えた人がやって来て――。

キッチン常夜灯　長月天音

街の路地裏で夜から朝にかけてオープンする〝キッチン常夜灯〟。寡黙なシェフが作る一皿は、一日の疲れた心をほぐして、明日への元気をくれる――がんばりすぎのあなたに贈る、共感と美味しさ溢れる物語。

角川文庫ベストセラー

アーモンド入りチョコレートのワルツ　森　絵都

十三・十四・十五歳。きらめく季節は静かに訪れ、ふいに終わる。シューマン、バッハ、サティ、三つのピアノ曲のやさしい調べにのせて、多感な少年少女の二度と戻らない「あのころ」を描く珠玉の短編集。

つきのふね　森　絵都

親友との喧嘩や不良グループとの確執。中学二年のさくらの毎日は憂鬱。ある日人類を救う宇宙船を開発中の不思議な男性、智さんと出会い事件に巻き込まれる。揺れる少女の想いを描く、直球青春ストーリー！

宇宙のみなしご　森　絵都

真夜中の屋根のぼりは、陽子・リン姉弟のとっておきの秘密の遊びだった。不登校の陽子と誰にでも優しいリン。やがて、仲良しグループから外された少女、パソコンオタクの少年が加わり……。

気分上々　森　絵都

〝自分革命〟を起こすべく親友との縁を切った女子高生、一族に伝わる理不尽な〝掟〟に苦悩する有名女優、無銭飲食の罪を着せられた中2男子……森絵都の魅力をすべて凝縮した、多彩な9つの小説集。

リズム／ゴールド・フィッシュ　森　絵都

中学1年生のさゆきは、いとこの真ちゃんが大好きだ。高校へ行かずに金髪頭でロックバンドの活動に打ち込む真ちゃんとずっと一緒にいたいのに、真ちゃんの両親の離婚話を耳にしてしまい……。